소설탄생
창작소설집   6집

쁘리비엣, 시비리

소설탄생 창작소설집 6집
쁘리비엣, 시비리

1판1쇄 인쇄 | 2019년 11월 25일
1판1쇄 발행 | 2019년 12월 10일
지은이 | 소설탄생
펴낸이 | 소준선
디자인 | 성혜경
펴낸곳 | 도서출판 세시
출판등록 | 3-553호
주소 | 서울 마포구 대흥동 303번지 3층
전화 | (02) 715-0066
팩스 | (02) 715-0033
ISBN 978-89-98853-33-4 03810

* 이 책의 출간 비용은 안산시 문예진흥기금으로 충당했습니다.

소설탄생 창작소설집 6집

쁘리비엣, 시비리

최경숙 | 안미아 | 윤희웅 | 안교승
양미경 | 이정희 | 박금애 | 고동현
황선호 | 백도윤 | 진호숙 | 김기우

세시

국경을
넘어서

손가락

가을이 깊어가고 있습니다. 빛이 많이 엷어졌습니다. 가을빛은 바람에 따라 흔들리기도 하고, 전선에 걸려 넘어지기도 하고, 빌딩 벽에 부딪쳐 뚝뚝 떨어지기도 합니다. 이 늦은 가을의 빛은 곧 드러날 거짓말처럼 내게 위안을 줍니다.

나는 어둠이 밀려들기 전에 커피를 한 잔 더 시키고 노트북 모니터를 쳐다봅니다. 스마트폰에 넣어둔 음악 목록을 열어 플레이버튼을 누릅니다. 블루투스 이어폰을 밀치고 나오는 스메타나의 '몰다우'가 졸아든 가을빛에 올라앉아 흐느적거리기 시작합니다. 흐늘거리던 첫 소절이 변주하면서 전개에 다다르자 꺼지려던 가을빛이 다시금 환해지고, 주제의 절정에 이르러서는 '피움' 안이 온통 황금빛 물결로 출렁거립니다. 나는 모니터를 보다가 카페 입구를 쳐다보다가 피아노를 치듯 키보드를 두드려댑니다.

세계에서 밀려난 나의 항해는 언제 끝날지 모르도록 계속됩니다. 격랑을 만난 나의 배는 잔잔한 강물을 흐르다가 어느새 바다에 이르기 직전입니다. 바다로 접어드는 절벽의 폭포수 속으로 배는 속도를 높이며 빠져

듭니다. 배는 거센 파도에 몰아쳐 물속에 가라앉았다가 솟아오르고, 다시 가라앉았다가 풀쩍 튀어 오르기를 반복합니다.

떨어지는 폭포 속에 묻혀버린 나의 배는 어디로 갔는가.

어느새 어둠. 카페 안 가을빛도 흔적 없이 사라지고, 몰다우 강물도 걷혀 말끔합니다. 벌써 켜진 할로겐램프만이 마른 꽃을 비추고 있습니다. 나는 노트북 자판의 'Alt+S'를 눌러 그 동안의 작업을 저장합니다. 하나의 존재가 탄생되는 순간입니다.

모니터 처음 화면으로 올라가 다시금 내가 쓴 글을 곱씹어 봅니다. 완성된 초고가 고쳐달라고 아우성칩니다. 나는 못들은 척 노트북 모니터를 내리고 어깨를 폅니다.

시간이 얼마나 지났는지 모르겠습니다. 음악은 시간을 잊게 합니다. 음악이 흐르는 동안 시간은 흐르지 않습니다. 시간의 공백, 그 공백을 메워주는 게 무엇일까요? 무엇으로 시간의 구멍을 채워 넣을 수 있을까요?

군 복무를 마치고 무언가를 기다리는 시간. 지금처럼 늦가을에서 겨울로 접어드는 시간, 청소년도 청년도 아닌, 무엇이든 할 수 있고, 무엇이나 할 수 없는, 하루에도 수백 번 희망과 절망 사이에서 허우적거리던 시간. 직장을 다녀야 할지, 공부를 더 해야 할지, 결정을 내리지 못하고 이리저리 뒤척이던 시간. 그 시간을 나는 음악으로 메웠습니다.

며칠 동안의 아르바이트로 돈이 생기면 음악다실에 들어가 몇 시간이고 움치고 앉아 음악을 들으며 시간을 잊었습니다. 「몰다우」를 그때 인상 깊게 들었습니다. 군가와 목청 높은 군인들의 음성만을 들어오다가 다시 괜찮은 스피커를 통해 음악을 들으니 낯설었습니다. 음악을 듣는다기보다는 귓바퀴에 얹어놓았다는 표현이 더 정확할 것입니다. 귀를 열어놓으려고 애를 쓰다 보니, 오히려 음악은 잦아들었습니다.

그와 함께, 제대 직후, 교통사고로 숨졌던 고등학교 동창이 떠올랐습니다. 수학을 무척 잘해 아이큐가 평범을 훨씬 넘는다던 친구였습니다. 지독한 음치임에도 음악에 이상할 정도로 열의를 보이던 그는 장학금으로 다니던 대학을 그만두고 난데없이 기타를 배운다고 손가락을 떨어댔습니다. 기타로 작곡을 하기도 한다면서 그는 내게 자작곡을 들려주기도 했습니다.

미적분을 푸는 머리와 작곡을 하는 머리는 잘 어울리지 못하는지, 그의 곡은 소음보다 약간 나을 뿐, 들을 만한 것이 못되었습니다. 지방 나이트클럽을 돌아다니는 그룹의 기타리스트를 쫓아다니면서 음악을 공부한다는 소문을 들은 지 며칠 후, 그 친구의 부음이 전해졌습니다. 연주를 마치고 새벽에 숙소로 돌아가던 중에 음주운전 차에 치었다고 합니다.

잠에서 깨어났을 때, 내 뺨은 온통 눈물로 젖어 있었습니다. 명치끝에서 치받아 올라오는 오열을 참으려 뜨거운 침을 삼켰지만, 다방 안 손님들이 돌아볼 정도로 억억 느끼지 않을 수 없었습니다. 불안한 나의 앞날과 수학의 천재였던 그 친구의 미소, 방정식을 풀거나 기타를 연주하면서 떨어대는 그의 손가락……. 갖가지 모습이 범벅이 되어 뜨거운 식도를 타고 내려갔습니다.

탄생의 자리

〈소설탄생〉이 소설을 공부하기 위해 모이는 '피움'에서 올드 음악이 흐릅니다. 음악에 옛 것, 새것은 없지요. 지금 들으면 모두 새것이겠지요. 옛 것에는 기억이 있습니다. 나의 체험이 섞여 있습니다. 옛 선율에 끼여 있던 나는 내 귀에서 깨어납니다. 나는 가끔 나를 불러내려고 옛 음악을 듣습니다.

한 때, 문학보다 음악을 더 동경하던 시절이 있었습니다. 아니, 솔직히 내가 음악적인 재능이 있는지 없는지 모르겠지만, 지금도 음악에 내 생각과 느낌을 실어 표현하고픈 마음이 간절합니다. 여건이 되고 기운이 있을 때, 배우고 익혀서 음악을 하고 싶습니다. 대학 1학년 때, 문예창작과에서 교양과목을 공부하다 문학이 시들해져 휴학하고 군 입대를 자원했습니다. 훈련소에 들어가는, 비어 있는 반 년 동안 나는 음악으로 온 시간을 채웠습니다. 뮤직 박스 안에서 '음악을 보면서' 그 시간을 보냈습니다.

디스크자키들은, 음악을 선곡하는 일을 '음악을 본다'라고 표현합니다. 처음에는 그 말의 의미를 정확히 몰랐습니다. 그저 곡이 들어 있는 레코드판의 재킷을 고른다는 뜻으로만 알았습니다. 그러나 음악을 보는 일이 그것만이 아님을 DJ 생활을 해나가면서 알아차리게 되었습니다.

음악은 시간예술입니다. 굳이 예술을 시간과 공간으로 나누어 장르를 구분한다면, 미술은 공간예술이겠지요. 문학 중에서 소설은 시간예술이라고 나는 생각합니다. 음악도 마찬가지이고요. 그러나 음악은 시간을 표현하더라도 공감각으로 받아들이게 하는 특별한 양식의 예술입니다. '음악을 본다' 는 말은 그런 뜻과 연관하여 생각해야 합니다. 그러니까, DJ가 음악을 본다는 것은 그 곡이 담고 있는 공간화된 그림을 보는 것이지요. 나에게 있어 음악 한 곡, 한 곡들은 모두 삶과 관련된 풍경으로 보입니다.

DJ는 청취자에게 그 편 편의 삶의 국면을 전하는 것이지요. DJ는 기억의 갈피갈피에 숨어 있는 각자의 체험의 국면을 선율로 끌어당겨 주는 역할을 하는 사람입니다.

'토포필리아(Topophilia)'라는 인문학 용어가 있습니다. 우리말로 번역하면 '장소애'라고 할 수 있습니다. 인문학자들은, 지리학자 이-푸 투안의 용어를 빌어 '공간'의 문제를 새롭게 인식하는 중입니다. 최근의 인문학 동향인 디아스포라도 그와 관련돼 있습니다.

투안은 공간과 장소의 개념을 구분해서 사용하고 있습니다. 공간은 낯설고 추상적이며 미지와 두려움의 지대라면, 장소는 친근하고 구체적이며 익히 알고 있는 지대라는 것입니다. 그의 용어, '토포필리아' 즉 '장소애'는, 어떤 공간이 개인에게 특별한 작용을 끼칠 때, 그 사람이 그 공간에서 인상적인 감각과 충격적인 정신의 영향을 받았다면, 그곳은 그에게 개별적인 장소가 되고, 그는 그 공간을 그리워한다는 것입니다. 장소에 대한 특별한 감응이지요.

대부분의 사람들은 '장소애'가 통하는 공간을 갖고 있습니다.

두 사람

1980년대 초, 나는 '두 사람'이라는 경양식 집에서 DJ를 하고 있었습니다. '피움'의 실내 분위기가 많이 닮아 있습니다. 〈소설탄생〉 회원이 머리를 맞대고 합평하는 장소가 피움의 뮤직박스로 보입니다. 나는 이 장소에 들어서면 곧장 디제이 시절로 돌아갑니다. 군 입대를 앞둔 스무 살 그 때

말입니다.

뮤직 박스 안에서 수천 장의 레코드 중 한 곡을 골라내어 턴테이블에 걸어놓는, 빠르고 정확한 몸놀림이 멋있어 보여서 라기 보다, 군 입대를 앞두고 불안을 덜어보자는 의도에서 시작한 '두 사람'에서의 아르바이트였습니다. '두 사람'에서는 주인이 수집한 수천 권의 책을 실컷 읽을 수 있었습니다. 한 달 급여가 레코드 한 장과 책 두어 권 구입할 정도 밖에 안 되었어도 나는 그 일에 최선을 다했습니다. '두 사람'에서 첫 소설을 써서 기말작품으로 제출하고, 그 작품을 수정하여 공모전에 출품했습니다. 그 공모의 신인상을 받으며 문단에 나오게 되었습니다.

'두 사람'은 아직도 그 거리, 그 자리에 있습니다. 주인과 실내장식 모두 바뀌었지만, 스피커에서 울리는 그 음악은 여전했습니다. 거기서 내가 자주 틀어대던 「Welcome to my world」, 「모차르트의 클라리넷 협주곡 2악장」이 흘러나옵니다. 나는 순식간에 군 입대 전 그 시간으로 돌아갑니다. 민주화에 대한 열망이 고조에 달하던 그 시기, 친구들은 최루탄 가스가 부옇게 배어 있는 거리로 나가 투쟁을 외쳐대는데, 나는 뮤직 박스 안에 들어앉아 레코드판을 돌리고 있습니다.

여름이었던가, 한 친구가 '두 사람'에 왔습니다. 중학교 한 학년을 같이 다녔던 친구였습니다. 나에 대한 충고인지, 자신을 향한 다짐인지, 그는 현실도피 운운하는 글과 함께, 김민기의 「친구」를 신청해 뮤직 박스 안으로 디밀고는 거리로 나가버렸습니다. 그 친구, 내가 청바지 뒷주머니에 도끼 빗 꽂고 긴 머리를 쓸어 넘기면서 '오늘은 왠지 누군가를 만날 것 같은……' 이라는 멘트를 날리는 인기 있는 DJ인줄 알았나 봅니다.

운동권 학생은 아니지만, 그렇다고 완전히 그릇된 현실을 외면하지 않는, 이러지도 저러지도 못하고 갈팡질팡하는 휴학생이 나였습니다. 음악만 보는 것이 아니라, 내 나름의 사회 현상의 잘못된 인식을 바로잡으려는 독서도 해나가던 시절이었습니다. 문학을 통해서였지만, 파행의 현실 정치와 부조리한 삶에 대해 알아가기 시작하면서, 그와 연관된 시와 소설의 문장을 메모해 두었다가 음악 사이사이 잠깐씩 소개하기도 했습니다. 내 방식으로의 현실에 대한 관심 표방이었고……, 그것 이상은 용기가 나지 않았습니다. 나의 앙가주망은 뮤직 박스 안에서 이뤄졌다면 엄살인가요?

요즈음은 음악 다실이나 음악 감상실이 많이 사라졌습니다. 디스크자키도 덩달아 없어졌지요. 서울, 신당동 떡볶이집 골목에는 음악을 선곡해 주는 DJ가 여전히 활약하고 있다는 이야기를 들은 적이 있습니다만, 영상문화가 대세인 세월이어서 오디오는 약해졌다고 보아야겠지요. 요즘 가수들은 노래도 노래지만 몸매와 얼굴을 내세워 춤과 연기력을 보여야 인기를 얻을 수 있습니다. 그래도 가수는 가창력이 있어야 하고, 연주자는 곡 해석 실력이 있어야 하며, 작곡가는 개성 있는 음악성이 있어야 한다는 것은 대중이 더 잘 알고 있지 않나요?

대중소비사회에서 예술에 대한 대중의 생각이 변했더라도, 예술에 대한 전형성과 진정성은 여전할 것이고, 그에 대한 신뢰는 더할 것이라 생각합니다. 고전음악이, 문학이 사라지리라는 우려가 있는데, 반드시 그렇지만은 않을 것입니다. 대중음악보다 고전음악을 즐기는 대중이 있을 것이고, 영상보다 문학을 즐기는 대중이 있을 뿐이겠지요.

국경을 넘어서

'음악은 위험하다'고 어떤 선배 소설가가 말했습니다. 음악은 현실 문제를 외면케 해서 마약처럼 상용하면 정신 건강을 해치게 된다고 말입니다. 공해문제, 경제문제, 실업문제, 정치문제, 교육문제……. 현실에는 해결해야 할 문제가 산적해 있는데, 음악은 아무런 도움도 주지 못하고 그저 아름답기만 하다고 말입니다.

그렇긴 합니다. 음악은 현실을 잊게 합니다. 음악을 듣는 동안에는 현재의 시간은 멈추어 있습니다. 시간의 공백, 음악의 시간에 들이밀어진 현실 시간의 정지 상태, 그 공백은 '꿈'으로 메워집니다. '꿈'에서 깨어나 현실로 돌아오는 시간, 음악이 끝나면서 정적이 흐르는 그 찰나의 시간, 꿈에서 서서히 깨어나는 시간…….

그 시간을 나는 '반성의 시간'이라고 불러보고 싶습니다. 그 반성의 시간은 우리를 기억화된 공간으로 데려다주고, 우리는 거기에 잠깐 동안이나마 머물며 삶을 돌아보고 현실을 직시하게 되며 미래를 희망합니다. 음악은 그렇게 현재를 멈추게 하지만 과거를 불러와 지금을 반성하게 하며, 미래를 그리워하게 합니다. 얼마나 소중한 시·공간입니까? 음악이 없으면 어쩌면 소음만 있을지 모릅니다. 반성의 시간이 없는 소음뿐인 현실은 두렵습니다.

나는 문학을, 애초에 그 현실의 두려움을 견디기 위해 시작했던가 봅니다. 현재의 육화된 공간들은 음악이 흐르는 동안 내게 다가왔습니다. 음악이 없으면 내 체험의 공간이 보이지 않았던 것입니다. 그래서 나는 한 쪽짜리 짧은 글을 쓰건, 한 권짜리 장편소설을 쓰건, 구상에서부터 마지막 문장의 마침표를 찍을 때까지 음악을 듣습니다. 다른 동료와 선후배작가들이 시끄러워서 집중할 수 있느냐, 면서 의아하게 생각합니다. 그러나 나는 되묻습니다. 어떻게 현실의 소음을 참아내면서 집중할 수 있느냐고 말입니다. 싱크대로 수돗물 떨어지는 소리, 바퀴벌레가 달리는 소리, 형광등 울음소리, 어항 안 물고기 숨소리, 빨래 마르는 소리……. 등의 생활 소음을 어떻게 견디면서 글에 몰입할 수 있느냔 말입니다. 음악을 듣지 않으면 온갖 소리가 귀에 달려와 괴롭히는데, 그것을 어떻게 참아내느냐고…….

소설탄생의 문학 공간 '피움'도 소음이 많습니다. 이어폰을 귀에 꽂아도 소음은 차단되지 않습니다. 그 소음이 음악과 섞여 현실을 이뤄내고 있습니다. 소음을 드러내는 방법으로 음악을 얹는 것. 나의 문학적 리얼리즘은 그런 모습이었습니다.

다문화 이야기

이제 우리 〈소설탄생〉도 어느덧 십 년을 넘어서고 있습니다. 십 년의 시간은 안산이라는 공간에 녹아 있습니다. 소설탄생의 6집도 안산에서 이뤄지고 있습니다. 특히 이번 6집은 안산이라는 토포필리아에 초점이 맞춰져 있습니다.

우리나라에서 외국인 노동자의 활동이 가장 두드러진 도시가 안산입니다. 교통과 통신의 발달로 민족·국가의 경계가 희미해가는 신자유주의적 현실은 우리에게 여러 형태의 '지구촌 문제'를 제기하고 있습니다. 그 중심에 안산시가 상징적으로 자리하고 있습니다. 급속한 과학기술의 발달에 의한 산업 형태의 변화, 공리를 무시한 자유, 가부장 질서와 여성의 위치 변모 등이 우리에게 제기되는 문제입니다. 특히 공동체 연대의식의 붕괴가 우려되는 상황입니다.

〈다문화 이야기〉라고 이번 소설탄생 6집의 주제를 잡았는데 여러 문제 중에서 타민족, 타국민과의 갈등과 소외는 앞으로 우리사회의 부조화 요인이 될 가능성이 짙습니다.

외국인노동자들의 애환, 이주여성들의 희망과 절망, 한국인과 외국인의 소외와 갈등 등이 이번 우리 소설집의 주된 내용입니다. 소설에 반드시 어떤 전망을 보여주어야 한다는 원칙은 없지만, 안산을 배경으로 한 소설탄생의 〈다문화 이야기〉에서 우리나라의 의미 있는 다문화사회로의 진입과 안착을 보여 주리라 고대합니다.

〈소설탄생〉은 단일민족으로서의 자부심이 강한 우리 국민이 받아들여야 할 다문화사회의 여러 모습을 창작 소설로 형상화했습니다. 〈다문화 이야기〉의 진정성 높은 소설들은 많은 독자들의 마음을 울리는 메시지로 다가갈 것입니다.

문학과 음악은 국경을 넘어서니까요.

소설탄생 지도작가 / **김기우**

쁘리비엣, 시비리

최경숙

소설을 읽는 게 좋아서 읽다가 남의 글만 읽는 내 모습이 이상해 보인다.
그래서 가끔 소설을 썼다.
소설을 쓰고 나면 내가 쓴 소설이 마음에 든 적이 한 번도 없었다.
그래도 쓰고 또 썼다.

쁘리비엣, 시비리

나는
노보시비르스크 기차역에서 빅토르를 기다리고 있다. 시베리아 횡
단열차가 지나가는 이 도시에 1년여 만에 다시 오다니 이게 무슨 우
연인지 모르겠다. 두 달 만에 만난 내 친구에게 이번 크리스마스는
러시아에서 보낼 거라고 자랑하듯 나는 말했다.

"거기가 어딘데?"

"러시아에서 가장 큰 기차역이 있는 도시야."

친구는 처음 들어보는 도시인 것처럼 내게 물었다. 그래서 나는
천천히 입술을 움직여 노보시비르스크 라고 말해주었다. 시베리아
는 몽골어 시베르와 타타르어 시비르가 신비롭게 합성된 말이야, 노
보가 붙어서 '새로운 시베리아의 도시'라는 의미야."

"아하 시베리아, 거기도 여행을 가는 곳이니, 추운 곳이잖아. 거길 왜 가는데?"

"알면서 그러니, 내가 작년 여름에 시베리아에서 빅토르를 만난 얘기했잖아."

"맞아 빅토르가 있었지. 나는 푸틴이 싫어서 러시아에는 절대 안 갈 거야, 흐흥."

"뭐, 그럼. 트럼프가 좋아서 미국에 갔다 왔니?"

"푸틴의 말이 싫다는 뜻이야. 빈정거리는 말투가 있어. 러시아말은 몰라도 그의 표정으로 알 수가 있다고."

내 친구는 사람들이 여행을 많이 가지 않는 곳에는 절대 여행을 가지 않는 겁보라고 자신을 규정했다. 내가 보기에 겁보인 것 같지 않은데 친구는 유명하고 안전한 곳을 지향한다고 했다. 그러면서 정말 안전한 곳이 어디에 있을까 싶다며 한숨을 쉬었다.

"너의 만용과 너의 사랑을 위해."

"너의 불안과 안전을 위해."

"제발 얼어 죽지 말고 살아서 돌아와야 해. 빅토르가 아니어도 지구 반대편, 따뜻한 나라의 남자들도 만나러 갈 수가 있어."

우리는 맥주잔을 들고 건배를 했다. 빅토르의 전화만 믿고 어떻게 거기까지 갈 수 있냐며 친구는 걱정된다며 측은한 눈빛으로 나를 바라보았다.

증기기관차 모양을 본떠 만든 밝은 민트색 건물은 눈이 쌓인 광장과 어울려 겨울영화의 한 장면을 보는 듯해 뭉클했다. 전광판에 걸린 온도계는 영하 10도를 가리키고 있었다. 시베리아의 진짜 혹독한 추위는 1월과 2월에 시작이 된다고 했다. 영하 10도, 바람이 없는 날씨는 그럭저럭 견딜만했다.

나는 기차역 대합실로 들어갔다. 빅토르와 나는 오후 1시에 만나기로 했다. 관광객이라고는 올 것 같지 않은 이곳으로 가끔 털 코트를 입은 백인 중년의 여인들이 귀족 같은 자태를 풍기며 천천히 지나갔다. 나와 비슷한 한 무리의 유라시아 남자들이 개털 비슷한 모자를 쓰고 다녔는데 살아 있는 개의 모습과 겹쳐 피식 웃음이 나왔다.

"세상의 끝에서 기차를 타고 너를 만나러 갈 거야."

"빅토르, 세상의 끝은 어디를 말하는 거야?"

세상의 끝이라는 이해하기 힘든 말을 내뱉는 그의 한국어가 전화기를 타고 내 귀에 전해졌다. 집으로 돌아오지 않고 내게 전화로 내뱉는 그의 음성을 들어주는 일이 점점 힘들고 지루해졌다. 빅토르와 나는 이 도시에 함께 오기로 한 열흘 전, 그의 집에서 만나기로 했는데 그는 들어오지 않았다. 빅토르는 내년 3월에 서울에 있는 한 대학의 철학과 2학년에 편입이 결정되었다. 나는 다시 회사에 취직이 되어 3월부터 근무하기로 한 상태였다. 취직해서 생활하는 게 최선은 아니라는 생각을 하면서도 나는 불안을 떨치지 못했다. 매일 같이 자유롭게 살고 싶다고 외쳤지만 불안하게 다시 일을 찾아 헤메느라 자유를 누린 적이 없었다. 다시 다른 사람들처럼 직장에 다니는 일이 정상적인 삶의 권위에 스스로 복종을 한 것 같아 내 모습이 구차했다. 내게 아르바이트도 일이었지만 더이상 밤샘을 하는 게 싫어졌고, 새로운 임시직을 찾아 헤매는 일도 싫었다. 돈이 주는 자유가 내게 필요했으니 그걸로 됐으니 더는 다르게 생각하지 말자고 다짐했다.

비행기를 타기 전날까지 빅토르가 오지 않아 나는 당혹스러웠다. 그의 전화기는 꺼져 있었고 나는 불안해서 잠을 잘 수가 없었다. 다행히 이틀이 지나 술에 취한 빅토르가 내게 전화를 했다.

"내 아버지가 누구인지 알 수가 없어. 시베리아에 있는 나의 아버지는 진짜가 아니래."

내가 뭐라고 대꾸하기 전에 그는 알아듣기 어려운 말을 계속했다. 무슨 말인지 자세히 들어보려고 해도 러시아 말이라 알아들을 수 없었다. 무의식적으로 그의 입에서 쏟아져 나오는 러시아말에 나는 빅토르가 너무 멀게 느껴졌다. 그가 대답을 원한 것은 아닌 것 같았다. 일주일 뒤에 들어갈게 말하고 전화를 끊었지만 그는 돌아오지 않았다. 이태원에 살고 있는 그의 러시아 친구들도 빅토르가 어디에 있는지 모른다고 했다.

'지금 나는 기차역에 있어. 네가 보고 싶지만 나는 갈 수가 없어. 나는 세상 끝을 떠도는 사람이 되려고 해. 세상 어디에도 속하지 않으려면 계속 세상 밖을 서성거려야 해.'

빅토르는 계속 내게 이상한 메시지를 보냈다. 아버지가 진짜가 아니라는 말은 그를 아주 먼 곳으로 내몰게 한 것 같았다.

'나는 잘 있어, 급하게 해결하고 갈 일이 생겼어. 노보시비르스크는 꼭 갈 거야. 기다려줘.'

하지만 그는 집으로 돌아오지 않고 비행기를 타기 하루 전 "노보시비르스크 기차역 시계탑 아래에서 오후 1시에 만나자."는 말을 하고 전화를 끊었다. 한 시간 뒤 그가 문자메시지를 보냈다. '시계탑은 밖이라 너무 추울 것 같아. 대합실 전광판 아래에서 만나.'

나는 시계를 보았다. 지금은 12시50분, 한국은 오후 3시 50분이다. 러시아는 나라가 크기 때문에 러시아 안에서도 10시간의 시차가 발생한다. '당신은 유럽에서 온 러시아인이군요.' 예전에 읽은 러시아 소설의 한 문장이 떠올랐다. 유럽과 아시아에 걸쳐 땅이 있는 거대한 유라시안들을 바라보며 나는 빅토르도 유라시안일까 생각했다.

1년 전 여름 이 기차역에서 나는 빅토르를 처음 만났다. 그는 시베리아 문학기행팀의 러시아 현지 가이드였다. 푸른 회색 눈에 금발인 그의 모습에 나는 놀랐다. 가이드가 세 살 때 한국에서 이민을 온 사람이라 들었기 때문이다. 적당히 큰 키, 마른 몸의 백인인 그를 나는 다시 한번 쳐다보았다. 그의 얼굴에 어딘가 모르는 아시아인의 모습이 어른거렸다. 그가 우리 여행팀을 향해 어설픈 웃음을 지으며 손을 흔들었다. 얼핏 보이는 사춘기 소년 같은 음울한 표정이 내 시선을 끌었다. 그에게 관심이 생기며 어떤 새로운 기운이 내 몸에 돌아났다. 그 기운은 내가 누군가를 좋아할 때마다 생기는 첫 징후였다. 무엇인지 모를 어떤 것에 이끌려 나는 그를 흘끔흘끔 쳐다보았다.

오후 1시가 지나고 30분을 더 기다려도 빅토르는 오지 않았다. 피곤함과 추위가 몰려와 나는 역에서 가까운 카페로 들어가 커피를 마셨다. 혼자 카페에 앉아 있는 나를 러시아 사람들이 안 보는 척하며 나를 쳐다보았다. 나는 카톡을 확인했다. 빅토르에게 온 메시지는 없었다. 다시 대합실 안으로 들어가 30분 동안 빅토르를 기다렸다. 불길함에 주위를 서성거렸지만 그는 오지 않았다. 이제 어떻게 해야 되지, 나는 빅토르에게 전화를 했다. 예감대로 그는 전화를 받지 않았다. 그리고 조금 지나 메시지가 왔다.

"오늘 갈 수가 없었어. 미안해. 내일 오후 1시에 다시 만나."

"여기는 서울이 아니야. 나는 러시아에 있다고."

빅토르는 왜 오지 않는 걸까. 아버지와 그 사이의 문제라면 여기에 나타나야 해결되는 거 아닌가. 나는 이 도시에 왜 온 것일까. 나는 그에게 무엇일까. 문득 빅토르를 만나려고 이 도시에 온 건 아니라는 생각이 들었다. 비행기를 타고 여기에 온 건 내 자신이었다. 빅토르가 아니었어도 언젠가 한 번은 겨울에 이곳을 오고야 말았을 것이다. 영화의 주인공에게나 벌어질 만한 극적인 비극이 내게 도달했다는 착각이 들었다. 아무도 모르는 곳에 버려졌다는 차가운 기분이 몰려왔다. 변명이 담긴 빅토르의 메시지를 기다렸지만 오지 않았다.

어쩌지, 혼자 시베리아를 떠돌다 한국으로 돌아갈까. 다시 이런저런 후회로 머리가 무거워졌다. 어쩌자고 여기까지, 하는 자책을 하다 피식 웃었다. '내 자체가 무모함과 잘 어울리는 사람이었는데 뭘 당혹스러워하는 거지. 내가 빅토르를 만난 것도 우연이었고 러시아에서 빅토르를 만나지 못한 것도 우연의 연속이야.'

나는 여행 가방을 끌고 기차역과 가까운, 빅토르가 예약한 호텔에 짐을 풀었다. 빅토르가 20년 이상을 살았던 이 도시에 여전히 그의 아버지가 살고 있었는데 친부가 아니라니, 빅토르는 언젠가는 나와 아버지를 만나러 갈 거라고 했다.

"같이 아버지를 만나러 노보시비르스크에 갈 거야."

"왜 나를 데리고 가려는 거야?"

"아버지에게 네가 나랑 결혼 할 사람이라고 말해야 하니까."

겨울이라 그런지 오후 4시인데 벌써 어스름해지고 있었다. 나는 호텔 1층의 식당에서 꼬치구이인 샤슐릭에 보드카를 한 잔 했다. 40도의 술은 입속에 오래 머물다 천천히 목젖으로 내려갔다. 물빛의 보드카는 향이 안 난다고 들었지만 나는 어떤 향을 느꼈지만 그 향은 순식간이라 무엇으로 표현하는 것은 불가능했다.

빅토르가 만나지 못했음에도 기차역에서 당혹감을 잊은 채 시베리아의 겨울에 취해갔다. 나는 대체로 충격에 많이 반응하지 않고 쉽게 잊는 편이다. 내일도 빅토르가 오지 않을 수 있다는 생각이 들었다. 보르쉬라는 당근, 양파 등 야채를 넣고 끓여낸 스프를 먹으면서 마음이 한결 편해졌다. 한국인을 만날 수 없는 곳에서 아무런 말도 하지 않고 하루가 지나가고 있었다.

나는 식당을 나와 걷기 시작했다. 불이 켜진 밤거리로 사람들과

쁘리비엣, 시비리 | 최경숙

전차가 지나갔고 멀리 희미하게 러시아 정교 성당의 황금빛 둥근 지붕이 보였다. 지난여름 러시아 정교 성당에서 파이프 오르간 연주에 맞추어 젊은 신부가 노래를 불렀다. 의미를 알 수 없는 노래는 둥근 지붕에 닿았다가 다시 성당 속으로 울려 퍼졌다. 걷다 보니 레닌광장에 도착했다. 오페라극장의 불빛으로 광장은 밝았다. 레닌 동상 아래로 전쟁에 참전했던 시베리아의 원주민이 서 있었고 그들이 들고 있는 총 위로 눈이 쌓여 있었다. 한 쌍의 연인이 내게 다가와 사진을 찍어달라고 했다. 그들은 레닌을 향해 손을 흔들며 내게도 사진을 찍어주었다. 사진을 찍고 나도 고개를 젖히고 레닌에게 손을 흔들었지만 레닌은 너무 높이 있어 잘 보이지 않았다. 12월 20일, 크리스마스를 앞둔 초저녁 거리는 거대한 트리와 조형물들로 번쩍거렸다. 러시아 정교 크리스마스는 율리우스력에 따라 1월 7일이다. 트리 옆으로 새해를 알리는 거대한 숫자가 장난스러워 보였다.

"빅토르, 그럼 두 개의 크리스마스를 보내는 거야?"

"응, 네가 알고 있는 12월 25일과 내가 아는 1월 7일을 차례차례 보내고 싶어."

내가 시베리아 여행에서 돌아오고 몇 달 뒤 12월에 빅토르가 서울에 나타났다. 올겨울의 추위는 유난스럽다고 연일 방송이 이어졌다. 눈은 11월 말부터 내리기 시작하더니 일주일에 한 번은 눈이 내렸다. 눈은 녹았다 얼었다 하면서 한파까지 동반했다. 그날도 아침에 함박눈이 펄펄 내렸다. 29살에 아직도 아르바이트야, 라는 핀잔을 주위 사람들에게 들었지만 나는 돈이 떨어지면 일을 가리지 않고 아르바이트를 했다. 그 무렵 편의점에서 밤 10시부터 아침 10시까지 장기적으로 일을 하게 되었다. 다시 직장을 구하게 될 때까지라고 마음을 먹었지만 나는 혼자서 하는 편의점 일이 좋았다. 흠이라면 밤에 잠을 못 자는 거였다. 그날도 편의점에서 밤샘 아르바이트를 하고 아침에 집으로 들어가는 길이었다. 내 등 뒤에서 누가 나를 불렀다. 졸음이 깨면서 정신이 번쩍 들었다. 나도 모르게 내 모습을 내려다보았다. 모자를 쓴 초췌해진 나는 뒤를 돌아볼 수가 없었다. 그러자 빅토르가 내 앞으로 성큼성큼 다가왔다. 안녕, 빅토르, 내가 손을 흔들자 그가 내 손을 잡았다.

빅토르가 한국에 금세 들어올 수 있도록 다리를 놓아준 것은 수혁이었다. 수혁이 그에게 한국에 들어올 수 있도록 다리를 놓아주다니 뜻밖의 행동에 나는 놀랄 뿐이었다. 나만 둘 사이를 오해하고 있었나 보았다.

"어떻게 된 일이야, 빅토르."

"누나는 멀리서 보니 삶을 다 포기한 사람처럼 휘청거리더라."

"나는 한국 대학에서 철학을 공부할 거야. 지금 말고 일 년 있다. 지금은 한국과 러시아를 오가며 돈을 벌고 그때까지 수혁이 형에게 도움을 받기로 했어, 누나."

무역이란 게 도대체 어떤 것이냐고 내가 묻자 빅토르는 어린아이 같은 순한 표정을 지으며 걱정하지 말라고 했다. 나는 26살 빅토르가 무역이라는 말을 내뱉자 그가 서울에서 무엇을 해서 돈을 벌지 상상이 되지 않았다. 그가 서울에 온 것이 믿기지 않을 만큼 좋아서 그런 걱정을 금방 잊어버리기도 했다.

빅토르는 그의 아버지가 준 돈으로 한 대학의 어학원에 등록을 하고 한국어에 심취해 갔다. 러시아 유학생들이 한국에 꾸준히 증가하고 있었지만 러시아인에 대한 이미지는 좋아지지 않았다. 빅토르의 한국에 대한 애정과는 달리 한국인들은 러시아를 의심했다. 러시아를 잘 모르는 한국인들에게 그저 마피아라는 이미지만 떠올랐다. 빅토르는 다양한 나라의 사람들과 어울리며 자신이 사용했던 러시아어와 한국어 사이에 혼란을 느껴 힘들어 했지만 한국에서는 자신이 살아 있는 느낌이라고 말했다.

빅토르가 한국에 오면서 나, 수혁, 빅토르는 함께 살았다. 함께 살자고 제안을 한 것은 수혁이었다. 내가 아는 수혁은 누구와 같이 무엇을 나누고 할 사람이 아니었는데 그에 대해 내가 알고 있는 게 거의 없다는 생각이 들었고 그 제안을 나는 거절했다. 빅토르는 수혁의 집에서 살며 둘은 내게 왜 같이 살면 안 되냐고 투정을 부렸다. 결국에 나는 조건을 달았는데 같이 살다가 누구 한 명이라도 그만두고 싶을 때 바로 흩어져야 한다는 것이었다. 나와 수혁은 월세방을 정리하고 방이 세 개나 되는 주인세대 주택을 구했다. 의외로 월세 집은 아주 많았다. 대부분의 집이 월세라는 게 놀라울 뿐이었다.

그때 왜 그런 황당한 공동생활을 했는지 지금 생각해 보아도 이해가 되지 않는다. 문학관에서 일명 공상적 사회주의가 빌미가 되어 만난 셋은 우리가 사는 집에서 형제와 자매, 나이와 상관이 없이 지냈다. 돈에 대한 사유를 우리는 없애보자고 했다. 돈을 벌어오면 책상 서랍에 넣었다. 각자 필요한 만큼 돈을 가져갔다. 내가 아르바이트를 해선 번 돈은 최저임금이었다. 그나마 돈을 제일 많이 버는 것은 수혁이었지만 그도 이백 만원 정도의 월급이 전부였다. 빅토르는 사십 만원 정도 벌었다. 빅토르는 그의 아버지에게 도움을 많이 받았다. 빅토르의 어머니가 교통사고로 죽은 뒤 받은 보상금은 그를 위해 사용되고 있었다. 나는 틈틈이 다시 회사에 입사원서를 냈다. 합격이란 전화를 받아보지 못하고 시간이 흘러갔다. 그 무렵에 수혁은 러시아로 들어가 여행사를 차리고 싶다며 여기저기 알아보며 준비를 하는 것 같았다.

빅토르는 여러 가지 도움을 수혁에게 잘 받았다. 둘의 협력은 내가 예상하지 못한 조합이었다. 수혁은 자신이 실패한 러시아 유학을 빅토르가 다시 경험하게 할 수는 없다고 가끔 내게 말했다. 우리는 일주일에 한 번 모여서 술을 마시면 무엇을 하고 살지, 불안한 미래에 대한 이야기를 많이 했다. 우리는 앞뒤가 안 맞는 다양한 말들을 쏟아내며 끝없이 얘기하다 지치면 그런 건 공상적 사회주의일 뿐이라고 일축해버리곤 했다.

나는 공동생활에서 여러 가지 실험을 하고 싶었는데 빅토르와 수

혁은 너무 예의바르고 깍듯했다. 그리스도교 공동체의 수도승들 같
았다. 내심 그 둘의 실수를 기다렸지만 아찔한 관계로 이어질 만한
사건 하나 없었다. 그들은 너무 금욕적인 수도승이었다. 나는 새로운
실험과 변화를 실현해 보고 싶었는데 말도 꺼내지 못했다. 새로운 실
험이라는 것은 몸의 공동화, 몸뚱어리를 공유하자는 것이다. 사랑하
지 않아도 서로 육체적 사랑만 할 수 있는 그런 관계 말이다. 몸이 헤
픈 남자가 되고 싶지는 않다고 둘은 내게 냉소를 지었다. 헤프다는
의미를 그들이 끌어다 쓸 줄이야. 그때만 해도 나는 빅토르와 사귀
지 않았다. 나는 묘하게 두 남자에게 다 끌려 헛갈리는 시간이었다.
둘도 동시에 나를 좋아해서 망설이는 거라고 나는 억측을 했다.

공동생활이 삼 개월이 넘어가자 나는 더는 못 하겠다고 선언을 했
다, 내 생활에 자유를 찾고 싶었다. 특별히 공유하는 것도 없고 더
새로울 것도 없는 시간이 싫증났다. 공동생활이 외로움을 혼자 대
처하지 않는 다는 것은 좋았지만 유토피아적인 공동체를 꾸리려거
나 하는 시도도 없이 둘은 왜 같이 살자고 했는지 모르겠다. 공동생
활에 흠뻑 스며들지 못하고 그동안 살아온 관성에 이끌려 활력이 없
는 시들시들한 사이는 매력이 없었다. 차라리 각자 흩어지면 오히려
자신을 찾을 수 있을 것 같았다.

우리는 흩어졌다. 내 공간이 생기자 나는 다시는 공동생활 같은
것은 꿈도 꾸지 않을 거라고 별 반응도 없는 두 사람에게 말했다. 각
자의 고유한 공간이 있는 게 내가 꿈꾸는 사회주의였다. 일주일에 3

일만 일하고 나머지는 빈둥대면서 돈이 되지 않는 일에 시간을 보내며 헐렁한 생활을 하고 싶은 게 나의 공상적 사회주의이다. 나는 그렇게 살지 못했지만 내 머릿 속의 사회주의를 가끔 꺼내보는 일에 시간을 보내는 게 위로가 되었다. 나는 시베리아 여행 이후 도스토옙스키의 작품들을 탐닉하기 시작했다. 그의 소설들을 읽으면서 언젠가 다시 도스토옙스키 문학관으로 가서 나의 오점을 씻고 싶었다.

나는 빅토르와 연애를 하기 시작했다. 그는 의외로 개방적이었다. 사람에게 연민을 많이 가진 사람이었다. 나이 보다 애늙은이처럼 구는 게 특이하고 좋았다. 다른 사람의 감정에 민감하게 반응했고 자신의 몸으로 그걸 보여주려 애쓰는 모습에 나는 점점 끌렸다. 그는 내게 어떤 믿음을 주는 나의 동지 같았다. 어쩌면 나는 연인을 원한 게 아니라 쓸모 있는 친구를 원했는지 모르겠다.

나는 한국 사회의 방식이 아닌 다른 방식으로 연애를 했다. 러시아 남자인 빅토르는 내게 집착을 하지 않았다. 이전에 내가 한국남자와 했던 연애는 서로의 사생활을 보고하듯 하는 집착이 곧 연애였다. 억지스러운 이벤트나 기념일 같은 것도 없이 연애가 이어졌다.

나는 무엇보다도 빅토르의 말에 매료되었다. 그의 말은 단조로운 몇 개의 문장이 전부였다. 내가 한국인이면서 그의 한국말에 빠져들었다는 것은 아이러니였다. 그의 아버지에게 배운 한국어는 상스럽지 않았고 다른 사람에게 모욕을 주지 않는 말이었다. 어쩌면 빅토르는 아버지 둘 사이에 한정된 한국어를 사용했기에 그럴지도 몰랐다. 그의 말은 단순하고 솔직했다. 내가 사람들과 주고 받는 말 속에 감추어진 빈정거림이 없었다.

"러시아에서는 부모를 친구라 생각해. 편하게 부모에게 애인을 소개시켜."

"빅토르, 너에게도 한국인의 피가 흐르잖아. 너무 한국인은, 한국인은 어떻다고 말하지 말아줄래. 아직 너를 부모에게 소개시킬 단계는 아니야. 조금만 기다려. 아직은 아니야."

"뭐가 아직은 아니라는 거지."

"러시아는 육 개월 정도 사귀고 나면 동거를 하는 경우도 많아. 서로 사랑하니까. 결혼도 일찍 해."

"나는 네가 더 좋아져도 동거도 결혼도 하지 않을 거야."

그는 내가 너무 계산적이고 안정적인 것만 취하려 한다고 나의 연애론을 비난했다. 내게 지나치게 이성적이고 합리적인 것에 매달리는 이유가 궁금하다고 했다. 정교 신앙을 가진 빅토르는 예측하지 못한 변화를 좋아했고 정해진 틀을 싫어했다. 나는 빅토르의 목 맨 소리에 부모님 집으로 그를 데려갔다. 부모님은 빅토르를 안아주면서도 내게 정색을 했다. 미국인도 유럽 남자도 많은데 왜 하필 러시아 남자냐고.

"그래도 동남아시아 남자도 아니고 백인이라서 좋다."

부모님은 경험으로 백인도 사귀고 다른 남자도 나중에 사귀어 보라고 내 연애와 빅토르를 대수롭지 않게, 하찮게 여겼다. 언제 결혼

할 거냐는 평소의 닦달은 어디로 사라진 것 같았다

　다음 날 아침 나는 꿈을 꾸다 비명을 지르며 꿈에서 헤어날 수 있었다. 오전 9시였다. 잠이 깬 채 침대에 누워 이런저런 생각을 했다. 나는 꿈속에서 빅토르를 보았다. 일곱 살 빅토르가 엄마를 만나고 있었다. 그는 엄마를 알아보지 못했다. "빅토르 내가 너의 엄마야. 가까이 오너라. 너의 얼굴을 만질 수 있게." 빅토르는 엄마에게 가까이 가지 않았다. 손을 잡으려고 내민 엄마의 손을 뿌리치고 그는 달아났다. "빅토르, 엄마에게 돌아와." 서울에서 살 때 가끔 꿈에서 빅토르는 엄마를 만난다고 했다. 꿈을 꾼 날이면 엄마에 대해 말해주었다. "엄마는 세 살 때 고아가 되었어. 그 후로 친척집을 떠돌며 살았대. 엄마는 고려인도 아니고 슬라브계 백인 러시아 사람이었어." 그의 꿈 이야기를 들을 때면 그가 마치 나를 엄마처럼 느끼는 것 같아 기분이 이상해졌다. 빅토르는 지금 어디에 있을까, 그가 이 도시에 있을 것 같았다.

　나는 열 한시에 다시 여행 가방을 끌고 거리로 나왔다. 바닥에 쌓인 눈이 바람에 날려 모퉁이에 쌓였고 길은 미끄러웠다. 어제와 비슷한 날씨였다. 너무 일찍 기차역에 와서 나는 대합실 여기저기를 둘러보았다. 알고 있는 발음 기호로 키릴 문자들을 읽어보려다 포기하고 영문을 골라서 읽었다. 모스크바 시간을 기준으로 열차의 시간표들이 가득 적혀 있었다. 기차역은 전철역도 같이 있는 곳이라 유난히 사람이 많아 보였고 웅장한 대합실은 사람들로 넘쳐났다. 웅성웅성 알 수 없는 러시아말이 나를 어지럽게 했다. 나는 다시 밖으로 나와 광장을 바라보았다. 여기에서 아는 사람을 만날 수 있기나 한 걸까, 막막한 기분이 들었다. 누가 내 이름을 불러주기나 할까. 아무도 나를 불러주지 않으면 어쩌지 하는 불안에 다시 몸을 돌려 대합실 안으로 들어가려고 할 때 누군가 나를 부르는 소리가 들렸다. 돌아보니 광장으로 수혁이 꽃을 들고 걸어오고 있었다.

"오래 기다렸지?"

"수혁아, 네가 어떻게 여길 왔어?"

"천천히 물어봐, 시간은 아주 많아."

"빅토르는 어디에 있어?"

"이 꽃을 사서 너를 줄 생각을 하니 가슴이 벅찼어, 꽃을 들고 광장을 가로질러 오는데 자꾸 바보처럼 웃음이 나오는 거야."

수혁은 내게 꽃을 건네면서 배시시 웃었다.

"러시아 사람들은 꽃을 아주 사랑해. 24시간 꽃집도 많아. 길거리에서 꽃을 파는 할머니들도 쉽게 만날 수 있어. 러시아 남자는 여자에게 붉은 꽃을 많이 줘. 여자는 꽃을 받아야 남자가 자신을 사랑하는지 알 수가 있어." 서울에서 빅토르가 내게 꽃을 주면서 하던 말이었다.

"이게 무슨 일이야, 어떻게 된 거야, 수혁."

그는 나의 물음에 대답하지 않고 기차역 근처의 카페로 나를 데리고 갔다.

"사흘 전 빅토르가 이르쿠츠크로 나를 찾아왔어."

"뭐라고, 너는 옴스크에서 모레 만나기로 했잖아."

"빅토르가 너를 만나달라고 내게 부탁을 했어."

"말도 안 돼. 너를 만나러 가면서 왜, 나를 만나러 오지는 않는 거야."

"빅토르는 당분간 프랑스를 여행할 거래, 이르쿠츠크에서 횡단열차를 타고 유럽으로 간대. 너에게 조금만 자기를 기다려 달라고 했어."

"빅토르는 아버지를 만날 자신이 없다고 했어."

수혁과 나는 빅토르의 아버지 집으로 갔다. 빅토르의 아버지 김철 씨는 농사를 지으며 혼자 살고 있었다. 내가 인사를 하자 그는 빅토르에게 이야기를 들은 적이 있다고 말하면서 반갑게 맞아 주었다.

"아버님, 왜 갑자기 빅토르가 사라졌습니까?"

수혁의 물음에 그는 당황하면서 아무 말도 하지 않았다.

"빅토르가 아버님이 진짜 아버지가 아니라고 했습니다. 어떻게 된 것인지 말씀해 주십시오."

김철은 수혁에게 그걸 대답하려면 자신의 이야기를 먼저 들어달라고 했다. 김철은 빅토르의 어머니 소피야가 한국에 유학을 왔을 때 알게 되었다. 그는 같은 학교의 대학원생이었다. 1989년 베를린 장벽이 무너지고 곧이어 1991년 소련의 사회주의가 무너지는 세계의 큰 변화가 있을 때 사회주의자를 자처했던 김철의 삶도 흔들리고 무너지기 시작했고 그는 자신이 중간에 그만 둔 대학에 들어가 철학을 공부했다.

소피야는 음악을 하고 싶어 1992년에 한국에 왔다. 대학교의 어학원에서 한국어를 공부하고 음악을 하려고 했다. 경제적인 형편이 좋지 않게 되었는지 소피야는 어학원을 안 다니고 돈을 벌었다. 그녀의 딱한 사정을 친구에게 들은 김철이 그녀를 도와주려고 했지만 소피야는 거절했다. 그러다 한동안 소피야를 보지 못했는데 어느날 자신이 다니는 교회에 그녀가 나타났다. 정교회 신자였던 그녀는 한국인 친구를 따라 교회에 와서 예배가 끝난 교회당에서 피아노를 쳤다. 러시아 작곡가 쇼스타코비치의 왈츠 2번 피아노곡이었다. 김철은 그 피아노곡에 놀랐다. 그는 그런 음악이 지상에 존재한다는 사실도 모르고 산 자신을 느끼자 이상한 감정에 휩싸였다. 김철은 세상을 변혁시켜야 한다는 절박함에 아름다움 따위는 나중으로 미루고 그보다 더 중요한 일을 향해 자신을 바친다는 일념으로 살았다. 아름다움이 무엇인지도 모르고 무엇이 중요한지 모르고 살았던 자신의 세월이 낯설었다. 그러다 소피야가 그의 눈에 다르게 보이고 좋아졌다. 둘은 같이 살게 되었다. 김철은 혼인신고를 했고 빅토르가 태어났다.

빅토르가 태어난 건 둘이 산 지 7개월 만이었다. 김철은 빅토르가 자신의 아이가 아닌 걸 알고 있었다. 그는 자신의 핏줄을 만들고 싶어

하지 않는 사람이었다. 자신의 아이는 절대 만들지 않을 결심을 언제나 하고 있었다. 소피야는 혼인신고로 체류허가를 받았지만 여전히 러시아인이었다. 빅토르는 김철의 호적에 올렸고 한국인이 되었다.

나는 어리석게도 김철을 향해 자신의 아이가 아닌데 어떻게 결혼을 유지했냐고 물었다. 김철은 쓴 웃음을 지으며 창밖을 보았다.

"이미 사람이 좋아졌는데 무슨 이유가 더 필요하겠어. 나와 소피야의 관계를 무슨 말로 이해를 시킬지 잘 모르겠네."

1993년도에 빅토르가 태어났으니 그 시절의 급격한 세계의 변화도 자신이 빅토르의 아버지로 살게 된 이유 중 하나라고 했다. 나는 김철이 사회주의자인지 물어보았다.

"한때는 사회주의자였지. 지금은 그냥 아무 주의자도 아니지."

"소피야도 아버님을 사랑했나요?"

"난 그저 소피야가 좋았어. 소피야가 날 좋아하지는 않았지. 그녀에게 한국남자가 필요한 순간에 내가 나타났던 것 같았어. 빅토르가 태어나고 우리 둘은 사이가 점점 좋아졌어."

"그러면 빅토르의 진짜 아버지는 누구인가요?"

"글쎄, 진짜가 뭘까? 내가 좋아한 여자가 낳을 수밖에 없는 아이였지만 난 상관이 없었어. 러시아 사람이든 다른 어느 나라 사람이든 사람은 자신이 원하는 나라, 원하는 곳에서 누구든지 살 수 있는 거라고 생각했지."

빅토르의 아버지는 노보시르스크에서 목축업을 하고 있었다. 소를 키우고 농사를 짓는 생활을 하면서 관념에 붙잡히지 않고 살아본 최초의 생활이었다며 감자 꽃을 본 적이 있냐고 내게 물었다.

"시베리아는 감자가 잘 자라고 러시아인들에게 감자는 제2의 빵이지. 나도 시골에서 농부의 아들로 태어났지만 감자 꽃은 처음 보았네. 시베리아 들녘에 핀 그 꽃들을 보고 걸음을 멈출 수 있었어. 신을 만난 기분이었어."

나도 여름 시베리아 들판에서 감자를 보았다. 시베리아 어디를 가도 감자밭이 펼쳐졌다. 감자꽃이 뭐라고 신을 만난 것 같다는 김철의 말은 이해가 되지 않았다.

빅토르가 돌을 막 넘겼을 때 김철이 운전하는 자동차를 타고 가다 차와 충돌해 소피야는 숨졌다. 그녀의 나이 26살이었다. 갑작스러운 그녀의 죽음에 김철은 한동안 충격에서 헤어 나오지 못했다. 그는 소피야의 유해를 가지고 그녀의 고향인 노보시비르스크로 갔다. 유해를 뿌려주고 한국으로 돌아가려고 했는데 시베리아 벌판이 좋아서 살게 되었다.

김철은 우리 세대가 이해할 수 없는 사연을 가진 사람인 것 같았다. 난 솔직히 뭐가 뭔지 잘 모르겠고 답답해졌다. 다시 수혁이 김철에게 물었다.

"그럼, 빅토르의 친부는 누구인가요."

"소피야가 내게 빅토르의 아버지에 대해 이야기 한 적은 있지만 그녀와 약속을 지키고 싶군. 아무에게도 말하지 않기로 했어. 언젠가 빅토르에게는 말해야겠지만."

소피야가 빅토르를 낳았으니 그냥 엄마인 것처럼, 김철은 자신이 선택해서 아기를 낳았으면 자신이 아버지가 될 수 있는 거라 했다.

우리는 김철의 집을 나와서 다시 노보시비르스크 기차역으로 갔다. 빅토르가 지금 어디에 있는지 다시 수혁에게 물었지만 대답 대신 그는 기차표를 내게 내밀었다. 오후 3시에 시베리아 횡단열차를 타고 옴스크에 가자고 했다. 맞아, 우리 셋이 옴스크에서 만나기로 했었지. 빅토르는 어떻게 하고, 이것저것 물어보는 내 물음에 수혁은 소리 없이 웃으며 앞서 걸어갔다.

수혁과 나는 시베리아 횡단열차를 탔다. 4인실 쿠페는 우리 두 자리만 남아 있었다. 수혁이 그들과 가벼운 인사를 나누었다. 한 러시아 여성은 옴스크에서 대학을 다니며 한 명의 삼십대 남성은 페테르부르크에서 사는데 울란우데까지 간다. 자작나무와 소나무 위로 눈이 쌓인 시베리아 벌판으로 기차는 내달리고 서서히 어둠이 내렸다. 침묵 속의 벌판 위로 빅토르의 얼굴이 스쳐갔다. 전쟁에서 패배한 병사들이 시베리아 평원에서 불쑥 걸어 나올 것 같은 밤이 시작 되었다.

수혁은 나에게 이르쿠츠크에서 자신의 생활에 대해 이야기 해주었다. 한국보다 러시아가 자신에게 편하다는 걸 이제야 알게 되었다며 창밖으로 고개를 돌렸다. 나는 그가 빅토르에 대해 이야기 할 때까지 기다리기로 했다. 흔들리는 따뜻한 객차 안으로 졸음이 몰려왔다. 수혁은 잠이 들었다. 건너편의 여성이 책을 읽고 있다. 나는 피곤한데도 쉽게 잠이 들지 못했다. 잠이 든 수혁을 바라보다 복도로 나왔다,

　나는 혼자 식당 칸으로 가기 위해 다섯 개의 차량을 지나가야 했다. 대부분 객실의 승객은 관광객보다 러시아 사람이 많았다. 기차는 난방을 많이 해서 그런지 후덥지근했다. 긴 시간 기차를 타는 사람들이라 누워있는 사람들이 많았다. 6인실이 있는 3등석에는 윗옷을 벗은 남자들이 앉아서 음식을 먹으며 잡담을 나누었다. 웃통을 벗은 남자들이 모두 푸틴처럼 생긴 것 같아 슬며시 웃음이 났다.

　식당으로 가서 사십대 중반 정도의 키가 큰 백인 여자 승무원에게 러시아 맥주 발티카 한 병을 시켰다. 맥주를 한 모금 마시면서 노트를 펼쳤다. 오랜만에 글을 써 보고 싶었다. 창밖으로 고개를 돌렸지만 아무것도 보이지 않았다. 노트에 시베리아의 여름이라고 썼다. 시베리아의 여름 들판이 내 앞으로 밀려왔다. 야생화와 자작나무가 어우러지진 들판 위로 시베리아의 여름밤, 백야가 이어지고 있었다.

　이르쿠츠크의 루시여행사 수혁은 대학의 문학 동아리에서 만난 친구였다. 그는 노어노문학과였고 나는 국어문과였다. 그는 대학 1학년을 마치고 군대를 제대하더니 러시아, 페테르부르크의 한 대학으로 유학을 갔다. 도스토옙스키 소설을 공부하기 위해서였다. 삼년 정도 유학 생활을 하던 그는 돌연 한국으로 돌아왔다, 러시아문학을 하고 싶었지만 자신은 문학과 어울리지 않는 사람이라 한국으

로 돌아왔다고 했다. 대체 문학을 하고 싶으면 하는 거지 어울리지 않는 것은 무어냐고 내가 물었다.

"러시아어 실력이 도무지 늘지를 않았어. 나는 러시아어에 너무 주눅이 들어서 내게 있던 문학마저 달아날 지경이었어."

나는 국문과를 다녔지만 내게는 문자를 읽어내는 재능만 있었지 글을 잘 쓰는 재능이 없다는 걸 알고 일찍 포기했다. 그저 문자를 읽는 것에 시간을 보내기로 위안했지만 가끔 억울했다. 내 자신이 다른 사람의 글을 비난하고 조롱하는 일은 편리하면서도 씁쓸한 일이었다. 내가 다른 사람의 글을 폄훼하는 것은 아마도 글을 잘 쓰고 싶다는 욕망을 감추고 있기 때문에 생기는 부작용 같았다.

러시아에서 돌아온 수혁은 러시아 전문 여행사 직원이 되었다. 여행사 일을 하면서도 문학 공모전에 응모를 하다가 그마저도 접었다. 수혁은 사람들 앞에서 말을 잘 하는 달변가였다. 그의 말은 힘이 있어 사람들을 잘 모이게 했다. 그래도 왠지 그가 소설가를 포기한 것은 아닌 것 같았다. 그는 올 가을에 러시아 이르쿠츠크로 와서 1인 여행사를 차렸고 금세 러시아 직원도 한 명 두게 되었다.

수혁이 서울에 있던 일 년 전, 그는 8월의 시베리아 문학기행팀을 인솔하게 되었다. 그는 아르바이트로 연명하듯 지내는 내게 러시아 문학기행이나 가자고 말했다. 돈도 없고 시베리아는 별로 가고 싶지 않다고 둘러댔지만 어이없게 그때부터 시베리아에 가고 싶어졌다. 적금을 깨려니 돈이 아까웠고 거기 가서 뭐 할 건데, 하는 생각이 오갔다. "어디든 떠나면 움직이지 않는 것보다 나아. 너에게 변화가 찾아올지도 몰라, 가자." 나는 끈질기게 권유하는 수혁의 청을 못 이기는 척 여행팀에 끼게 되었다. 그는 러시아를 좋아하지 않지만 어쩌다 보니 러시아를 오가는 게 직업이 되었다고 푸념했다.

시베리아 문학기행팀은 막바지 일정으로 다시 시베리아 횡단열차를 타고 옴스크에서 내려 도스토옙스키 문학관으로 갔다. 정식 명칭은 도스토옙스키 옴스크 국립박물관이라고 합니다. 1716년 옴강과 이르티시강의 합류 지점에 요새를 구축했는데 요새 안에 감옥을 세웠으며 당시의 감옥은 1864년에 폐쇄되었고 사령관 사택이었던 이 자리에 박물관이 세워졌습니다, 빅토르의 통역이 시작되었다.

나는 겨울에 시베리아에 왔으면 더 좋았을 거라고 수혁의 옆에서 투덜댔다. 문학관에 오자 나는 새삼스럽게 시베리아의 추위에 영원히 갇히면 고통은 사라질지도 모른다는 망상에 젖었다. 수혁이 나를 툭, 치면서 빅토르를 보라고 손짓을 했다.

"1849년 12월 24일 밤, 도스토옙스키 일행은 영하 40도에 육박하는 혹독한 추위와 눈보라를 뚫고 우랄산맥을 넘은 죄수들은 1850년 1월 23일 마침내 시베리아 옴스크의 유형지에 도착했습니다." 빅토르가 통역하는 한국어가 들려왔지만 계속해서 생각이 다른 곳을 향해 있다. 나는 그의 말에서 의미를 파악하려고 그의 얼굴을 보다가 다시 말을 놓쳐버리곤 했다.

문학관에서 남자직원의 설명과 빅토르의 통역이 오갔다. 도스토옙스키의 유형과 시베리아 문학에 대해 그 직원은 세밀한 부분까지 설명을 했다. 직원의 설명을 듣는 여행단은 진지했다. 그들의 태도는 직원의 설명에 진지하게 호응을 해주면서 엄숙함을 지켰다. 도스토 옙스키를 숭배하는 듯한 태도가 풍겨서 나는 불편했다. 뭔가 자연스 럽지 못한 문학관의 분위기가 답답해졌다.

나 역시 도스토옙스키 소설에 관심이 많았지만 그 작가에게 지나 친 숭배 같은 걸 표출하는 사람들이 이상해 보였다. 타인에 대한 관 심이 그렇게 클 수가 있을까, 진짜 그렇게 작가가 위대해 보여서 그 러는 걸까. 아니면 몸에 밴 상투적인 태도 때문일까. 그 자리에서 작 가의 소설을 제대로 이해하는 건 나 밖에 없을 거라고 냉소를 지었 다. 한 시간 반을 훌쩍 넘겼지만 문학관 직원의 설명은 계속됐다. 그 래도 사람들은 흐트러짐 없이 설명에 집중했다.

언제부터인지 몰라도 나는 다른 사람의 말에 집중하기 어려웠다. 내 관점을 지나치게 주장하고 대화 중에 다른 사람의 말을 자르는 습관도 생겨났다. 더군다나 러시아에 오기 전에 『죽음의 집의 기록』 을 일주일 간 끙끙대며 읽고 와서 그랬는지 문학관의 설명이 식상했 다. 새로운 해석을 기대한 내 욕심이 과한 것 같기도 했다. 영화를 보러 가기 전 줄거리를 알고 간 것처럼 맥이 빠졌다. 나는 혼자 돌아 다니며 다른 작가들의 사진을 건성건성 보았다. 도대체 언제 끝나는 거야. 아직 문학관장의 설명회가 남아 있고 두 시에 다른 곳을 방문 하기로 했는데, 서둘러 시간을 맞추려는 기색은 없었다. 사진이 잘

전시되어 있어 잘 이해가 되는데 문학관 직원은 도스토옙스키 문학이 너무나 위대해서 하나라도 놓치면 안 된다는 결연한 의지를 가진 사람 같았다. 직원이 러시아문학의 권위를 내세우며 괜히 시간을 끄는 것으로 여겨졌다.

나는 문학관 밖으로 나왔다. 나무 사이로 새들이 분주히 날았다. 시베리아는 러시아 문학의 뿌리고 도스토옙스키의 문학의 뿌리가 되었다고 빅토르가 통역을 했다. 나는 다시 안으로 들어가 설명을 들을 엄두가 나지 않아 문학관 마당을 어슬렁거렸다. 그때 누군가 밖으로 나와 전화를 했는데 빅토르의 러시아 말이 들려왔다. 그는 나를 발견하고 박물관장의 설명회가 곧 시작되니 안으로 들어가자고 했다.

두 시가 넘어서야 박물관장의 설명이 시작되었다. 도스토옙스키가 러시아에 남긴 업적과 의미를 관장이 설명하기 시작했다. 관장은 1849년 도스토옙스키가 '파리의 공상적 사회주의' 모임에 가담한 적이 있었는데 그게 차르 정부에 발각이 되었고 결국에 이곳 시베리아 옴스크감옥에서 4년을 보냈으며 5년 3개월의 시베리아 군생활을 했다는 등 작가의 이력을 설명했다. 관장의 말을 빅토르가 바로 통역을 하지 않고 멈칫했다. 그리고 공상적 사회주의를 공산주의라고 통역을 했다. 나는 작가에 대해 책을 통해 알고 왔던 터라 공상적 사회주의 라는 말에 매료되어 있었는데 그가 공산주의라고 통역을 해서 조금 의아하게 생각했다.

다시 관장의 설명이 이어지려는데 갑자기 수혁이 빅토르에게 다가

갔다.

"이제부터 통역은 내가 할게요."

수혁이 빅토르 옆에 섰다. 그는 사람들을 향해 양해를 구한 것도 아니고 빅토르를 밀치듯 그 자리에 서는 것 같았다. 나는 이게 무슨 일이야 하며 수혁을 바라보았는데 그는 나를 보지 못했다. 나는 사람들을 쳐다보았지만 그들은 아무 말도 하지 않고 가만히 있었다. 금세 얼굴이 붉어진 빅토르가 수혁을 스치며 밖으로 뛰쳐나갔다. 그가 뛰쳐나간 것에 관심을 갖는 사람은 없는 듯했다. 러시아어를 잘 하는 수혁이 통역을 하는 게 당연하다는 건지, 누가 해도 상관이 없다는 건지 나는 무언가 잘못되었음을 느꼈다. 밖으로 나간 빅토르가 걱정되면서 나도 모르게 자리에서 벌떡 일어나 수혁을 향해 말을 했다.

"김수혁 씨, 너무 무례한 것 아닌가요. 러시아어를 잘 한다고 해서 당신이 통역을 해도 된다는 건가요. 현지인 통역이 분명히 있는데 왜 한국인인 당신이 통역을 하려는 거죠? 이건 너무 부당합니다."

사람들이 일제히 나를 쳐다보았다. 시베리아까지 어떻게 온 자리인데 조금 불편해도 넘어가라고 누군가 내게 조언을 했다. 수혁이 통역을 하고 얼른 관장의 설명이나 듣자고 누군가는 소리쳤다. 그러는 와중에 누군가 밖으로 빅토르를 데리러 나갔다. 하지만 빅토르는 통역을 더이상 하지 않겠다며 들어오지 않았다. 박물관 안에 어색하고 무거운 기류가 흘렀다. 이상하게도 수혁은 통역을 포기하는 것 같았다. 나는 오히려 수혁이 수습을 하고 관장의 나머지 설명을 들을 거라 생각했다. 수혁이 관장과 오 분 정도 이야기 하는 것을 보았다. 관장과 그가 악수를 하고 모두 문학관에서 나왔다.

나로 인해 벌어진 상황에 다른 사람들보다 내가 더 당혹스러웠다. 수혁은 나의 친구이고 여행의 인솔자인데 내가 무슨 짓을 했는지 그때서야 수혁이 걱정되었다. 뭔가 단단히 잘못되어 돌아가는 형국이었다. 이건 우연치고는 돌이킬 수가 없는 과오였다. 사람들은 내가 수혁의 친구인지 모르고 있었다.

나는 관광버스를 타고 시베리아의 다른 도시들을 방문하거나 이동 중일 때, 수혁이 빅토르의 등 뒤에서 인상을 찌푸리는 걸 여러 번 보았다. 빅토르가 한국어로 어색하게 통역을 했는지 수혁은 그런 뜻이 아닌데 하는 표정을 감추지 못하고 한숨을 쉬었다. 수혁의 한숨을 보면서 나는 그의 통역이 뭔가 잘못된 부분이 있었나보다 여겼다. 가이드 통역이 처음인 빅토르는 수혁이 자신의 통역을 못 미더워 하는 걸 알고 있었다고 나중에 내게 말했다. 수혁은 시베리아 문학기행에서 빅토르의 통역이 매끄럽지 못한 부분이 많았다고 말했다.

나는 빅토르가 한국말이 서툴지는 않다고 느꼈다. 한국말의 풍부한 의미를 살리거나 세밀한 설명보다는 러시아 현지인의 느낌이 묻어나는 서툰 통역에 여행의 묘미가 있어 괜찮았다. 빅토르의 통역을 들으면서 오히려 한국말의 원래 의미에 대해 생각해 보는 흥미로운 시간이었다. 백인인 그의 입에서 한국말이 술술 나오는 게 그저 특별하기만 했다.

빅토르의 통역이 어떻게 잘못되어서 수혁이 그렇게 발끈했는지 나는 궁금했다. 박물관에서 나와 다른 방문지로 이동을 할 때 도스토옙스키가 매료되었던 공상적 사회주의라는 의미가 정확히 무엇인지, 공산주의와 어떻게 다른지 인터넷을 검색해 보았다. 공상적 사회주의와 당시 러시아의 상황을 찾아보았다.

'마르크스는 경제학적 분석이나 개념 없이, 사유재산 철폐나 균등임금을 주장하는 것에 대해 공상적 사회주의라 불렀다. 공상적 사회주의 바닥에는 기독교의 성서주의가 있었다.' 최초의 공산주의 서적은 성서인 것 같다는 사실에 나는 몹시 놀랐다.

'1948년 프랑스 2월 혁명은 러시아 황실을 극도로 긴장시켰다. 서구의 이른바 '위험한' 사상이 유입되는 것을 막기 위해 대학의 철학 과목을 아예 폐강시켰다고 한다.'

나는 인터넷을 찾아보면서 마르크스의 자본론 이전의 철학이 공상적 사회주의라고 생각했다. 도스토옙스키는 시베리아 유형 이후 공상적 사회주의 바닥에 깔린 '형제애'의 본질은 간직하고 나머지는 버렸다고 했다. 도스토옙스키는 합리적인 것을 싫어했다. 인간은 서로 다르고 예측할 수 없는 존재인데 사회주의는 예측된 것만 이상화시킨다고 했다. 인간이 어떻게 똑같이 평등할 수 있고 합리적으로 사고할 수 있냐고 그는 무신론을 경멸한 것 같았다.

나는 이런 자료들을 찾아가면서 여러 번 읽었지만 이해가 잘 되지 않았다. 관념적인 사상일 뿐인 것 같았다. 사상이 실제 현실로 들어

오면서 그 사회를, 사람을 위해 이롭게 뿌리박지 못하고 튕겨져 나갔다는 생각만 들었다. 사회주의 이론적 토대인 마르크스의 공산주의가 훌륭한 이념이기는 했지만 현실에 더 깊이 발을 내리지 못한 이념이라고 나는 결론을 지었다. 세계의 자본주의 나라도 복지 측면에서는 사회주의 모델을 가져다 쓰는 수정자본주의로 가고 있다.

박물관에 나와서 나는 혼란스러웠다. 사람들이 모여 잠깐 쉬면서 이야기를 나누는데 나만 혼자였다. 모두가 내게 힐난이라도 하는 것처럼 얼굴이 화끈거렸다. 가족끼리 오거나 혼자 온 여행객들이 모인 이 여행팀은 시베리아까지 오려고 어려운 결정을 한 사람들임이 분명했다. 나 역시 그랬으니까, 하지만 마음 한구석이 석연치 않아서 아무 일 없었다는 듯이 사과할 수도 없었다. 도스토옙스키가, 문학이 그렇게 중요하다고 해서 빅토르를 모욕할 수 있는 건 아니라고 생각했다. 내 잘못만은 아니라고 내게 위로를 했지만 한편으로 밀려드는 후회는 어쩔 수 없었다. 조금만 참고 수혁이 통역을 했으면 좋았을 것이다. 나중에 수혁이 빅토르에게 사과를 하고 말이다.

나는 수혁이 통역을 하겠다고 빅토르 옆에 서는 그 순간에 내가 알고 있는 익숙한 장면이 떠올랐다. 나는 시베리아에 오기 전 직장에서 생긴 일이 문학관으로 이어졌다고 생각을 했다.

나는 중소기업의 마켓팅 부서에서 일을 하고 있었다. 서른을 코앞에 두고 그만두겠습니다, 라는 퇴직서를 들고 출퇴근하는 날들이 이어졌다. 삼 년째 잘 다니던 나의 회사생활은 갑자기 회사가 팔리고 새로운 조직을 거느린 경영주가 들어오면서 틀어지기 시작했다. 사실 회사가 갑자기 팔린 것도 아니었다. 물밑 작업을 하면서 사원들에는 쉬쉬 한다고 했지만 누구나 다 아는 사실이었다. 우리 부서의 직원을 흔들어 스스로 그만두게 하려는 압박이 들어오기 시작했다. 우리 부서가 없어지고 부서와 이름이 유사한 새 부서가 생긴다는 소문이 떠돌았다.

우리 팀원들은 자주 모여서 목소리를 높였다. 우리가 어떻게 해서 가꾼 조직인데 고생한 우리가 그만둘 수는 없다고 결의를 다졌다. 하지만 결의 뒤에는 아무런 결론도 내지 못하고 뿔뿔이 흩어졌다. 모두 혼자가 되었다. 각자 알아서 기어야 되는 거 아니냐는 말은 차마 하지 못했다. 우리는 잘리지 않으려고 알아서 행동했다. 업무와 상관이 없이 새로 들어온 상사의 개인적인 업무를 받아도 묵묵히 해냈고 심한 모욕에도 잘 버텼다. 나는 회사에 권고사직이나 징계를 받기 전에 자발적으로 사표를 쓰고 싶었다. 위태한 나날이 이어졌다.

무사히 12월만 통과하면 잘 될 것 같았다. 하지만 우리 팀은 모두 권고사직이 되었다. 그 후로 나는 적절한 때, 부당함에 대해 저항하지 않는다면, 아무 말도 하지 못한다면 모두가 나처럼 된다고 생각했다. 할 말이 있으면 제때 바로 해야 했다. 나의 회사에 대한 기억이 수혁이 마치 빅토르의 자리를 빼앗는 것처럼 보였던 것 같다. 그 후로 나는 타인의 말과 행동에 민감한 사람이 되었다.

내가 시베리아에 가져온 도스토옙스키의 소설 『죽음의 집의 기록』의 표지에는. 세기의 철학자들과 작가들이 도스토옙스키를 격찬한 찬사가 가득 인쇄되어 있었다.

도스토옙스키는 내가 무엇인가를 배울 수 있었던 단 한 사람의 심리학자였다. 그는 내 생애에서 가장 아름다운 행운 가운데 하나이다. - 프리드리히 니체

그는 러시아가 낳은 악마적인 천재였다. - 막심 고리끼

세상에, 그 외에도 토마스만, 헨리 밀러, 알베르트아인슈타인 등 도스토옙스키를 향한 찬사는 빼곡했다. 여행팀의 행운의 기회를 내가 빼앗은 것이고 나의 행동은 돌이킬 수 없는 것인가, 나 혼자 비행기를 타고 한국으로 날아가고 싶어졌다.

문학관 다음에 방문한 곳은 러시아정교회 성당이었다. 나는 초를 사서 초에 불을 밝혔다. 성당에는 의자가 없었다. 촛불 너머로 예수를 바라보던 나이 든 러시아 여인이 눈을 감고 기도를 했다. 나도 그 여인의 옆에 서서 손을 모았다. 아무런 기도도 내 입에서 나오지 않을 것 같았지만 기도도 아닌 원망이 내 혀끝에서 달싹거렸다. 나는 처음부터 여행팀의 사람들을 싫어했어, 같이 오는 게 아니었어. 저 사람들은 나와 너무 달라, 연령대도 높고 취향도 너무 다르니 내 잘못은 아니야.

잘못 통역된 공산주의로 인해 그날 밤 우리 셋은 수혁의 호텔방으로 모였다. 나는 빅토르와 수혁을 화해시키려 했지만 둘은 거절했다.

자신들은 할 만한 행동을 했고 화해할 일은 없다는 태도였다. 빅토르는 수혁에게 공산주의와 사회주의는 비슷한 것 아니냐고 물었다. 수혁은 사회를 만들고 변혁시켜가는 주체에 따라 다르다고 했다. 수혁의 계속된 장황한 설명에 빅토르는 무슨 말인지 이해하기 어렵다고 했다.

"누가 뭐라 하지 않아도 내 통역이 어색하다는 것을 느꼈어요. 특히 러시아 역사를 통역하는 부분은 힘들었어요."

"빅토르, 언제 러시아 역사를 설명했다고 그래?"

"내겐 모든 러시아가 낯설고 역사로 보인다는 의미예요."

우리 셋은 밤새 술을 마셨다. 술이 약한 빅토르도 이 술 저술을 가리지 않고 마셨다. 맥주와 보드카로 마시기 시작한 우리는 한국에서 가져온 소주까지 마시며 자신들을 변명하느라 바빴다. 수혁이 통역을 하려 할 때 왜 못하게 했냐고 빅토르가 내게 물었다.

"나도 잘 모르겠어. 그건 우연히 일어난 사고였어."

빅토르와 수혁은 취했다.

"너, 빅토르 그렇게 속이 좁아 어디다 쓰겠어. 내 참!"

수혁이 술잔을 들고 빅토르를 삐딱하게 쳐다보았다. 나는 보드카를 단숨에 털었다. 처음 마셔 본 무색 무취의 보드카는 솔직한 술 같았다. 보드카를 마시다 보니 소주와 아주 비슷함을 발견했다. 소주가 가진 고유함을 팽개친, 싼 술로 대량으로 팔리는 알 수 없는 소주의 재료들로 인해 보드카와 비교할 수는 없었다. 보드카의 재료는 감자와 물이다. 감자로 소주를 만들면 보드카의 맛이 날 것 같았다. 러시아의 음주 문화는 매우 관대하다. 뭐, 보드카 좀 마시면 충분히 있을 수 있는 일이지, 한다고 했다. 어디서 많이 들어본 말이다. 한국의 술 문화와 닮았다. 수혁은 스탈린의 술자리에 대한 이야기를 해주었다.

"그는 부하들과 술자리에서 보드카를 권유하기로 유명해. 그리고 술에 만취한 부하들의 진심을 파악했는데. 스탈린의 마음에 들지 않으면 죽임을 당했다고 했어."

"형, 스탈린이 그런 게 사실이야?"

수혁은 스탈린의 행위가 사실인지 아니지는 보지 않아서 잘 모르겠다고 짐짓 둘러댔다. 사람의 생활은 술과 이성의 줄타기를 적절히 할 때 더 빛난다고 수혁이 중얼거렸다. 술의 신, 디오니소스와 합리적인 이성의 신, 아폴론을 넘나드는 균형 잡힌 삶이 지상의 목표라고 수혁이 장난스럽게 말했다.

문학관에서 일이 좀 잊혀지면서 그 밤에 우리 셋은 어색하게 잘 어울리는 공범자들 같았다. 수혁과 나는 소설을 얘기했고 시베리아에 대해 떠들었다.

"당신들의 한국 소주는 너무 안 좋아."

빅토르는 소주를 마신 다음 날이면 머리가 깨질 듯 아픈 경험이 여러 번 있었다며 고개를 흔들었다. 그러면서도 그는 소주를 계속 마셨다.

"국민 술이라면서, 없는 자들을 골병들게 하는 술이야."

빅토르는 다시 중얼거렸다.

"나는 그냥 한국에 가고 싶어. 여길 벗어나고 싶어."

나는 골병이 든 사람의 모습을 몸짓으로 빅토르에게 보여주었다. 그러자 그는 웃음을 터뜨렸다. 수혁이 자세를 바로 하며 취하지 않은 척, 빅토르에게 물었다.

"빅토르, 왜 사람들의 무거운 트렁크를 들어주지 않았어?"

노보시비르스크 기차역으로 마중을 나온 빅토르는 여행객들의 트렁크를 들어주지 않았다. 기차역은 계단이 많아서 여성들이 힘들어 했다. 그는 자신이 한때는 피아니스트였다고 우리에게 말했다. 그는 독일로 유학을 갔다가 일 년도 안 되어 러시아로 돌아왔는데 피아노가 싫어졌다고만 이유를 댔다.

"나는 독일도 러시아도 좋아할 수가 없었어."

"독일에서 왜 돌아온 거야, 빅토르."

"내가 뭘 하고 싶은지 모르겠더라고, 떠밀려서 피아노를 했다는 생각이 들었어. 난 러시아에서 내가 누구인지 무얼 하고 싶은지 알고 싶었어."

빅토르는 현재 심정을 털어놓으며 한숨을 쉬었다. 그는 독일에서 돌아온 뒤 마침 요청이 있어서 처음으로 가이드를 해 본 게 우리 시베리아 문학기행팀이었다. 누군가가 트렁크도 들어주지 않고 가이드가 뭐 하냐며 투덜대는 걸 빅토르는 들었다. 수혁의 물음에 빅토르는 자신의 손을 가만히 들여다보며 아무 말도 하지 않고 수혁의 술잔에 보드카를 따랐다.

"둘이 무슨 사이야."

"응, 내가 수혁이를 좋아한 적이 있었지만 지금은 아니야."

"아니야, 형이 누나를 좋아하는 거야."

나와 수혁은 모든 게 다른 친구임에도 오랜 시간을 같이 했다. 우리가 친구 사이를 유지할 수 있었던 이유가 어디에 있었을까. 수혁이 나를 좋아하는 것은 아니었다. 오히려 대학 1학년 무렵 내가 그를 좋아한 적이 있었다. 그를 좋아한다는 게 나는 황당했다. 그는 여성 편력이 심했으며 비열한 면이 있다고 생각했기 때문이다. 나중에 순전히 나의 오해였음이 밝혀졌다. 내게 비열함을 구체적으로 보여주진 않았어도 수혁을 보고 있으면 비열한 자식이야, 라고 멋대로 생각을 했던 것 같다. 남성이 가진 특유의 권위적인 태도 등은 내가 아주 싫어하는 것들이었다. 그럼에도 불구하고 나는 수혁을 좋아했지만 그와 내가 벌인 연애 같은 것은 없었다.

수혁은 돈이 자신이 욕망하는 세상으로 데려다 줄 것이라고 말했지만 그는 돈과는 상관 없는 일을 하고 있는 것 같았다. 내가 빅토르에게 지나치게 공감해서 그랬을까. 그때 나는 공산주의면 어떻고 공상적 사회주의면 어쩌랴 싶었다. 한때는 사회주의 나라 소련이었지만 사회주의의 문턱에서 걸려 넘어진 건 아닐까 생각했다. 사회주의의 좋은 점은 취하고 새로운 길로 나아가야 하지 않을까 막연한 생각들이 머릿속에 넘실거렸다.

수혁은 러시아에 아직 사회주의 시절의 제도가 많이 남아 있어 낮은 수준의 복지지만 여전히 고르게 혜택을 받을 수 있도록 보장되어 있다고 말하기 시작했다.

"그럼 웬만하면 다 무료라고 할 수 있겠네. 주말농장도 있다니 부러운데. 의료도 무료겠네."

"그렇지 의료도 무료지만 병원에 치료를 받으려면 언제가 될지 모를 만큼 기다려야하는 모순이 있고 서비스가 형편이 없긴 하지. 사설 의료원이 많이 생겨서 그곳에서는 높은 진료비에 높은 서비스를 받으며 다니는 사람들도 있어. 교육도 거의 무료라고 할 수 있어. 휴가는 또 얼마나 많은데, 무려 137일이 넘고 14일을 더 받는데 14일을 쪼개 쓸 수 없어. 근무시간도 적고."

"그만 말해, 부럽잖아."

현재 러시아가 소득 수준이 낮은데도 일반 시민들이 버틸 수 있는 건 낮은 수준이지만 여전히 사회주의 시절, 복지가 남아 있기 때문일 것이다. 연금제도도 국가가 나서서 관리하고 개선하려 하기 때문에 러시아 국민들은 월급을 저축하지 않고 다 쓴다. 나는 수혁에게 여기 제도가 좋은 게 많은데 국적을 바꾸어야 하는 거 아니냐고 농담을 했다.

나는 다시 갈 수 없을 것 같은 도스토옙스키 문학관으로 막상 다시 수혁과 간다니 민망했다. 수혁과 나, 빅토르는 공범자가 된 기분으로 언젠가 다시 그 문학관에 가자고 가끔 얘기했지만 이렇게 빨리 문학관으로 갈 줄 몰랐다. 기차 복도의 서늘한 기운이 온몸으로 들어왔다. 기차 객실로 돌아가려는데 수혁이 나를 찾다 여기까지 왔다.

"미안해, 혼자 있게 해서. 갑자기 오느라 일을 좀 많이 하고 왔더니 피곤했나봐."

수혁이 다시 맥주를 시키고 정어리요리를 시켰다. 수혁과 내 모습이 차창으로 덜컹이며 흔들렸다. 우리는 김철의 집을 다녀온 이야기를 하며 맥주를 마셨다.

"그럼, 빅토르는 소피야의 헤어진 남자친구의 아이가 아닐까. 하지만 빅토르의 얼굴에는 아시아인의 모습이 있잖아. 도대체 어떻게 되는 거야. 그러면 빅토르가 진짜 아버지를 찾아서 프랑스로 간 거야? 김철 씨는 빅토르의 아버지가 프랑스 사람이라고 말하지 않았어."

"빅토르의 얼굴에 아시아인의 모습이 있을 수도 있겠지. 우리는 언제 어느 시대에 유럽에서 아시아로 아프리카로 어느 대륙이라도 갈 수 있었으니까, 변화무쌍하게 이동을 했는지 모르잖아. 우리 몸에는 여러 민족의 핏줄이 흐르고 있어."

"김철의 간절함이 빅토르의 얼굴에 아시아를 각인시켰을지도 몰라."

김철은 우리에게 더이상 이야기를 해주지 않았다. 죽은 소피야를 모독하고 싶지 않다고 했다. 그녀가 자신에게 털어놓은 비밀을 끝까지 지키고 싶다고 했다. 그녀가 죽었다고 해서 비밀을 발설하는 것은 아니라고 했다. 소피야의 비밀을 끝까지 지켜주는 것이 살아남은 자신이 그녀에게 해 줄 수 있는 최선의 일이라고 했다.

시베리아 횡단열차의 한 구간인 630km를 달린 열차는 밤 12시가 넘어 옴스크역에 도착했다. 나는 기차역 고가에 서서 맞은 칼바람에 시베리아를 다시 느꼈다. 밤이라 영하 30도가 넘었다. 우리는 옴스크 기차역에서 가까운 도미토리 5인실에서 잠을 잤다. 나는 밤새 웅크린 채 꿈을 꾸었다.

우리는 오전 10시에 택시를 탔다. 옴스크는 러시아 혁명 후 내전으로 백군의 사령부가 있었던 곳으로 적군과 백군의 내전이 치열했던 곳이다. 콜착 제독의 백군 사령부가 이곳에 있었다. 백군이 볼셰비키 혁명세력에 맞서 싸우다 적군에게 궤멸당한 현장이었다. 콜착 제독은 영화 '제독의 연인'의 실제 주인공이다. 그 이후 시베리아 개척을 위한 행정-군사적 거점은 노보시비르스크로 옮겨졌다고 했다.

택시는 도스토옙스키 국립박물관 앞에서 우리를 내려주었다. 눈이 쌓인 나무들 사이로 새들이 푸드득 날아가자 눈보라가 일었다. 우리는 문학관 안으로 들어갔다. 첫 번째 전시실에 세워놓은 실물 크기의 사진 속 도스토옙스키가 꾸부정하게 서 있었다. 29살에서 33살에 이르는 시기 도스토옙스키의 이념적 지향이 공상적 사회주의로부터 인간 구원의 기독교적 사상으로 옮아가는 계기가 된 곳이 옴스크라고 수혁이 내게 말해주었다. 빅토르도 일 년 전에 이곳에서 통역을 했다.

"표도르 미하일로비치 도스토옙스키는 발목에 족쇄를 찬 채 4년여 감옥살이를 했습니다."

빅토르의 통역이 내 귀를 맴돌았다. 옴스크 감옥은 일반적인 감옥과 달리 통나무집 같은 공간 한 채에 죄수 150여 명이 생활했다. 나는 시베리아의 감옥에서 경험을 작품으로 만들어 낸 작가의 삶을 이해하기 어려웠다. 그렇게 합리적인 것을 싫어했던 도스토옙스키에 오히려 어울리지 않은 일이라는 반문이 생겼다.

"삶과 소설이 일치하는 사람이라니, 그게 가능해 수혁아."

"도스토옙스키가 『죽음의 집의 기록』을 쓸 수 있었던 것은 시베리아의 여러 사람의 도움이 있어서 가능했어. 틈틈이 글을 쓸 수 있도록 몰래 메모장과 펜이 제공되어 유형 생활을 기록할 수 있었대."

수혁이 친절하게 설명을 해주면서 빙그레 웃었다. 도스토옙스키가 형기를 마칠 때 그 기록물들을 그에게 돌려주었다. 아무리 정신적으로 강했어도 감옥에서 다른 관리자들의 도움이 없었다면 그 소설을 쓰는 게 불가능 했을 거라니 수긍이 되었지만 그 역시 자신이 귀족이었기에 누릴 수 있는 특권이었을 것이다. 내가 꿈꾸는 삶과 내 생활은 너무도 다르게 흘러간다. 내가 이 작가처럼 나이를 더 먹어도 그렇게 일치하는 사람이 될 수 없다고 생각한다. 귀족도 중산층도 아무것도 아닌 내가 시민으로나마 버티고 살아갈 수 없을까 불안하다. 나의 모든 목표는 생존, 버티기에 집중되어 있다.

"그때는 왜 그랬어?"

"내가 뭘?"

"네가 빅토르의 통역을 막았잖아."

"내가 통역을 했더라면 더 정확하지 않았을까?"

수혁과 나는 작가가 유형 생활 중 발에 5kg이나 되는 막대형 족쇄 앞에서 멈춰 섰다. 족쇄를 차고 노동을 하고 잠을 잤다니 상상하기도 싫었다. 내 발목을 내려다봤다. 저런 걸 사람에게 채울 생각을 하는 위치에 선 사람들이 어딘가에서 나를 내려다 볼 것 같아 불쾌했다.

인간에게 내려지는 형벌은 잔인하다. 죄에 비하면 형벌의 크기는 사람이 견뎌 내기에는 가혹했지만 그래도 죄수들은 살아남았다. 권력자와 귀족들, 성직자들을 불편하게 하는 행위는 시베리아의 유형으로 이어졌고 시베리아를 건설할 노동력으로 그들이 필요했다. 일반 죄수들은 가벼운 죄를 지은 경범자들까지 시베리아로, 귀족들은 차르를 비판하는 모임을 했다는 이유로 시베리아로 보냈다.

수혁과 나는 박물관을 나왔다. 눈이 녹은 뜰 앞으로 물이 괴어 있었다.

"수혁, 그때 왜 그렇게 흥분했어?"

"그때라니 무슨 말이야?"

"공상적 사회주의를 공산주의라고 했어도 자연스럽게 넘어갈 수 있었는데."

"공산주의는 공상적 사회주의랑 다르니까."

"너는 단지 빅토르에게 모욕을 주려고 한 것 아니었어? 그는 러시아인이었어."

"너야말로 내게 모욕을 준 것 아니야. 난 인솔자였고 너의 친구였잖아."

나는 수혁의 성난 음성에 놀라 그를 쳐다보았다. 그가 장난스럽게 웃고 있었다. 우리는 다시 옴스크 기차역으로 갔다. ◐

밀려오는 고(呱)

안 미 아

2010년 가을 〈문학산책〉에 시 등단.

소설 쓰겠다고 소설탄생 들어온 지 십년도 넘게 둥지를 틀고
그럴듯한 이력을 만들겠다고 고군분투.
소설탄생에서 책을 만드는 족족 기를 쓰고 글을 싣고 있다.
자력으로 몇 편의 글을 싣고 지워지지 않는 발자취를 남기고 있다.

밀려오는 고(苦)

아버지는
지금도 그 날의 일을 지우지 못하고 여전히 말하고 있다. 얼마나 놀랐겠는가. 덩치가 큰 성난 개한테 물렸고, 물어뜯긴 상처는 아버지를 괴롭히며 천천히 아물고 있다. 짐승의 이빨은 아버지의 살을 뚫고 깊이 들어갔다. 물린 다리를 빼내려고 하는 아버지와 놓치지 않으려고 입을 악물던 개의 싸움은 누군가의 개입으로 끝났다. 아버지는 정확하게 정강이를 물렸다. 찢어진 살갗을 벌려서 사이사이를 소독했다. 아버지는 그때 아파도 소리조차 지르지 못했다. 상처보다 눈앞에 어른거리는 광경 때문에 그랬다고 했다. 몇 번의 소독 과정을 거치고 항생제를 투여했다. 상처 봉합은 하루를 기다렸다. 철저한 소독의 과정이 지나자, 상처는 봉합됐다. 덮어버린 상처의 흔적은 꽤 맨 바늘 자국이 대신했다.

아버지가 알던 개는 위협의 대상이 아니었다. 기숙사 옆에서 사람을 따르던 개였다. 배를 깔고 늘어져 있거나 꼬리를 흔드는 것이 특징이었다. 가끔 산을 향해서 짖는 게 전부였다. 아버지나 응우이엔의 무리는 개를 쓰다듬거나 장난을 치기도 했다. 행동이 조금 더 지나친 쪽은 아버지였다. 지나치다는 것이, 그래 거기까지만. 이런 막연한 감정의 호소였지만 기가 막히게 그 선은 지켜졌다. 아버지는 그 교묘한 선을 알지 못하고 조금 더 넘어갔다. 아버지는 응우이엔 무리의 제지를 받아야 끝났다. 아버지는 기분이 상했다. 두고 보자 했지만 그럴 수도 없는 게 그들이 선을 넘지 않았다.

상처가 아물지 않은 다리로 아버지는 '원주민 모임'에 다녀왔다. 아버지나 그 주변의 무리가 모임을 만든 것은 무언가를 사수하기 위해 만든 것은 아니었다. 저항이나 도모 그런 것과도 관계없다. 모여서 밥이나 먹고 옆 사람과 사소한 일로 충돌을 하고 자식 자랑을 하는 그런 곳이다. 사소한 모임은 이름을 정하고 나자 거창해졌다. '원주민 모임'이라는 이름이 의미를 키웠다. 누가 들어도 지켜야 할 것이 있는 모임 같았다. 이름 탓인지 그나마 아버지를 비롯해서 모임 사람들은 동네의 사라져가는 여러 가지를 아쉬워했다. 같이 모여서 골목을 이루고 동네가 되어 서로 오가던 곳이 변한다는 것을 못 견디듯 아버지는 늘 표현을 했다.

"동네가 완전히 바뀌어서 딴 곳이 됐어."

모임을 다녀오고 나서 아버지가 잊지 않고 하는 말이었다. 아쉬움과 새로운 것을 받아들이지 못하고 있는 아버지가 말할 수 있는 최선의 말로 들렸다. 아버지는 '글로벌'이라는 말이 가까이 다가올 즈음 '원주민 모임' 사람들 중에서 세 번째로 동네를 떠났다.

"이 집 저 집 몰려다니며 고스톱도 치고 고기도 구워먹고, 언제였지. 왜 그때, 싸움이 나서 시끄러웠잖아. 누구랑 한 판 붙었지, 누구였더라, 미영아버지, 아니지 권순호씨 집 뒤에 살던 그 이였던가, 그 혜지 아버지랑 멱살잡이 했잖아."

모임에서 유일하게 그 동네를 떠나지 않은 원이아버지는 슈퍼마켓을 하고 있다.

"오늘 모임에서 그러는데 원이네가 슈퍼를 그만두고 거기를 떠난데. 이제 아무도 안 남겠어. 다 떠나고."

아버지가 동네를 떠나던 날보다 더 서운했던지 헛헛한 웃음을 지었다. 아버지가 얼굴을 찡그리자 눈가 주름이 깊어졌다. 얼굴을 쓰다듬은 것이 주름 때문은 아니지만 손이 지나가자 주름이 펴졌다. 아버지 손은 마디가 굵고 거칠었다. 뭉뚝하다는 말이 맞아 떨어졌다.

아버지 말에 의하면 외국 사람들이 밀물처럼 들어왔다고 했다. 바다가 가까워서 마음만 먹으면 밀물이나 썰물을 볼 수 있어서인지, 어떤 말을 할 때마다 밀물이나 썰물을 인용하던 아버지였다. 그래서인지 같이 살던 동네 사람들이 하나 둘 떠나자, 썰물처럼 떠났다고 말했다. 동네는 바다가 된 듯했다. 아버지는 바다에서 밀물과 썰물

밀려오는 고(鼓) | 안미아

만 본 것처럼 그것만 말했다.

아버지는 원이아버지가 된 듯 머리를 떨궜다. 외국에도 나간 일이 없던 아버지는 하나 둘 들어오는 외국인이나, 국제결혼, 산업연수 이런 말에 불법체류 이민정책이란 말이 뉴스에 오르내려도 관심이 없었다. 아버지의 최초 '글로벌'은 공장이었다. 외국노동자가 공장에 오면서 가까이서 외국 사람을 접하게 됐다. 그때서야 그들이 살던 나라 이름을 들었고, 동네에서 마주치는 이들을 하나 둘 만나게 됐다. 그들은 아버지 가까이 다가왔다. 아버지는 말했다.

"우리 동네로 외국인들이 밀물처럼 들어오고 있어."

누군가 말대꾸를 해주었다.

"그래요. 자꾸 밀려들어 와요."

'원주민 모임'에서 들은 말을 쏟아놔야 잘 것처럼 아버지는 잠이 들지 않았다. 골목을 주름잡았던 혜지아버지를 들먹거렸다.

"그이가 말여, 사람들을 잘 끌어 모았어. 원이네 슈퍼 앞에 앉아서 오가는 이들을 불러 모아 우스운 말도 하고 형님 동생하며 이사람 저사람 연결도 잘 시켜줬어. 그때 먹던 소주 생각이 많이 나. 골목에서 소리 잘 지르던 순호씨 말여. 노래를 기가 막히게 하더니 여전히 노래 소리가 기가 막혀. 거 미영이는 둘째로 또 아들 낳았다는데, 우리는 언제 장가보내고 손자를 보나."

아버지는 골목 끝을 돌아서 있던 막걸리 파는 집 이야기를 꺼냈다가 아차 했는지 말을 돌렸다. 아무래도 거기는 동네의 불편한 이야기가 시작되는 곳이었기에 좋은 소리를 들을 수 없을 것이다. 아버지도 한 때 그 곳을 집 삼아 드나들었다. 동네 아지트였던 그 곳은 고성이 오가고 멱살잡이도 자주 일어났다. 불쾌한 일이 더 기억나는 것은 그 시간이 지나서인지 '원주민 모임'에서도 자주 그 이야기를 일삼았다. 한껏 열을 올려서 사람들의 객기나 실수를 끄집어냈지만 아버지는 본인이 하던 행동은 입을 다물었다.

머쓱해진 아버지가 원이아버지 이야기로 말을 돌렸다. 방하나 월세주고 장사가 되지도 않는 슈퍼를 근근이 이어가는데, 외국인들이 와서 슈퍼자리를 월세로 내놓으라고 졸라서 할 수 없이 임대 주게 됐다고 원이아버지 사정을 알렸다.

"어차피 장사도 안 되고 말도 통하지 않고, 하루는 원이아버지가 집 앞에 나섰는데 여기도 저기도 다 자기나라 말로 뭐라뭐라 하는데 원이아버지만 말 할 사람이 없더라. 슈퍼 오는 사람도 외국인이 절반이고."

이방인이 되어가는 원이아버지는 길게 견디지 못할 거라고 짐작했단다. 그가 생각했다는 의문은 밀려나야 하는가. 스스로 떠나는 것인가 이었다. 그는 결국 스스로 떠난다고 말했을 것이다. 그런 쪽이 원이아버지가 가진 허세였다. 아버지와 원이아버지는 달랐다. 말의 차이가 다르다고 해도 결국 떠난다는 결과는 같은데 과정은 그렇게 나뉘어져 있다.

말의 앞뒤가 없이 아무 말이나 갑자기 꺼내는 아버지가 결혼을 앞둔 와산타 얘기를 꺼냈다. 아버지는 와산타의 아내가 되는 한국여자에 대한 걱정을 했다. 보지도 못한 여자의 앞날을 아버지 방식으로 풀었다. 보나마나 여자는 불행을 안고 살 것이라고 단정 지었다. 국제결혼이란 게 그렇다고, 살아보지 않았지만 알 수 있다고 했다. 외국에서 온 노동자와 사는 게 쉽겠냐고 오히려 물었다. 말도 안 통하고, 먹는 것도 다르고, 사람들이 얼마나 쳐다보겠냐고, 앞으로 다가올 일이 산더미 같은데 어떻게 헤쳐 나갈까. 의미심장하게 다가오는 말이지만 그렇다고 아버지가 도움 줄 일이 얼마나 있을까 생각했던지 괜한 말을 했다고 말을 끝냈다.

아버지는 이제 경력이 많은 공장 직원이었다. 그곳도 많은 변화가 있었다. 사람들이 나은 환경을 찾아서 떠나고 그 자리를 외국노동자가 차지했다. 아버지는 그들 얼굴을 헷갈려 했고 이름도 생각나지 않아서 그들 나라를 들먹이며 이름으로 대신하곤 했다. 오히려 몇년 있다가 떠난 근로자 이름은 그들이 없는 지금도 기억하며 말했다. 주로 그들이 있을 때 일어난 일을 말하며 지금과 비교하는 것이었다. 아버지가 대하는 외국노동자들은 그들의 나라로 돌아갔을 때, 빛이 나는 과거형 인물들이었다.

아버지는 공장에서 같이 일하는 사람들을 말하기 좋아했다. 주로 외국노동자를 헐뜯는 괜한 트집 같은 것이다. 그들이 하던 습관이나 행위가 불편하기 짝이 없고 같이 일하기가 힘들다고 하나하나를 꼬집었다. 아버지는 공장에서 말 해봐야 통하지도 않는다며 퇴근길에 소주를 챙겨 들어왔다. 외국노동자들은 누구랄 것도 없이 아버지의 비난을 받았다. 아무도 들어주지 않아도 밤이 깊도록 그들의 이야기를 장편소설처럼 이어갔다. 아버지는 불만이 많은 사람이라고 감히 말할 수 있다.

아버지는 타이밍이란 말을 몰랐다. 누군가 말하면 마지못해 듣는 쪽이었거나 미루고 미루다 일을 처리했다. 공장에서 같이 일하던 직원들이 하나 둘 떠나면서 누군가는 기회라고 했다. 기회란 것은 한 가지라도 이득이 있어야 하지만 아버지가 보기엔 기회가 아니었다. 아버지가 떠난다면 그토록 같이 일하기 싫어하는 외국인을 만나지 않을 좋은 기회이기는 했다. 하지만 다른 곳도 뾰족한 수가 있을 것 같지 않았다. 타이밍이란 게 무엇인지 정확하게 알지 못하는 것도 원인이었다. 또 기회가 오겠지. 아버지에게 기회는 오지 않았다. 타이밍만 놓쳐버렸다. 모두 다 떠난 공장은 아버지만 끈질기게 남아 오로지 외국인이 아닌 걸로 승부를 했다. 직원 중 아버지와 같이 남아 있는 몇몇도 같은 이유였다. 아버지는 타이밍이 아닌 숫자의 희귀성으로 남았다. 물론 누가와도 견줄 수 없는 경험자라는 시간이 빛을 발하기도 했다.

아버지는 작업시간이 빨랐다. 일을 빠르게 할 수 있으며 완벽하게 해낸다는 게 경험의 결과였다. 아버지는 마네킹을 만들었다. 사람의 형상을 갖는 마네킹은 얼굴을 어떻게 만드느냐에 따라서 완성됐다. 마네킹의 눈을 그릴 때, 아버지가 가진 감각이 영 쓸모없지 않았다.

밀려오는 고(叩) | 안미아

눈매를 마무리하는 화장과 눈썹 라인, 입술 선을 마무리하면 마네킹은 여성으로 완성됐다. 아버지의 감각이 인정받는 순간이었다.

그렇다고 마네킹을 만드는 일이 아버지를 특별하게 만들지는 못했다. 토르소 마네킹은 몸체 연마를 거쳐 매끈해지고 피부색을 입어야 속옷모델이 됐다. 연마과정에서 먼지를 뒤집어 쓴 아버지는 방진 마스크도 썼겠다, 사막에서 돌아 온 전사처럼 보일 수도 있었다. 모든 일이 끝난 후 마스크를 벗어던지고 먼지를 털고 나면 아버지가 전사도 뭐도 아니란 걸 보여줬다. 오히려 머리칼에 앉은 먼지와 흰머리가 섞여서 아버지 나이만 특별히 더 들어 보이게 할 뿐이었다. 마네킹이 새로 만들어질수록 아버지는 초라해졌다.

아버지가 말이 많은 이유를 알았다. 방진마스크였다. 입을 벌릴 기회가 없으니 입이 자유로워지면 말이 많을 수밖에 없다. 듣거나 말거나 일방적인 말 같지만 아버지는 호응을 얻는 것을 좋아했다. 거창한 의미를 원하는 것은 아니고 맞장구 정도여도 괜찮았다. 하지만 아버지는 점심시간이나 휴식시간에 말 할 사람이 없었다. 사장이 외국인만 데려와 일을 시킨다고 투덜거렸지만 나아지지 않았다. 젊은 애들이 이런 일을 하냐는 핀잔만 들었다. 아버지도 알고 있다. 외국인 천지가 될 것 같다며 받아들이고 싶지 않은 것이었다.

응우이엔이 손목에 스친 유리섬유 때문에 아파할 때, 아버지는 일하는 노하우에 대해서 자세히 알려주지 않았다는 것을 알았다. 유리가루로 만든 섬유는 피부를 스치기만 해도 베었다. 아버지는 말이 통하지 않아서 일어난 일이라고 변명처럼 몇 번이고 말했다. 일이 익숙지 않은 응우이엔 탓도 했다.

그리고 보니, 손 발 움직이는 마네킹을 만들고 나서 응우이엔은 무척 혼났다. 안쪽 뼈대를 만드는 마네킹은 손끝이나 발끝을 막는 철사의 마무리 작업이 필수였다. 그가 만든 마네킹은 얼마 지나지 않아서 손 발 끝으로 철사가 삐져나왔다. 팔려나간 마네킹이 옷가게 앞에서 옷맵시를 뽐내고 잇을 때 주인은 곧 불량품이란 것을 알게 됐다.

아버지는 몇 번이고 작업에 대해 설명을 했지만, 응우이엔이 잊었다는 것으로 어필했다. 응우이엔이 실수를 만회하려는 말을 했지만 묵살했다. 마네킹이 손가락 속에 날카로운 철사를 숨기고 있다는 것은 곧 드러날 비밀이었다. 세상에는 비밀이 없다. 누구든지 비밀의 문을 열려고 안간힘을 쓰기 때문이다. 그 문을 아버지가 열었다. 아버지는 나직하게 고백했다. 어쩌면 일을 알려줄 때 작은 소리로 말했을 거라고 중요한 부분이라는 것을 강조하지 않았을지도 모른다고 말했다. 아버지가 웅얼거리는 소리로 목소리를 높이지 않아서 다행이었다. 이어서 벌어질 비난을 이미 알고 있다는 투였다.

아버지는 기숙사에 대해서도 자주 말했다. 아버지는 시끄럽다는 말에도 굴하지 않았다. 말 많은 아버지는 외국인이 살던 기숙사를 기어이 말했다. 외국인들을 위한 기숙사를 지을 때 아버지는 불만이 많았다. 아버지에게 혜택이 줄어들지나 않나 이런 걱정이었다. 사장

밀려오는 고(呱) | 안미아

에게 몇 번이나 건의했지만 먹히지 않았다. 밀려드는 일을 밤낮으로 해줄 사람들을 위한 공간일 뿐 의미를 담지 말라고 했다. 기숙사는 이웃 공장들에 비해서 넓고 깔끔했고, 그 앞 텃밭은 사장이 정성을 들여서 야채를 가꾸는 곳이라고 말했다. 야채가 자라고, 기숙사 앞에서 바비큐를 할 때 상추나 쑥갓 케일을 뜯어서 먹으면 그만한 파티가 없다며 장면을 상세히 재현했다. 상추에 마늘을 올리고 고기 한 점 넣어서 먹으면 옆 사람도 안 보인다고 장담을 했다. 거기까지였다. 사장이 옆에 앉은 응우이엔에게 고기에 상추쌈을 싸서 입에 넣어주자, 아버지는 반감이 일어났다.

아버지를 향해서 꼬리를 흔드는 개를 향해서 먹던 고기를 던졌다. 개는 먹이를 향해 달려들었다. 무섭게 빨랐다. 순식간에 삼켜버리는 개를 향해서 두 번째 고기를 던졌다. 이번에는 개가 닿지 않을 정도의 거리에 떨어졌다. 개는 고기를 향해서 필사적으로 몸을 움직였다. 아버지는 고기를 개가 닿을 거리에 놓았다가 뺐었다가 두어 번 반복했다. 응우이엔이 그러지 말라고 제지했다. 아버지는 장난을 정색하고 받아들이는 응우이엔이 못마땅했다. 아버지는 응우이엔을 주시하며 먹으려던 고기를 개한테 던져버렸다.

아버지는 그들을 부를 때, 스리랑카, 베트남, 네팔, 이렇게 나라 이름으로 대신하며 앞에 '야'를 꼭 넣었다. 그 중에 베트남은 정확한 이름을 알려줬는데 아버지는 외우지 못했다. 일부러 외우지 않았을 수도 있다. 아버지는 그들에게 일을 알려주는 것도 밥을 같이 먹는 것도 못마땅했다.

'원주민 모임'도 아버지의 일이 알려지기 전에 이미 외국인에 대해서 적잖은 반감을 가졌다. 그들이 결국 모임을 만들게 된 계기가 살던 곳으로 밀려드는 외국인 때문이었기 때문이었다. 스스로 떠났다고는 하나 받아들이기 싫었던 이유가 컸다. 그 중에 지식이 좀 있던 원이아버지가 모임 이름을 제안했다. 동네에 오래도록 살았던 자격을 가져야하는 모임 이름은 그들에게 만장일치로 적용됐다. 시간이나 장소를 공유했던 사람들의 모임은 회원이 늘어날 수 없는 집단이 됐다.

원이아버지가 동네 사정을 알렸다. 자주 모이던 홍어 삼합 막걸리 집이 카레 식당으로 바뀌었다고 전했다. 쌀국수 집이나 러시아 식당 양꼬치 집으로 바뀌고 아시아 마트가 들어왔다.

"그 게 없어졌다네."

아버지는 카레 식당으로 바뀐 막걸리 집을 가장 아쉬워했다. 어차피 떠나버린 곳에 다시 간다는 것이 쉬운 일도 아닌데도 유적처럼 남아 있기를 바란 모양이다.

원이아버지 슈퍼에서는 호박이나 오이, 두부를 찾는 사람보다 각각 제 나라의 향신료를 찾거나 요리 재료를 묻는 일이 많아졌다. 원이아버지 슈퍼는 그런 물건을 갖다놓지 못했다. 슈퍼 문을 닫는 원인이 됐다. 외국인들은 아시아 마트로 몰려갔다. 그들만의 자생 방법은 떠날 사람은 나가고 남을 사람이 남아서 자리를 잡는 것이었다.

원이아버지가 떠나기 전 '원주민'이 된 모임 사람들은 양꼬치 집에서 술잔을 기울인 것이다. 원이아버지가 떠나면 그 곳이 마지막이될 것처럼 모였다. 꼬챙이에서 빼낸 양고기를 씹으며 술잔을 부딪치던 아버지는 다리 상처를 의식해서 술잔을 내려놨다.

"양고기가 맛이 없구만."

"거 조용히 하고 저사람 말 좀 듣자고."

아버지 상처가 궁금한 누군가 핀잔을 했다. 양고기 맛을 운운한사람은 기분이 상해서 말을 덧붙이려고 하자, 아버지는 다리 상처에얽힌 말을 했다.

아버지는 그날의 일을 말하려니 개에게 했던 자신의 행동이 조심스러웠다. 아버지는 모임 사람들에게 개를 향한 자신의 행동을 포장하며 말했을지도 모른다. 이를테면 모임 사람들에게 말한 것은 그날하필 개 목줄이 풀려서 풀 뽑는 아버지에게 달려들었다고 그렇게 단순히 말했을 것이다. 누군가가 말했다.

"가만히 있었는데 개가 공격을 했다고."

"그랬다니까."

아버지는 막 점심을 먹고 기숙사 앞 텃밭에서 풀을 뽑고 있었다. 웅우이엔을 비롯해서 외국인 서넛도 기숙사 앞에 서서 머리를 맞대고 자기들 말로 떠들었다. 아버지는 풀을 뽑으며 외국인의 말을 들었지만 무슨 말인지 알아들을 수 없었다. 서로의 말을 알아듣지 못한다는 건, 적당한 오해를 불러일으킬 수 있다. 아버지는 그게 불편했다. 아버지가 그들의 말을 알아듣는 게 하나도 없으니, 아버지는 그들이 자신에 대해서 말하고 있을지도 모른다는 의심을 했다. 그들이 웃고 있어도 말의 억양은 욕설과 같이 거칠었다.

욕설에 대해서는 할 말이 없다. 아버지도 그들이 알아듣지 못할 욕을 했다. 아버지가 의심을 한번이라도 해볼 여지를 주는 행동이었다. 아버지는 풀뿌리를 힘껏 당겼다. 그들이 주고받는 말이 점점 시끄러워지자, 아버지는 심통이 올라왔다. 뽑아낸 풀을 기숙사 옆에 누워있던 개에게 던졌다. 개가 벌떡 일어났다. 몸을 털어내려고 먼지를 날렸다. 아버지가 뒤로 물러났다. 개가 서 있는 모습에서 반격을 감지한 아버지가 결의를 다졌다. 아버지가 오른쪽으로 향하면 개는 왼쪽으로 움직였다.

아버지는 원주민인 그들에게 이렇게 말했다. 응우이엔 무리가 내뱉는 말과 개가 짖는 소리가 섞여서 들려오자, 아버지는 흥분했다고. 미묘하게 섞여진 소리에 짜증이 올라온 아버지는 개를 향해서 돌진했다. 아버지는 개 목줄을 잡았다. 줄을 힘껏 잡아당겼다. 끌려오지 않으려는 개를 당겼다 풀어주기를 반복했다. 사실 아버지는 장난스럽기도 했지만 묘하게 야비한 표정도 갖고 있다. 자주 나오는 표정은 아니지만 그 날이었을 것이다. 개를 향해서 표정만큼 행동이 따랐을 것이다. 개를 피해서 물러나는 것이 우스꽝스러울 거라는 생각에 사로잡혔다. 그게 얼마나 명분도 없고 그럴 이유도 없는 일인지 알지 못한 채 흥분 상태가 됐다. 상대도 안 되는 묶여있던 짐승의 목줄을 던졌다. 그건 마치 대상도 없는 무엇인가에 분풀이를 하는 것

밀려오는 고(故) | 안미아

과 같았다. 개 이빨이 드러났다. 낮고 무거운 소리가 아버지를 향해서 울렸다.

아버지가 개 목줄을 잡았던 게 문제였다. 목줄이 그렇게 어이없이 풀어질 줄이야. 아버지도 응우이엔 무리도 몰랐으니까. 아버지가 개에게 어떤 행동을 더 했는지 아버지만 알고 있는, 자신에게 유리하게 포장된 행동은 더 이상 드러나지 않았다. 성난 개가 아버지를 향해서 달려들 때 아버지는 알았다. 피해야 한다는 것을. 아버지가 텃밭으로 달려갈 때 개는 아버지를 향해 달리고 있었다. 그 순간도 아버지가 해보자는 거지 그래 덤벼라. 이런 말을 했다는 것은 믿을 수 없지만, 자신이 모르는 언어가 주는 시끄러움에 기분이 꼬였을 수도 있다. 괜한 욕이 나온 것도 그렇고 나뭇가지 하나를 들고 개를 쫓아보겠다고 한 것도 마찬가지다. 아버지의 판단은 실패했다. 개가 아버지를 향해서 달려들었다. 아버지는 놀란 나머지 공격이고 뭐고 뛰었다. 텃밭도 벗어나기 전에 아버지는 맹렬하게 달려들던 개에게 정강이를 물렸다. 이미 시작된 전투에 밀리고 상황은 아버지에게 불리했다. 개 이빨이 들어간 정강이는 아버지 것이 아닌 양 아팠다. 아버지의 전투력은 형편없었다. 싸우기보다 물린 다리를 빼내려고 발버둥 쳤다. 그런 상황을 알아차린 외국인들이 놀라서 아버지 쪽으로 향했다. 텃밭을 가꾸던 삽이나 괭이가 외국인 손에 있었다. 텃밭에서 뒹구는 아버지의 비명에 사람들도 몰려왔다. 공장 안팎의 사람들은 상황을 인식하느라 주춤거렸다. 그 사이 외국인들은 아버지 곁으로 다가왔다.

개는 아버지의 정강이에서 떨어졌다. 외국인이 내려 친 삽이나 괭이에 등을 맞은 개는 도망치려고 날뛰었다. 개를 에워싼 그들은 마구잡이로 내려쳤다. 헛스윙으로 괭이를 텃밭에 내다 꽂기도 했다. 어디라고 할 것도 없이 개를 향해서 내려치는 도구는 아버지만 피했다. 그런 상황에서 아버지를 끌어낸 사람은 사장이었다.

그날 도망가지 못한 개는 죽었다. 아버지의 물린 상처보다 더 놀라운 광경이었다. 텃밭은 마구잡이로 파헤쳐졌다. 줄을 맞춰 심었던 채소는 뿌리가 뽑혔다. 삽이나 호미는 여기저기 나뒹굴었다. 외국인들은 처음으로 이곳에 왔던 날보다 더 두려운 눈빛이었다. 아버지는 응급실로 실려 갔다. 상처는 깊었다. 의사는 찢긴 흔적 사이를 헤집고 확인을 했다. 아버지는 아프다는 말도 못하고 참았다.

아버지는 입원을 했고 퇴원을 하며 상처 때문에 통원 치료를 했다. 아버지는 죽을 고비를 넘긴 것처럼 행동했다.

"아, 그날 죽을 뻔 했잖아."

다리를 절룩거리며 흔적을 내보였다.

아버지는 생사의 기로에서 살려준 외국인들에게 고마운 인사를 하고 싶었다. 응우이엔에게 고맙다는 말을 배웠다. 아버지가 처음으로 쓴 응우이엔이 쓰는 말.

"벙, 깜언. 고마워."

"아퍼."

아버지는 아니라고 손짓을 했다. 이제 아프지 않다고 상처를 보여 줬다. 아버지의 상처보다 외국인들이 더 놀라서 밥도 먹지 못했다는 사실은 뒤에 알려졌다. 아버지를 구하려다 일어난 폭력적인 그들도 여운이 오래 남았다. 던져진 삽이나 괭이를 다시 만지지 못했다. 아버지는 도구를 치웠던 사장에게 들었다.

아버지를 구하겠다는 맹목적인 행동이 불러온 일이었다. 최선이란 결과가 완벽하지 않을 때도 있다.

"죽었어."

"괜찮아."

"우리가 그랬어."

아버지에게 개의 죽음이 당연할 수 있었다. 아버지는 그들에게 해 줄 말을 찾았다. 알아들을 수도 있고, 아닐 수도 있지만 아버지는 말을 했다.

"응우이엔, 니말, 뚜언, 와산타, 나야. 개야. 선택하라면 나잖아. 난 사람이라고 당연히 나를 구해야 한다고 선택하자면 그런 거야. 안 죽었으면 좋았지만 이미 죽었잖아. 개는 원망할지 몰라도 난 아주 고맙다고. 그 순간에 너희는 나를 택한 거야."

외국인들은 아버지만 뚫어져라 쳐다봤다.

아버지가 이런저런 말을 전하자 '원주민 모임' 사람들은 하나같이 말했다.

"그럼 그럼. 사람이지."

원이아버지가 했다는 말을 아버지가 오래도록 되뇌었다. 몸속에 흐르는 본능이란 것은 우리 모두 같은 종류의 본성, 인간성을 가지고 있다는 것이다. 단순하게 사람의 무리와 짐승의 무리로 나눠진 곳에서 맞닥뜨릴 때, 우리는 모두 같은 본성을 지닌 사람에게 힘을 쓴다는 것이 무의식에 있다는 것이다. 그리고도 힘이 센 무리보다 약한 무리한테 힘을 더하는 것이 갑작스럽게 일어난 일에 반응하는 본능이란 것이었다.

누군가는 원이아버지 말이 무슨 말인지 모르겠다고 소주잔만 홀짝였을 수도 있다. 도무지 어려워서 알아들을 수가 없다고 잘난 척은 혼자하고 있다는 생각을 했을 것이다. 하지만 아버지는 원이아버지 말을 알아들었다. 아버지가 그 순간 정강이를 물렸고 아버지가 개를 문 건 아니었으니까. 아버지는 다른 것은 몰라도 상황이 불리해져 있는 쪽에 힘을 보탠다는 말이 와 닿았다.

아버지도 그랬던 적이 있었다. 다만 실제로 경험한 것이 아니어서 아쉬웠다. 누구였더라. 미영 아버지가 전한 말이었다고 했다. 외국인 아내와 결혼한 어느 남자의 이야기였다. 아버지는 외국인 여성이 남편에게 매를 맞고 살았다는 그 부분에서 갑자기 흥분했다. 그 남자는 알지도 못하는 아버지에게 욕을 먹었다. 이를테면 나라 망신을 시킨다느니, 남자도 아니라느니 이런 욕설을 받았다. 외국인 여자에게는 잘 도망쳤어. 잘 살게 될 거야. 지금보다 나아지지 않겠어. 외국인 여자 편이 돼서 지지를 했다.

응우이엔이 그런 지경이 됐대도 아버지는 나섰을 것이다. 아버지만큼 본능을 잘 표현하는 사람은 없다. 다만 판단 미숙이 따랐다. 눈에 보이는 게 정확하게 나뉘어져 있다면 확실했지만 그렇지 않은 것에 무조건 덤비기도 해서 문제를 만들긴 했다. 사태 파악이 되고 나면 슬그머니 발을 뺐다. 그렇더라도 당장, 내일이나 모레. 갑자기 일어나는 불리한 일을 맞닥뜨렸을 때, 아버지는 본능 이상의 힘을 불리한 상황에 발휘하게 되지 않을까.

원이아버지 말에 호응을 한다는 뜻으로 아버지가 한마디 내뱉었다.

"내가 개보다 불리한 상황이었잖아."

'원주민 모임'은 처음으로 외국인 이름을 언급했다.

"응우이엔이라고, 앞장 선 사람이."

모임 사람들은 죽다가 살아온 아버지를 도와준 그 이름을 불렀다. 누군가는 다시 물었다.

"누구라고."

익숙하지 않은 탓이었다. 헷갈려서 버벅거리고 다르게 말해서 다시 말하기도 했다. 그럴 때마다 아버지는 큰소리로 응우이엔이라고 또박또박 알려줬다.

"그래, 응우이엔."

응우이엔이 죽은 개가 묻힌 쪽을 쳐다보지 못하더라는 말에 '원주민 모임' 사람들도 고개를 끄덕였다. 아버지도 그 쪽이 불편했다. 아버지와 응우이엔은 같은 결과를 가졌다. 서로 다른 과정으로 남은 기억의 불편이 각자에게 남고 말았다. 모임의 마무리 말은 아버지보다 응우이엔이 더 화제에 올랐다는 것으로 끝이 났다.

모임에서 돌아 온 아버지는 그곳에서 오고 간 이야기를 더 보태거나 빼거나 하면서도 응우이엔의 이름은 정확히 말했다. 밤이 깊어지자, 아버지 목소리가 작아졌다. 억지를 내서 목소리를 높였지만 아버지가 잠이 들 모양이다. 횡설수설 이야기가 끝나고 있다. 오늘밤은 아버지 이야기가 끝났지만 내일도 아버지는 멈추지 않을 것이다. 다음날도 또 다음날도. '원주민 모임'에서 나오는 말이나 공장에서 일어나는 일은 끝이 없을 테니까. 먼지 속에서 방진 마스크를 막 벗고 돌아오는 아버지가 그려졌다. ◗

Who I Am

윤희웅

30회 근로자 문화예술제 희곡부문 은상.
8회 시흥 문학상(수필) 대상.
21회 연극 올림피아드 희곡상 수상.
2019년 봄 경기소설가협회 신인상 수상.

― 이번 생은 망했어.
― 그럼 다음 생에 성적 소수자나 이주민, 장애인으로 태어난다면?
어느 누구도 '좋아'라고 이야기 못할 것이다.
질문 속 사람들 모두는 이 사회에서 살아가기가 그리 녹록지 않기 때문이다.
아니다. 우리는 그들의 삶이 얼마나 힘든지 잘 알고 있다.
그럼 나는 그들을 위해서 무엇을 했을까?
우리나라에 온 이주 노동자는 자신의 나라로 돌아가면 사회적 약자에서
물러날 수도 있을 것이다. 우리가 외국에 가면 우리는 사회적 약자가 될 것이다.
어느 날 누군가가 동성애자라고 커밍아웃하면 그는 사회적 약자가 될 것이고,
우리 사회가 동성애를 제도적으로 허용하게 되면 사회적 약자에서 벗어나게 될 것이다.
따라서 사회적 약자는 '사회적'으로 만들어지는 것이다.
그럼 나는 사회적 약자인 그들을 위해서 아니 나를 위해서 무엇을 해야 할까?

Who I Am

나는
어두운 지하 주차장을 가로지르는 남자를 따라 비틀거리며 걸었다.
새벽의 지하 주차장은 차갑고 어두웠다. 주차장 천장에 몇 개 남지
않은 전등은 수시로 깜박거리며 수명이 얼마 남지 않음을 온몸으로
말하고 있었다. 그곳에는 거침없이 걷는 남자의 발소리와 발을 끌면
서 걷는 나의 발소리만이 있을 뿐이었다. 주차장 구석을 어슬렁거리
던 고양이는 차들 사이로 숨죽여 지나가는 쥐를 발견했다. 고양이는
기지개를 펴듯 앞발을 길게 뻗으며 뛰어나갈 순간을 찾고 있었다.
숨죽여 지나가던 쥐가 고양이를 발견했다. 고양이는 기다리던 때가
온 것 일까? 쥐를 향해 쏜살처럼 뛰어 나갔다. 쥐는 뛰어오는 고양
이를 슬쩍 한 번 바라봤다. 고양이를 본 쥐는 필사적으로 뛰지 않았

다. 뛰는 척, 뛰는 시늉을 하다 이내 곧 고양이 앞발에 채였다. 쥐는 데굴데굴 굴러 주차된 차 앞바퀴에 부딪쳤다. 쓰러진 쥐는 고개를 들어 고양이를 바라봤다. 고양이는 고개를 든 쥐를 천천히 앞발로 지긋이 눌러버렸다. 쥐는 바닥에 바짝 엎드려있었지만 시선만큼은 고양이를 향하고 있었다. 고양이는 쥐에게 더 이상 시간을 주지 않았다. 바로 수염을 번쩍이며 쥐의 머리를 물어뜯었다. 지하 주차장 구석진 곳곳에는 고양이가 먹다 남긴 쥐의 꼬리와 발, 머리 등이 굴러다니고 있었다. 매연 냄새와 병원의 알코올 냄새가 뒤섞여 있는 지하 주차장은 또 다른 이름의 영안실이었다. 나는 고개를 돌려 남자를 바라봤다. 갑자기 뛰어 나온 고양이에 놀란 남자는 쌍욕을 했다. 침을 튀기며 욕을 하는 남자의 팔에는 두 줄의 완장이 선명하게 보였다. 남자는 검붉은 가래침을 뱉으며 지하 주차장 구석에 있던 차의 문을 열었다. 문이 열린 차 안에서는 작은 불빛이 새어 나왔다. 남자는 운전석에 앉아 다시 담배에 불을 지피며 나를 기다리고 있었다.

"팬티 벗어."

나는 무슨 말인가를 들은 듯 했다. 왼쪽 귀가 들리지 않는 나는 고개를 돌려 남자를 바라봤다. 남자는 손바닥을 펴 왼쪽 뺨을 쳤다. 언젠가 왼쪽 고막이 나갔을 때처럼 뺨을 맞았다. 남자는 낮게 한 번 더 말을 했다. 남자가 소리 높여 이야기했는지도 모른다. 나에게 남자의 목소리는 윙윙거리며 낮게 들릴 뿐이었다. 좁은 차 안은 점점 차오르는 담배 연기와 남자의 윙윙거리는 목소리만 가득 찼다. 순간 검은 상복 치마 안으로 남자의 손이 들어 왔다. 남자의 손은 어느새 허벅지를 지나 거웃을 움켜잡았다. 나는 남자의 손을 뿌리치고 스스로 팬티를 벗었다. 팬티를 내리는 순간 남자의 손은 나의 허벅지를 만지고 있었다. 살갗이 오그라들며 피부에 좁쌀 같은 것이 돋아 났다. 남자가 만지는 허벅지에는 수많은 멍들이 어울려 살고 있었다. 보라색 멍과 색이 바래가는 노란색 멍이 적절하게 뒤섞여 화려하게 빛나고 있었다. 남자는 벗어 준 팬티의 냄새를 깊게 마셨다. 남자의 흡족한 미소는 룸미러를 통해 비쳐졌다. 남자는 팬티를 바지 주머니에 쑤셔 놓고 급하게 바지를 벗었다. 그리고 남자는 빠르게 조수석 의자를 뒤로 젖혔다. 상복의 치마를 걷어 올린 남자는 소름이 올라온 엉덩이를 손바닥으로 힘껏 때렸다. 조용한 주차장 안에는 전등이 깜박거렸으며 몸뚱이 잃은 생쥐머리가 굴러 다녔다. 남자의 낮은 신음소리가 주차장을 가득 매웠다. 남자는 소름 돋은 엉덩이를 양 손으로 쥐고 흔들었다. 엉덩이를 잡고 흔들던 남자의 손이 어느새 머리로 향했다. 남자는 머리카락을 질끈 동여맨 머리 고무줄을 빼 뒷좌석으로 던졌다. 그리고 말의 고삐를 잡듯 머리카락을 힘껏 움켜잡았다. 목이 뒤로 젖혀진 나는 담배연기로 얼룩진 차의 천장을 바라보며 남자의 리듬에 맞춰 엉덩이를 흔들 뿐이었다. 초점 없던 나의 눈이 순간 반짝였다. 머리 고무줄이 바로 눈앞에 보였기 때문이었다. 나는 고개를 흔들어 머리카락을 잡고 있던 남자의 손을 뿌리쳤다. 몸을 앞으로 밀어 뒷좌석으로 던져진 머리 고무줄을 잡으려 했다. 남자는 빠지는 엉덩이를 잡아 뒤로 당겼다. 나의 몸은 다시 남자에게로 돌아갔다. 뒷좌석 구석에 버려진 형광색의 머리 고무줄은 나에게 멀어지고 있었다. 나는 앞뒤로 흔들리는 와중에도 최대한 손을 뻗어 머리 고무줄을 잡으려했다. 손바닥 한 뼘 정도 손을 뻗으면 머리 고무줄을 잡을 수 있을 것 같았다. 멀지도 않은 손바닥 한 뼘 정도만 앞으로 기어야 했다. 엉덩이를 앞으로 밀면서 조금씩 기어 나갔다. 조금만 더 가면 머리 고무줄을 잡을 수 있는 짧은 거리가 되었다. 다시 한 번 머리 고무줄을 바라보며 손을 뻗을 때, 남자의 손이 나의 머리카락을 힘껏 움켜잡았다. 고개가 다시 뒤로 젖혀지면서 머리 고무줄은 손끝에서 멀어져 갔다. 나는 흔들리는 눈으로 뒷좌석에 있는 머리 고무줄을 바라봤다. 시간이 얼마나 흘렀을까? 남자는 담배를 연신 바꿔 물어가며 엉덩이를 때렸다. 머리카락을 잡고 있던 남자의 손에서 힘이 빠졌다. 남자의 입에서 끙 하는 짧은 신음소리와 함께 입에 물려 있던 담배가 엉덩이로 떨어졌다. 담배가 자연스럽게 떨어진 것인지, 일부러 엉덩이에 비벼 껐는지 나는 알지 못했다. 엉덩이에 담뱃불이 떨어진 순간 나는 깜짝 놀라 몸을 돌렸다. 좁은 차 안에서 엉거주춤 바지를 추스르던 남자가 엉덩방아를 찌고 말았다. 벌떡 일어난 남자는 나의 머리채를 잡고 흔들었다. 그리고 가차 없이 뺨을 때렸다. 한 대, 두 대, 세 대…… 나는 정신을 잃었다. 내가 눈을 떴을 때 차 안에 남자는 보이지 않았으며, 머리 고무줄도 그 자리에 보이지 않았다.

"빨리 하지."

빈 술병이 굴러다니고 담배 연기가 자욱하게 깔린 선술집 골방이었다. 먹다 남긴 제육볶음에서 날 파리가 버글버글 끓고 있었다. 반쯤 먹다 남은 밥공기 위에는 담배꽁초가 산을 이루었다. 아버지는 이곳에 들어온 지 하루가 지났을까? 아님 그보다 더 오래 되었는지도 모르겠다. 그동안 아버지는 마작 판에서 모든 것을 잃었다. 돈, 집, 엄마까지 아버지가 잃을 수 있는 것은 모두 다 잃었다. 하지만 마지막 한 판으로 모든 것을 찾을 수 있는 기회가 아버지에게 왔다. 그 마지막 한 판에 아버지는 딸인 나를 걸었다. 모든 것을 잃은 아버지가 걸 수 있는 마지막 하나가 나였다. 나는 낯선 아저씨의 손에 잡혀왔다. 담배연기가 자욱한 방구석에 앉아 터져 나오는 기침을 삼켜가며 아버지를 지켜보고 있었다. 이번 판에서 아버지가 진다면 나는 어디론가 팔려 갈 것이다. 아버지는 반드시 이번 판을 이길 것이며 그동안 잃었던 모든 것을 찾을 것이라 굳게 믿고 있었다. 순서가 돌아오자 아버지는 패를 하나 잡았다. 아버지의 간절한 바람이 통하였을까? 마작 판의 흐름이 미묘하게 바뀌고 있었다. 한 번을 더 돌고 드디어 아버지에게 기회가 왔다. 골패를 집어든 아버지의 손은 미묘하게 떨고 있었다. 선택을 해야 하는 것 같았다. 손에 쥔 골패를 다시 한 번 쳐다보는 아버지를 바라보던 남자는 밥공기에 피던 담배를 눌러 끄며 말을 했다.

"게임은 이겨야 맛이지."
"뭐이 개소리니?"
"짱개, 고기는 씹어야 맛이라고, 뭔 말인지 알아?"
"왕빠단."
"이런 개새끼를 봤나, 너 지금 욕했지? 짱개 너 죽고 싶어?"
"여기서 뉘기 짱개니?"

벌떡 일어난 아버지를 사람들이 뜯어 말리자 남자는 못 이기는 척 자리에 앉았다. 남자의 억지스러운 행동이 판의 흐름을 바꾸고 싶어 일부러 하는 짓이라는 것을 아버지는 알고 있었다. 남자는 아버지가 손에 쥔 패를 만지작거리는 것을 보고 있었다. 아버지는 던지려는 패가 남자가 원하는 골패가 될지도 모른다는 생각에 망설이고 있었다. 남자의 어설픈 행동이 아버지에게 오히려 확신을 줬을까? 아버지는 만지작거렸던 골패를 잡은 채 남자를 말없이 바라봤다. 남자의 얼굴이 변하고 있었다. 아버지는 남자의 얼굴을 보고 마지막 판의 승리를 확신했다. 남자의 떨떠름한 표정은 흐름이 바뀌고 판의 변화가 오고 있다는 뜻이었다. 아버지의 승리는 마누라와 딸아이가 있던 연변으로 다시 돌아갈 수 있다는 약속이었다. 아버지에게 승리의 여신이 조금씩 다가오고 있었다. 아버지는 마지막 골패를 던졌다. 남자의 얼굴이 환하게 변했다. 판을 바라보며 낮게 웅성거리던 몇몇은 벌떡 일어나 박수를 쳤다. 집을 나간 아내도, 노름빚에 팔려갈 딸도 이제는 제자리로 돌아올 수 없다는 박수였다. 아버지는 정신을 놓지 않으려 애를 쓰고 있었다. 하지만 아버지의 손은 정신없이 벌벌 떨고 있었다. 아버지는 떨리는 손으로 던져진 골패를 다시 부여잡았다. 남자는 웃으며 일어나 골패를 쥔 아버지의 손을 발로 밟았다. 이내 발에 힘을 줘 아버지 손에 쥔 골패를 빼앗아 주머니에 넣었다. 구석에서 벌벌 떨며 이모든 광경을 지켜보고 있는 나에게 한 쪽 눈을 깜박이며 웃었다.

대문 옆에는 철마다 다른 꽃들이 피어나는 작은 화단이 있었다. 상추나 고추를 심어 먹자는 아버지의 의견은 언제나 이름 없는 들꽃들에게 밀렸다. 엄마는 꽃에게 물을 주고 잠시 서서 바라보는 일이 세상에서 제일 행복한 일이라고 했다. 꽃을 바라보는 엄마를 아버지는 방 안에 앉아 꽃을 보듯 바라보고 있었다. 아버지는 아침마다 가족들의 배웅을 받으며 출근을 했다. 엄마와 나는 아버지에게 경쟁하듯 매달려 볼에 뽀뽀를 했다. 해질녘이면 아버지는 땀에 전 작업복 가방을 어깨에 메고 대문 앞에 서 있었다. 살짝 열린 부엌문에서 엄마의 화사한 웃음소리와 구수한 된장찌개 냄새가 풍겨 나올 때 아버지는 행복했다고 했다. 방안에서 텔레비전을 보며 웃고 있는 나의 웃음소리 역시 아버지의 행복이었다고 했다. 아버지는 한 동안 대문 앞에서 집안 풍경을 흐뭇하게 바라봤다. 아버지가 대문을 열고 들어서면 부엌에서 젖은 손을 행주치마에 닦으며 나오는 엄마와 방에서 버선발로 뛰어 나오는 내가 있었다. 연변에서의 우리의 삶은 작지만 소소한 행복의 연속이었다. 하지만 우리의 행복은 얼마 가지 못했다. 갑자기 할머니가 암으로 투병하다 몇 번의 수술 끝에 돌아가셨다. 돌아가신 할머니의 밀린 병원비와 사채 빚은 아버지가 직장생활을 하면서 갚을 수 있는 금액이 아니었다. 아버지는 결단을 해야만 했었다. 어두운 밤, 우리는 별빛을 의지하며 조용히 마을을 벗어났다. 우리는 밤, 낮으로 산길을 걸었다. 달이 없는 밤을 기다려 작은 나무토막에 몸을 의지한 채 강을 건넜다. 산과 강을 몇 개나 넘었는지 보이지도 않는 연변을 연신 돌아보며 한국으로 밀입국을 했다. 우리는 한국에서 돈을 벌어 반드시 연변으로 돌아갈 생각이었다.

열여섯에 아버지의 노름빚 대신 남자에게 팔려간 지 일 년이 흘렀다. 내가 어떻게 지내는지 아버지는 소문으로만 들었을 것이다. 간혹 아버지는 나를 보기위해 남자의 집 근처를 서성였다. 아버지가 남자의 집 근처를 서성이는 것을 들킨 날은 남자에게 이유 없이 매타작을 당했다. 아니 아버지가 오지 않아도 남자의 이유 없는 매타작은 늘 있었다. 아버지는 남자의 집, 벌어진 창문 사이로 침대에 알몸으로 누워 있는 나를 봤다. 나의 머리카락은 어깨까지 내려와 있었고 몸은 성한 곳이 없었다. 군데군데 시퍼런 멍과 색이 빠져가는 멍을 아버지는 봤을 것이다. 아버지는 조용히 나를 불러 보지만 나는 미동조차 할 수 없었다. 얼마 후 아버지는 머리 고무줄 몇 개를 약 봉투와 함께 창문 너머로 던져 넣고 돌아섰다. 나를 위해 아버지가 할 수 있는 일은 하루빨리 노름빚을 갚는 방법 밖에는 없었다.

"짱개, 마작 좀 하는데?"

모든 시작은 다 그렇듯이 아주 미약했다. 아버지의 한국에서의 생활은 아주 고되었다. 한국 사람들은 정시에 퇴근을 해도 중국에서 온 동포들은 잔업을 수시로 해야만 했다. 그렇게 일해도 동포들 손에 쥐어지는 돈은 한국 사람들보다 적었다. 거기다 동포들은 중국에서 건너올 때 쓴 밀입국 비용을 매 달 갚아야 했다. 아버지의 한국에서의 삶은 궁핍했다. 중국과 비교할 수 없는 물가와 집세, 다달이 갚아야 하는 밀입국 비용까지 항상 돈에 전전긍긍했다. 끊임없이 이어지는 열두 시간이 넘는 노동이 아버지를 지치게 했다. 끝없는 지옥같은 노동에서 잠시라도 벗어나는 시간이 아버지에게는 필요했다. 그것이 아버지에게는 마작이었다. 회사에서 간혹 상여금을 받는 날이면 중국에서 같이 온 동포들과 마작을 했다. 그들은 허름한 여관방에서, 또는 선술집 골방에 모여 아내 모르게 생긴 상여금을 앞에 놓고 마작을 했다. 물소의 뼈에 대나무로 안을 댄 골패를 사용했다. 담배연기가 자욱한 골방에는 골패를 섞을 때마다 대나무 숲에서 시끄럽게 지저귀는 참새떼 소리가 났다. 그들에게 마작은 몇 달에 한 번 재미삼아 한두 시간의 짧은 일탈로, 오락으로 그렇게 시작되었다. 그러던 어느 날, 남자가 호탕하게 웃으며 마작방의 문을 밀며 들어왔다. 술을 사며 마작을 가르쳐 달라고 했다. 주로 구경만 하던 남자는 어느새 자리를 차고 들어와 돈을 잃고 있었다. 돈을 잃을수록 남자는 조금씩 판돈을 키워 나갔다. 남자가 키운 판돈은 주로 아버지에게 돌아 왔다. 아버지는 남자가 고마웠다. 하루라도 빨리 빚에서 벗어날 수 있게 도와주는 구원자 같았다. 아버지는 남자를 돈이 많은 호구라 생각했고 그렇게 믿었을 것이다. 남자가 나타난 후로 가끔 하는 짧은 일탈이, 매월 월급날로, 간혹 쉬는 주말로 횟수가 점점 늘어났다. 횟수가 늘어난 것은 남자가 원하기도 했지만 실은 아버지가 간절히 원해서였다. 오로지 아버지의 욕심이었다. 아버지는 남자를 마작 판에 매일 끌어오지 못해 안달을 했다. 남자와의 마작은 한국에서의 성공을 말하는 것이었다. 아버지는 월급의 몇 배의 돈을 엄마에게 쥐어줬다. 몇 번은 엄마 역시 아버지에게 더 크게 마작을 할 돈을 마련해 줬을지도 모르겠다. 집으로 돈을 가지고 오던 몇 달을 제외한 나머지 시간들은 내가 기억하는 한 악몽의 연속이었다. 집에 돈이 떨어지자 아버지는 동료들에게 돈을 빌려 마작 판으로 갔다. 마작 판에서 살다시피 하는 아버지를 찾아 엄마의 손을 잡고 회사 근처의 선술집과 여관방을 돌아다녔다. 어느 순간 아버지는 매일 술을 마셨고, 엄마는 매일 악을 바락바락 썼다. 살림은 부셔졌고, 나는 두려움에 떨면서 문 밖에 서있는 날이 많아졌다. 얼마 지나지 않아 살림은 점점 누추해져 갔고, 더 이상 누추해질 살림이 없을 때쯤 얼굴에 시퍼런 멍을 달고 살던 엄마는 집을 나갔다.

아무도 찾지 않는 상가는 상가가 아니었다. 단지 마작을 하는 마작 방이었다. 선술집 마작 방이 이곳으로 옮겨온 것뿐, 일상은 변하지 않았다. 변하지 않은 일상 속에서 나는 산발이 된 머리를 한 손으로 잡고 머리를 묶을 고무줄을 찾고 있었다. 보통 부의함 서랍에 노란 고무줄 하나 정도는 있을 법도 했었다. 첫 번째 부의함 서랍은 몇 장의 부의봉투와 함께 검은 사인펜이 들어 있었다. 두 번째 서랍에는 봉지가 찢어져 눅눅해진 향이 가득했다. 세 번째 서랍에는 무엇이 들었는지 확인을 하지 못했다. 세 번째 서랍을 여는 순간, 남자의 손이 머리카락을 잡고 흔들었기 때문이었다. 처음 머리를 서랍에 박았을 때 나는 아픔보다는 갑자기 닥친 상황에 놀랐다. 두 번째 머리를 서랍에 머리를 박았을 때 지금 일어나고 있는 상황이 이해가 됐다. 세 번째 머리를 박았을 때 나는 이마가 조금 찢어졌다는 것을 알았다. 아마 두 번 째 열린 서랍 모서리에 이마가 부딪쳤을 것이다. 두 번째 서랍 모서리가 붉게 물들어 있었다. 나는 이마에서 방울방울 맺히는 피를 닦으며 남자를 쳐다봤다. 남자의 손에는 뽑힌 머리카락이 꽤 있었다. 남자는 뽑힌 머리카락을 엉덩이에 대고 털었다. 그때 나는 엉덩이를 터는 남자의 손목에 끼여 있는 머리 고무줄을 봤다. 나는 손을 뻗어 남자의 손목을 잡았다. 남자는 화들짝 놀라 손을 뿌리쳤다. 이내 남자는 부의함 서랍 사이에 찌그러져 있는 나를 향해 발을 들었다. 남자의 발은 내 발목에 채워진 전자발찌를 향해 정확하게 내려 왔다. 남자는 어디를 때려야 효과적인지 잘 알고 있었다. 툭 튀어나온 전자발찌는 징징거리며 신음을 했다. 남자는 내 발목을 두어 번 더 밟은 후, 소리를 질렀다. 나는 남자가 하는 말이 무슨 말인지는 모른다. 다만 성난 얼굴과 삐뚤어진 입이 보일 뿐이었다. 남자는 냉장고에서 소주 두 병을 빼들고 마작을 하는 곳으로 돌아갔다. 나를 힐끔 쳐다보는 마작꾼들의 느끼한 시선을 남자는 봤을 것이다. 나는 한동안 벽과 부의함 사이 좁은 공간에 앉아 있었다.

마작은 얼핏 보면 운으로 하는 도박 같아 보이지만 실제로는 실력과 심리전이 상당부분 들어가 있는 게임이었다. 하지만 실력이 부족하다고 바둑이나 장기, 체스처럼 잘하는 사람을 절대 못이기는 것도 아니었다. 아무리 실력 차가 나도 기본 규칙만 알면 10판하면 1판 정도는 초보자도 이길 수 있는 게임이었다. 보통 마작은 4명이 하기에 단순 계산으로는 25퍼센트 승률이 깔려 있다고 보면 된다. 그렇다고 블랙잭이나 포커처럼 운에 대부분 의지하는 게임은 또 아니었다. 게임을 하는 사람의 표정을 읽을 줄 알아야 하며 바닥에 깔려 있는 패를 보면서 치밀한 계산도 할 줄 알아야 했다. 그리고 지금처럼 중요한 흐름에서는 흐름을 끊을 줄도 알아야 했다. 언제나 그랬듯이 지금이 가장 중요한 흐름이라는 것을 남자는 본능적으로 알았다. 나에게 술을 가져오라고 소리를 지르고 쌍욕을 했다. 마작을 같이하는 사람들은 쌍욕을 하며 일어서는 남자의 기세에 눌려버렸다. 흐름을 끊긴 사람의 힘없는 탄식만이 들릴 뿐이었다. 나를 때리고, 밟고, 욕을 하는 모든 것들은 남자의 계산된 행동들이었다. 남자는 나에게 다가가는 그 짧은 시간에도 주머니에 손을 넣어 팬티를 만지작거리는 것도 잊지 않았다. 최대한 시간을 끌어야 흐름이 바뀐다는 것을 남자는 알고 있었다. 이 모든 것은 남자가 제일 잘하는 속임수 중하나였다. 남자는 모든 상황에 적절한 속임수를 체계적으로 정리해 갖고 있었다. 그중 으뜸은 마작 패를 잡을 때의 포커페이스라 할 수 있었다. 사람들은 포커페이스를 무표정이라고 생각한다. 진정 포커페이스는 무표정이 아니었다. 남자는 표정으로 남을 속이는 방법을 알고 있었다. 지금처럼 가벼운 미소와 함께 입술에 침을 바르고 술을 홀짝이면 상대방은 좋은 패가 들어와 심리적으로 긴장을 했다고 생각을 한다. 하지만 남자의 패는 긴장할 패도 아니고 바로 죽어도 하나도 이상하지 않을 패를 들고 있었다. 하지만 사람들은 남자를 두려워하며 판에서 빠질 것이고, 남자는 이 같잖은 패로 이번 판도 이길 것이다.

벽과 부의함 사이 좁은 공간에 앉아있던 나는 일어나 남자에게 걸어갔다. 산발된 머리를 풀어헤치고, 전자발찌를 찬 다리를 절며 힘겹게 걸어갔다. 호기롭게 술을 마시며 마작을 하던 남자가 다가오는 나를 쳐다봤다. 남자는 들고 있던 골패를 내려놓고 술잔을 들어 한 모금 마셨다. 그리고 조금만 더, 조금만 더를 외치며 다가오는 나를 쳐다봤다. 남자와 나의 거리가 이미터쯤 되었을까? 남자는 들고 있던 술잔을 내 얼굴을 향해 던졌다. 날아온 술잔은 이마에 맞고 바닥으로 떨어져 깨졌다. 순간 나의 이마에는 방울방울 피가 맺혔다. 방울방울 맺힌 피는 빠르게 콧등을 타고 인중을 거쳐 입술로 흘러 내렸다. 나는 이내 입술까지 타고 내려온 피를 훌쩍 들어 마셨다. 그리고 남자를 향해 발을 끌면서 걸었다. 콧등을 타고 내려오는 피가 입술을 다시 적실 때 나는 한 번 더 코를 훌쩍였다. 이내 남자의 앞에 섰다.

　"개새끼."

　웃고 있던 남자는 기가 막힌다는 듯이 마른세수를 하며 느긋하게 일어났다.

　"야, 이년 봐라. 뭐, 개새끼?"

　남자는 나의 머리채를 왼 손으로 잡아 한 바퀴를 휘감았다. 고개가 꺾인 나는 남자의 얼굴을 향해 침을 뱉었다. 붉은 피가 섞인 침이었다. 남자는 오른손으로 얼굴의 침을 닦았다. 남자는 걸쭉한 피가 섞인 침을 닦은 손을 내려 봤다. 이내 남자는 황당하다는 듯이 나를 바라봤다. 나를 향해 손을 높이 들었다. 그때 나는 다시 한 번 침을 뱉었다. 당황한 남자는 높이 들었던 손을 내려 다시 얼굴을 닦았다. 구경하던 사람들 중 한 명이 그만하라며 남자에게 다가오려 했다. 남자는 별 일 아니라는 듯 손짓을 하며 돌려보냈다. 남자의 얼굴에서 야릇한 미소가 흘러 내렸다.

"짱개년이 오늘 같이 죽고 싶었구나."

남자의 입에서 짱개년이라는 말이 다 끝나기도 전에 남자의 손은 나의 뺨을 내리쳤다. 남자가 한 손으로 머리채를 잡고 있어 나는 고개도 돌리지 못하고 뺨을 맞았다. 남자는 나의 왼쪽 뺨을 다시 내리쳤다. 나는 휘청이며 뒤로 한 발 물러섰다. 남자는 한 발 앞으로 나가며 또 다시 왼쪽 뺨을 내리쳤다. 나는 뒤로 한 발 물러섰다. 물러서는 나를 따라 남자는 한 발 앞으로 나가며 뺨을 내리쳤다. 그렇게 몇 발을 더 걸었을까? 나의 왼쪽 뺨이 얼굴에서 사라질 무렵 사람들이 달려왔다. 달려온 마작꾼들은 남자를 골패가 굴러다니는 자리로 데리고 갔다. 자리에 앉아 술을 몇 잔 단숨에 들이키던 남자가 다시 일어나 쓰러져 있는 나에게 다가왔다. 서로 술잔을 돌리며 수군거리던 마작꾼들이 이내 다시 달려와 남자를 잡았다. 남자는 가슴 안쪽 주머니에서 주머니칼을 꺼내 들었다. 마작꾼들에게 칼을 들어 보이자 사람들은 고개를 저으며 자리로 돌아갔다.

"이것 때문이니?"

승부를 하는 모든 사람들에게는 루틴이 있다. 남자에게 루틴은 나의 물건들이었다. 남자가 다른 여자들보다 나를 곁에 오래둔 이유이기도 했다. 남자는 팔목에 끼여 있던 머리 고무줄을 빼들었다. 쓰러져 있는 내 앞에 남자는 쪼그려 앉았다. 남자는 머리 고무줄을 나에게 내밀었다. 나는 고개를 들어 남자의 손에 들려 있는 머리 고무줄을 바라봤다. 남자는 나에게 머리 고무줄을 받으라며 손짓을 했다. 손을 내밀어 머리 고무줄을 받으려 할 때 남자는 주머니칼로 머리 고무줄을 끊었다. 나의 손에는 끊어진 머리 고무줄이 툭 떨어졌다. 남자는 번들거리는 주머니칼을 들고 일어섰다. 남자는 나의 머리카락을 움켜잡았다.

"내가 머리 고무줄이 필요 없게 만들어주지."

남자는 머리카락을 주머니칼로 잘랐다. 날이 새파랗게 선 주머니칼은 머리카락을 아낌없이 잘라냈다. 듬성듬성 잘려나간 머리카락이 주변으로 흩뿌려졌다. 얼마 지나지 않아 머리카락은 고무줄이 필요 없을 정도로 짧아졌다.

"이런, 모자가 필요하겠는데."

남자는 주머니에서 팬티를 꺼내 내 머리에 씌웠다. 팬티를 뒤집어 쓴 머리를 잡고 흔들며 남자는 흡족하게 웃었다. 이내 남자는 자리로 돌아와 골패를 만지작거리며 술을 마셨다. 구경을 하던 꾼들도 하나 둘 모여 다시 마작 판 앞으로 모이기 시작했다. 남자는 골패를 정리하며 말을 했다.

"저년은 짱깨년도 아니고, 한국년도 아니고 잡종 똥개 년이야. 똥인지, 된장인지도 모르고 배고프면 아무거나 처먹는 잡종 똥개. 말 안 듣는 똥개들은 몽둥이가 약이거든. 욱씬욱씬 패놓아야 먹을 때 더 맛있는 법이지. 저 짱깨년 먹고 싶은 놈 있으면 말해. 내가 한 번 줄게. 그러지 말고 이참에 포주로 나서볼까? 저 년은 씹하는 거 좋아하고 나는 돈 벌어서 좋고."

마작 판 앞에 앉아 있던 사람들이 서로 일어나 바지춤을 움켜잡았다. 서로 먼저 해야겠다며 돈을 남자에게 주며 웃고 떠들었다. 내가 남자의 집에 처음 왔을 때, 초저녁부터 추적거리며 비가 내렸다.

추적거리며 내리던 비는 동이 틀 무렵 눈으로 바뀌었다. 남자가 술에 취해 정신없이 잠들어 있는 것을 확인하고 나는 조용히 집을 빠져 나왔다. 어슴푸레 밝아진 거리를 무작정 뛰기 시작했다. 길을 모르는 나는 산으로 올라가면 남자가 찾지 못할 것 같았다. 산 속으로 깊이 들어갔다. 동이 틀 무렵 뛰기 시작한 나는 해가 질 무렵 산속에서 작은 암자를 발견하고 그 안으로 몸을 피했다. 인자한 얼굴에 수염이 긴 산신이 그려진 그림 밑에서 나는 부어오른 발목을 부여잡고 쓰러졌다. 시간이 얼마나 흘렀을까? 쓰르라미 우는 소리에 나는 선잠에서 깨어났다. 선잠에서 깨어난 나의 눈앞에 남자가 서 있었다. 나의 부어오른 발목에 채워진 전자발찌가 역할을 충실이 했다는 것을 나는 나중에 알았다. 그 후로 남자는 나의 옷을 벗겼고 손을 묶었다. 나의 입에는 재갈이 물려 있었다. 나는 남자에게 수시로 매질을 당했으며, 남자를 위해 억지로 다리를 벌려야 했다. 나는 소리 없이 눈물을 흘릴 뿐, 아무것도 할 수 없었다. 내가 물 한모금도 먹지 않은지 일주일쯤 되었을 때 창문 넘어 어른거리는 그림자와 익숙한 발자국 소리를 들었다. 나를 부르는 낮은 목소리 역시 들렸다. 나는 움직일 수가 없었다. 나의 처참한 모습을 아버지에게 보여줄 수 없기 때문이었다. 나는 조용히 고개를 돌려 벽을 바라보며 베갯잇만 적실 뿐이었다. 열린 창문 사이로 파스와 머리 고무줄이 든 봉지가 방 안으로 툭 떨어졌다. 내가 살아야 하는 이유가 툭 떨어진 것이었다. 내가 남자 곁에서 잦은 매질과 수모 속에서도 살아야 했던 이유는 아버지였다. 그 아버지가 공사장에서 떨어져 죽었다. 남자는 나를 앞세워 공사현장을 찾아갔다. 남자는 죽은 아버지의 한국 사위였다. 회사 사무실에서 원하는 금액이 나올 때까지 남자는 술을 마시고 소리를 질렀다. 하루가 지났을까? 남자는 원하는 사망 합의금과 장례 비용까지 쏠쏠하게 챙겼다. 돈을 받았으니 어쩔 수 없이 그럴듯한 영안실을 꾸며야 했다. 오늘 오전에 회사 관계자들이 머리를 조아리며 문상을 하고 갔다.

나는 머리에 팬티를 뒤집어쓰고, 얼굴은 피범벅이 되어 머리카락이 흩뿌려진 자리에서 일어섰다. 근처에 굴러다니는 술병을 하나 들었다. 나는 쩔뚝거리며 남자에게 다가갔다. 한국에서 돈을 벌어 연변으로 돌아가 빚도 갚고 행복하게 잘 살아보자고 약속했던 아버지는 이제 없다. 아버지의 죽음과 엄마의 가출, 한국말을 배우며 꿈꾸던 나의 미래까지 남자가 모두 앗아갔다. 허리춤을 풀고, 돈을 뿌리던 사람들이 나를 보고 흠칫 놀라 뒤로 물러섰다. 당황해하며 손가락질을 하는 사람을 본 남자가 뒤를 돌아볼 때, 나의 손에 든 술병은 남자의 머리를 향했다. ◑ (「마작하는 밤」 改題, 改作)

몽환에라토

안교승

『뉴욕문학』2010년에 단편소설 『도시인간』을 발표하며 작품활동 시작.
저서에 『서울에는 비밀이 없다』, 『신40대, 꿈꾸는 자의 두 번째 꿈』,
『엿듣는 도청 엿보는 몰카』 등.

초등학교 때 글짓기를 배우다가 라디오에 정신을 빼앗겨 결국
'무선통신'을 직업으로 갖게 되었고,
'통신보안'이라는 아무도 걷지 않은 길을 앞서 걸었다.
도전적이고 창조적인 성격에 모험을 더하여
지금까지 하고 싶은 일만을 추구하며
그 곳에서 보람을 찾아왔다.
끝없이 펼쳐지는 살벌한 보안현장을 수없이 부딪히며
오늘, 묻어 두었던 또 다른 나를 찾아 글을 쓴다.
『소설탄생』은 나를 찾아가는 나의 거울이다.

몽환에라토

형사과

조사실이 아침부터 분주하다. 검거된 용의자들이 수갑이 채워진 채 굴비 엮이듯 줄을 지어 들어온다. 그들의 동공은 한결같이 느슨하다. 아직 약기운이 남아 있는 것이다.

이들은 오늘 새벽 강남경찰서 마약수사반으로부터 아지트를 급습 당해 1차로 검거된 자들이다. 체포 당시 반항하다가 흠씬 두들겨 맞아서인지 비교적 조용하다.

힘 빠진 고개를 되는대로 굴리며 졸고 있는 용의자도 보인다. 마침 지나가던 반장이 뒤통수를 한 대 갈긴다. 그의 고개가 단박에 번쩍 들린다. 조사가 시작되면서 형사들의 다그침과 고성이 이어진다. 조사실은 서로에 대한 경계심으로 분위기가 팽팽하다.

'밀리면 끝장이다.'

형사와 용의자들의 마음이 서로를 옥죄고 있다.

용의자들과의 진실게임이 본격적으로 시작되었다. 기나긴 줄다리기가 될 것이다. 형사들의 눈빛이 반짝였다. 마약반에 들어 온 제보 일부가 사실로 확인되고 있었고, 그 넝쿨을 추적하다보면 예상 외로 대어를 낚을 수도 있기 때문이었다. 그들 눈 속에는 기대와 흥분이 교차한다. 눈썹마저 가늘게 떨고 있다.

먼저 검거된 주노의 범죄경력 조회에서 신종 마약 '야바'와 필로폰 복용 혐의로 향정(향정신성의약품위반사범)위반 전과가 검색되었다. 지난번 클럽에서 단속된 적이 있었다. 주노는 기초조사를 마치고 마약 시료 채취를 위해 복도 앞 화장실로 끌려갔다. 그곳은 비누나 세척제 같이 뇨를 오염시킬 수 있는 물질은 깨끗이 치워져 있었다.

담당 형사가 주노의 겉옷을 벗게 하고 입회하였다. 혹시라도 손톱 밑에 화학물질을 숨겨서 뇨에 넣을지도 모르기 때문이었다. 규칙에는 용의자 사생활을 보호하게 되어 있었지만 형사는 아랑곳 하지 않았다. 소변 량이 부족하자 물 한 컵을 제공하더니 이내 재촉한다. 형사는 기본적으로 그들을 인간같이 보지 않았다. 다짜고짜 주먹이 한방 날아왔다.

"야 이 새끼야, 안 나오면 짜내란 말이야, 내가 해 줄까?"

협박이었다. 얼떨결에 소변시료가 채취되었다.

이어서 아지트에서 압수된 물품에 대한 조사가 이루어졌다. 그의 집에서는 흔히 각성제로 불리는 필로폰과 대마, 그리고 주사기가 대량 발견 되었다. 형사가 은박지에 약품을 조금 올려놓고 라이터로 가열하자 서서히 기체로 변하더니 모두 없어져 버렸다. 주노가 신기하다는 표정으로 그 광경을 힐끔힐끔 훔쳐본다. 두 번 째 비닐봉지에서 꺼낸 약을 컵의 물속에 넣었더니 톡톡 튀면서 녹아 없어진다. 필로폰이었다.

오후가 되자 주노의 구속영장이 청구되었다. 이번 수사를 위해 경찰에서는 일찌감치 주노의 휴대폰에 대한 통신사실 확인 자료를 요청했다. 최근 삼개월간의 통화내역을 확보한 것이다. 그리고 주로 사용된 발, 착신지에 대한 위치 파악에 들어갔다. 거기에는 그가 거래하는 상선과 하부조직, 그리고 고객 리스트가 망라되어 있다.

주노의 휴대폰 사용 지역은 압구정동 현대 백화점 부근이 약 칠십 퍼센트를 차지하고 있었다. 그리고 상선으로 지목되는 한 사람과 서른일곱 통화, 현수와의 통화가 열아홉 통화로 기록 되어 있었다. 다른 통화도 몇 건 있었지만 건수도 적고 통화시간이 주간대여서 상대적으로 의심은 덜 받았다.

이번 건은 하선(투약자)이 휴대폰 번호를 경찰에 노출시킨 것이 결정타였다. 마약사범들이 대개 그렇다. 혼자만 살겠다고 뒤집어씌우는 것쯤은 예사였다. 주노는 아무 대책 없이 잠결에 검거 되고 말았다. 아무리 생각해도 약이 올랐다. 그런 만큼 억울한 생각만이 속에서 끓어올랐다.

때려죽일 놈, 어금니만 부드득 갈았다. 아무튼 반성은 하지 않을 작정이었다.

이번에는 주노의 상선과 현수 휴대폰에 대한 통신사실 확인 조회가 이루어졌다. 동일 시간대에 연결된 전화번호, 다수 통화내역 등 의심스런 내역은 모조리 조사에 들어갔다. 관련 용의자들이 꼬리를 물었다.

사실 현수는 조직에서 주노와는 다른 라인이었다. 그러나 통신추적 조사과정에서 새롭게 용의 선상으로 떠오른 것이었다. 수사팀은 두 개 조로 편성되었다. 상선과 현수를 각각 맡기로 하는 검거 계획이 반장 주재로 세워지고 있었다. 상선 검거를 위해 강력 2반의 인력 지원을 받기로 했다. 마약사범은 특성상 항상 흉기를 소지하고 있고 매우 난폭하다. 자살을 시도하기도 한다. 자기가 빠져나가기 위해서는 무슨 짓이든지 한다. 거짓말도 능수능란하다.

특히 최근에는 전자담배 용액에 마약을 첨가해 흡입하는 신종수법까지 등장했다. 장소에 제한이 없고 주사 자국이 남지 않는데다 가격도 저렴한 연기흡입이나 경구투약 방식이 늘어나는 추세라고 경찰은 파악하고 있었다. 오늘 검거한 용의자들도 물론 조사 대상이었다.

이들을 체포 후 물증 확보와 소변검사, 모발검사를 실시해야 한다. 대머리나 삭발한 자에게서는 음모를 채취하여 감정을 의뢰 한다. 증거보존에도 신경을 써야 하기 때문이다. 모든 수사는 기소를 하는 것이 원칙이고 목표다. 증거부족으로 닭 쫓던 개 신세가 된 것이 한두 번이 아니다. 그때만큼 기운 빠지는 일은 없다. 오늘따라 짙은 안개가 저녁 하늘에 낮게 깔리고 있다. 가로등 불빛은 산란되어 초점을 잃었다. 그 사이 수사망은 현수를 정조준하며 매우 빠르게 좁혀들고 있었다. 이제 남은 것은 검거작전 수행뿐이었다.

날이 밝아오자 몸이 다시 으슬으슬 춥다. 곧 이어질 두통은 견디기 어려울 것이다. 현수는 머리가 깨져나가는 고통이 두려워 책상 위의 약통을 찾는다. 하지만 약통은 텅 비어 있을 뿐이다. 현수의 머릿속으로 문득 지난 밤의 기억들이 스쳐지나간다.

사이키 조명이 터지는 클럽, 남녀의 무리들이 몸을 흔들며 손을 하늘로 찔러댄다. 요즘 한창 인기 있는 EDM(일렉트로닉 댄스 뮤직)의 절정에 따라 그들의 환호성이 클럽 안을 비틀어댄다. 현수도 어느 여인 앞에서 소리를 지르며 춤을 추고 있다. 바로 코앞에서 몸을 흔드는 여인이 탤런트 전지현을 꼭 닮아 있다. 현수의 허벅지에 힘이 주어진다.

블루스 음악이 시작되자 전지현은 다른 남자 품에 안긴다. 현수는 자기 테이블로 돌아와 맥주를 마신다. 아쉽지만 몽롱한 느낌이 좋다. 이대로 잠들어 영원히 깨지 않았으면 좋겠다.

그랬다.

어젯밤의 모든 일이 꿈결 같았다. 매주 토요일, 신촌 〈몽환에라토〉에서는 '아무나' 파티가 은밀히 벌어졌다. 엑스터시(MDMA)와 함께 일명 파티용 마약으로 알려진 'LSD'라는 신종 환각제를 먹고 춤을 추는 것이다. 효과가 코카인이나 메스암페타민(필로폰)의 300배에 이른다는 LSD는 입안에 넣고 혀로 녹이는 우표 형태의 신종 마약으로 가장 강력한 환각제이다. 복용이 어렵고 상대적으로 환각이 떨어지는 대마, 필로폰과는 비교 할 수 없는 수준의 높은 환각 효과로 인해 클럽 등에서 지능적, 조직적으로 은밀히 파고드는 것이다.

춤을 추면서 조명을 바라보면 태양이 떠 있는 것 같다. 타오르는 태양은 더 뜨거워진다.

따스한 바다 위에 떠 있기도 하고, 은백의 하늘을 날기도 하는 환상, 시끄러운 음악은 부드럽게 귀를 간질이고, 손에 만져지는 모든 것이 실크 촉감이었다. 행복은 바로 이런 것 아닐까. 이런 느낌은 난생 처음이어서 현실로 돌아가기 싫어질 뿐이었다.

현수는 어제 도리도리를 끝내고 새벽녘에야 집으로 들어왔다. 도리도리는 캡슐 형이지만 고단위 정제유기 화학물질로 효과는 필로폰의 세, 네 배 정도라고 한다. 그러나 마약으로 인식하지 않다보니 젊은 층들이 별 두려움이 없어 쉽게 접하게 된다. 방학기간을 이용하여 유학생 등이 밀반입하여 홍대나 압구정동의 젊은 층을 상대로 유통시키고 있다.

비교적 싼 가격, 일회분에 육만 원 선에서 거래가 이루어지는데, 문제는 부작용이다. 복용한 후 이십여 분이 지나면서 환각에 빠져들어 광란적으로 춤을 추게 되고 여러 차례 복용을 거듭하면서 식욕을 상실하거나 혼수상태, 정신착란증세가 오기도 한다. 심하면 사망으로까지 이어지기도 한다.

현수의 주머니에도 아기용 인공 젖꼭지가 항상 들어 있다. 약의 반응이 시작되면 턱이 굳어오기 때문이었는데, 그때마다 그는 주머니의 젖꼭지를 꺼내 습관적으로 빨아야 했다. 그동안에도 턱이 딱딱하게 굳어오는 마비 증상이 몇 차례 있었다.

현수는 겨우 몸을 추슬러 거울 속을 들여다보았다. 퀭하니 들어간 눈동자가 풀어져 있다. 거울 속 자신이 초췌해 보인다. 현수는 정신을 집중하려 몇 차례 도리질했다. 여전히 눈은 풀려 있다. 아, 이러다 죽을지도 모르겠다.

"몸 건강히 잘 지내라."

현수 하숙집을 나서는 어머니의 마음은 무겁다. 아들이 이제 성년이지만 여전히 다섯 살배기 어린애 같다.

"공부 열심히 하고."

어머니의 당부가 이어진다. 현수의 어머니는 이별이 아쉬운 듯 눈물을 비친다.

"예."

현수도 착잡하기는 마찬가지였다. 아주 가끔 친구 집에서 하룻밤 정도를 자고 오는 그런 외박이 있었지만, 이번처럼 부모님 곁을 온전히 떠나보기는 처음이다. 앞으로의 도시생활이 막막해 왔다.

"조심해서 내려가세요."

정말 열심히 공부만 하겠다는, 그것으로 효도하겠다는 마음을 현수는 다시 한 번 다잡았다.

"건강 하세요. 다음 달 아버지 생신 때 내려갈게요."

현수는 어머니를 배웅하며 하늘을 올려다보았다. 하늘에는 금방이라도 비가 쏟아질 듯 먹구름이 무겁게 드리워져 있었다.

현수가 시골에서 고등학교를 졸업하고 서울로 유학 올 때, 어머니는 하숙집까지 따라 올라 오셨다. 아버지는 지금껏 한 번도 집을 떠나 본 적이 없는 아들을 객지로 내보내는 안쓰러움에 동구 밖을 돌아서면서 애써 고개를 돌렸다. 손을 흔들어 인사를 하던 현수도 아버지의 눈물을 놓치지 않았다.

학교공부는 재미있었다. 학교와 하숙집을 오가는 시계추와 같은 생활이었지만 그 덕분에 현수는 줄곧 상위권을 차지했다. 지방출신으로 도시 학생들과의 경쟁이 만만치 않았지만 그는 적응을 잘 해나갔다. 현수네 학교는 명문 사립대학으로 지방보다는 수도권 학생들이 많았다.

어느 날 모범생, 공부 벌레인 현수에게 단짝이 생겼다.

하준호.

'junho' - 주노라고도 발음되는 그 친구는 우즈베키스탄 출신의 어머니와 한국인 아버지 사이에서 태어난 혼혈이었다. 다문화 가정에서 자라온 2세였다. 이목구비가 크고 뚜렷해 얼핏 보면 백인처럼 보이지만, 피부는 황색인이다. 경기도 화성 지역 공장에서 일하는 아버지는 주노를 무척 아꼈다. 주노가 원하는 것은 무엇이든 들어주는 가장이었다.

주노 가정은 학교 공부에 조금이라도 불편함이 없도록 아낌없는 지원을 하는 집안이었다. 하준호와 현수는 동변상련의 마음으로 만나자마자 급격히 친해졌다. 가난한 집에서 자랐지만 앞으로의 성공을 위해 애를 쓰는 모습이 서로에게 거울처럼 보였던 것이다. 주로 현수가 주노의 공부를 도왔고, 주노도 현수를 그림자처럼 따랐다.

둘이 있으면 두렵지 않았다. 어떤 일이든 잘해낼 것 같았다. 공부도, 일탈도 둘이 함께라면 즐거울 뿐이었다.

"이번 토요일 저녁에 시간 있니?"

주노가 입을 열었다. 눈치를 보니 뭔가 있구나, 하고 현수는 생각했다.

"응, 괜찮아."

현수는, 무슨 일인가 귀가 번쩍 뜨였다. 사실 현수도 객지 생활의 무료함을 달래고 싶어 좀이 쑤시고 있던 터였다.

"우리도 신촌으로 원정 나가볼까, '몽환에라토'라고 들어봤어? 그곳 클럽이 아주 기가 막히대."

다소 들뜬 목소리로 현수가 말을 받았다.

"몽환에라토? 나는 처음 듣는데?"

"응, 아무튼 한 번 가보자, 그동안 공부만 너무 열심히 했잖아."

밤낮 공부에만 매달렸으니 한번쯤은 갈 수도 있다는 말투였다.

그것은 정말 기막힌 제안이었다. 클럽은 입구에서부터 현수와 주노를 흥분시켰다. 둥─둥 울리는 저음은 가슴을 파고들어 온몸을 전율케 했다. 손발이 뜨거워지면서 벌써부터 몸이 근질근질해왔다.

클럽 안으로 들어간 현수와 주노는 그 공간에 완전히 빠져들었다. 그곳은 굉장했다. 화려한 조명뿐이 아니었다. 저음과 고음이 알맞게 어울린 음악은 감미롭고 달콤하게 온몸을 쥐고 흔들어댔다. 열광하는 라이브 댄스에는 그들도 함께 했다. 빠른 율동과 흐느적거림이 어우러지는 가운데 자신이 마치 전문 춤꾼이 된 것 같았다.

젊음을 마음껏 발산하는 또래들의 열기가 후끈 달아올랐다. 그들은 너무도 자연스럽게 하나가 되었다. 거기에서 현수와 주노는 자신들의 존재가 더욱 또렷해지고 있음을 느꼈다. 자신들에게 그런 끼가 있었는지 스스로도 놀랐다. 몸 안에 이런 열망이 끓어오르고 있었는지 현수 자신도 놀라울 따름이었다.

정말이지 타고난 꾼의 끼였다. 현수와 주노는 소주 한 병에 고추

참치 캔 한 개로 둘이 소박하게 마시는 것이 평소 주량과 주법이었다. 소주를 마시고 친구들과 노래방에 가는 것까지가 경계인 양 내숭을 떨기도 했다. 그러나 지금, 그런 소심한 경험과 기억은 다 잊어버려도 좋았다. 왠지 이제는 자주 가보아야 할 것 같았다. 그곳은 마치 자기들을 위해 만들어진 장소 같았다.

현수는 이제 책을 펼쳐도 클럽만 떠올랐다. 수업시간에도 하숙집에서도 클럽에서의 짜릿한 기억을 떨칠 수가 없었다. 네 번째인가 또다시 들렀을 때 그는 클럽에서 커다란 환영을 받았다. 훤칠한 키에 귀공자 타입의 그가 클럽의 순도를 더욱 올렸기 때문이었다.

무엇보다 그의 춤 솜씨는 무대를 휘어잡았다. 그가 스테이지에 오르면 클럽 안은 흥분의 도가니로 변했다. 주노 또한 인기가 많았다. 주노의 눈웃음과 미소는 여성들의 마음을 훔치고도 남았다. 백인과 같은 미소년 주노와 춤 잘 추는 현수는 클럽에서 VIP가 되었다.

어느새 그들을 따르는 여대생들이 생겨났다. 자연히 물 좋다는 소문이 날 법도 했다. 한바탕 브레이크를 돌리고 나서 자리에 오자 누군가 건배를 제의 했고 그도 원 샷을 주저 하지 않았다. 그들은 정신이 몽롱해지더니 기운이 솟았다. 낙원이 따로 없었다.

'홍대 입구역 근처 청기와 주유소 앞에서 카톡을 읽고 있기 바람.'
현수는 채팅 사이트에서 또 한 건의 약속을 했다. 오늘은 무슨 일이든 잘 풀릴 듯한 기분이 들었다.

사실 기껏 잡아놓은 약속을 뒤집는 일이 빈번하다보니 이제는 요령도 좀 생겼다. 어딘가 개운치 않은 느낌이 들면 이번에는 이쪽에서 약속을 깨기도 하는 것이다. 더군다나 요즘은 단속도 강화됐다. 여기저기 형사 끄나풀들이 약을 사겠다며 접근한다는 괴담마저 들리는 터였다.

따지고 보면 야당(수사관 정보원)을 동원한 함정수사도 불법이다. 그렇다고 그걸 따질 수도 없고 그저 조심할 수밖에 다른 도리가 없었다. 하긴 요즘 간 큰 용의자는 오히려 형사임을 눈치 채면 어떻게 하든지 필로폰 한방이라도 주사하여 거꾸로 약점 잡아 대든다는, 가슴이 뻥 뚫리는 시원한 굿 뉴스가 파다했던 적도 있다.

그런가하면 지난달에는 서울 지하철 2호선 홍대 입구역에서 청색 남방 차림의 한 남성이 아주 대담하게도 이런 문구를 인쇄한 명함 크기의 전단지를 뿌리고 있었다. '1등급 떨을 찾으세요? 먼저 휴대폰으로 제 아이디를 등록한 뒤 대화를 거세요. LTE 속도로 즉시 배달합니다. '떨'은 대마초를 뜻하는 은어로 알려져 있다. 그런데 이 남성은 얼굴을 가리는 마스크나 그 흔한 모자도 착용하지 않았다. 손가락엔 얇은 골무가 끼워져 있었다. 전단에 자신의 지문을 남기지 않기 위한 것이었다. 전단에는 '구글에서 위커 미(Wickr me)를 다운로드 받은 뒤 아이디 'iwantyou'를 등록하고 저에게 대화를 거세요'라고 적혀 있었다. 남성은 합정역 인근에서도 얼굴을 드러내 놓고 전단을 뿌렸다. 현수가 보기에는 아주 자신 있게 세상을 살아가는 5G 시대의 늠름한 젊은이다.

현수는 비몽사몽한 채 하루 종일 방구석에 누워 있었다. 해피벌룬(마약풍선)을 한번 불어보고 나갈까 하다가 왠지 그것마저도 귀찮아졌다. 해피벌룬은 아산화질소를 담은 풍선으로, 흡입 시 몸이 붕 뜨거나 취한 듯한 느낌이 지속된다.

결국 늦은 저녁때가 다 되어서야 그는 자리에서 일어났다. 현수는 약속시간 이십 분 전에 미리 도착했다. 사람들이 넘쳐났다. 어디를 그렇게들 가는지 바삐 움직이는 사람들이 물결쳤다. 그는 인근 빌딩 안쪽에 몸을 감추고 지나는 사람들을 관찰했다. 사업초기에 상선(공급책)으로부터 교육받은 가장 기본적인 접선 방법이다.

-주변의 흐름을 파악하라.

-같은 장소를 두 번 이상 지나는 사람이 있는지 보아라.

-그런 사람이 있다면 누구를 만나서 어디로 사라지는지 확인하고 그 다음 사람에게 눈을 돌려라.

-주변에서 약속장소를 주시하며 서성이는 자가 있다면 약속을 깨고 자리를 떠라.

-정차 중인 차량에 대하여도 경계를 게을리 하지 마라 등등.

이른바 번개 십계명을 전수받았다.

시간이 다 되어 삼십대 후반으로 보이는 사람이 약속한 검정색 폴로 티셔츠를 입고 주유소 앞 쪽으로 걸어가는 것이 보였다. 그리고 이내 카톡을 보는 듯 했다. 현수는 조심스럽게 주위를 다시 한 번 살폈다. 별다른 움직임이 없는 것을 확인하고 곧장 상대에게 다가갔다. '혹시 고시원에서……' 상대는 현수 쪽을 위아래로 훑어보더니 뒤편 건물로 앞장서 걸어갔다. 그는 건물 구조를 잘 아는지, 곧장 화장실로 들어갔다. '이 친구도 처음은 아닌가보군' 현수는 속으로 중얼거리며 뒤를 따랐다. 벌써 석 달째 뛰어든 약장사에 그도 점차 흥분하고 있었다.

이런 쾌감은 흥분을 동반한다. 약을 먹을 때만큼 기분이 좋았다. 본래 시작은 약값을 구하지 못해 애를 태우던 어느 날, 상선에서 눈치를 챘는지 현수에게 제의를 해왔다. 정확히 말하면 주노가 먼저 알게 된 것이었다. 주노는 돈이 필요했고, 조심만 하면 쉽게 돈을 벌 수 있는 경로여서 이미 적극적으로 접선하고 있었다. 주노의 권유로 시작한 일이었다. 주노가 소개해준 접선책을 현수도 만났다.

"보아하니 부잣집 아들은 아닌 것 같고, 지금쯤 약값이 떨어질 때도 되었을 텐데, 장사 해 볼 생각 없소?" 하고 묻는 것이었다. 현수가 솔깃해하자 곧바로 말을 이었다. "그 간의 주노 신용으로 내가 뒤를 봐 주겠소."

현수는 그 날로 그의 제의를 받아들였다. 그렇게 해서 자기 약값 쯤은 걱정 없이 조달할 수 있었고 비몽사몽의 환상을 원할 때마다

만끽할 수 있게 되었다. 그러다가 현수에게 어떤 아이디어가 떠올랐다. 자기 약값도 그렇지만, 이참에 큰돈을 벌어보자는 생각이 들었던 것이다.

세상 물정에 눈이 먼저 트인 주노는 벌써 돈을 벌기 시작한 눈치였다. 현수 앞에서 고급 노트북과 스마트폰을 자랑했다. 곧 이어 외제차도 구매할 작정이었다. 현수가 채근하니 주노는 이미 필로폰과 야바에도 손을 대는 등 일찌감치 사업다각화에 나선 뒤였다. 좀 더 위험이 따르기는 하지만 필로폰의 경우 중국 또는 미얀마 등 현지에서 킬로그램 당 약 이만 달러에서 이만 오천 달러 정도에 거래된다. 여기에 운반비가 약 칠백만 원 정도 되어 한국 도착 가격은 대략 삼천만 원을 넘어선다. 다음 단계인 중간도매상에서 육, 칠천 만원정도 하게 되는데 이것이 소매로 실수요자에게 넘어가면서 가격은 일 회분(약 0.8그램)에 삼십 만원을 호가하게 된다. 수십 배로 부풀리는 이 아이템이야말로 황금 알을 낳는 거위가 따로 없었다.

현수도 사실 장사는 그런대로 괜찮았다. 그간 '던지기 수법' 등 거래를 위한 기본적인 기술들도 익혀 두었다. 마약이란 것이 단 한 번 접하게 되면 그 다음부터는 제 발로 약을 찾아오는 강한 중독성이 있기 때문에, 요즘 같은 불경기에 최고의 수익성 있는 영업이었다. 그야말로 땅 짚고 헤엄치는 일이었다. 특히 LSD의 경우 적은양만 투여해도 소리가 보이고 색깔이 들리는 착각이 들 정도로 강력하다.

몽환에라토 | 안교승

즉, 시각과 청각 그리고 기억을 왜곡하는 것으로도 알려져 있다. 그만큼 인기도 있어 눈치껏 잘 팔려 나갔다.

이따금씩 제 정신이 들 때면 '내가 이렇게 사회를 좀 먹는 악의 역할을 해도 되는가.' 하는 후회가 밀려오기도 했지만, 그것은 잠시 뿐이었다. 그걸 생각하자면 그 자신부터 헤어나야 했다.

하지만 현수에게는 그럴 자신이 없었다. 차라리 잊으면 그만이었다. 현수의 현실은 이제 환상이었다. 환상이 현실이었다.

어제는 불길한 꿈을 꾸었다. 시골에 계신 아버지가 경운기 사고로 크게 다치는 꿈이었다. 그러고 보니 약을 시작한 후 지금껏 한 번도 부모님을 생각해본 적이 없는데 갑자기 아버지가 꿈에 나타났던 것이었다. 현수는 그냥 잊기로 하고 고개를 흔들었다. 언제부터인가 그는 골치 아픈 일이 있을 때면 좌우로 머리를 흔드는 버릇이 생겼다. 그럴 때면 신기하게도 고민이 털려나가는 듯했다.

낮에 인터넷에 알 듯 말 듯 한 내용이 하나 떴다.

－방학한다.

짧은 내용이었다. '아직 때가 이른데…….' 하고 생각하던 현수는 그것이 곧 형사들의 추적이 있으니 당분간 모두 잠수한다는 이야기로 알아들었다. 그는 '그냥 그런가 보다.' 하고 무표정한 얼굴로 침대에 누웠다. 마치 남의 일 같았기 때문이었다. 사흘 밤낮을 방구석에만 틀어박혀 있었다.

하숙집 아주머니도 이제는 관심을 끊은 모양이었다. 하기는 그럴 만도 했다. 별의 별 하숙생이 많았고, 하숙집 아주머니는 현수가 주는 하숙비가 끊기지 않은 것만 신경 쓰였을 것이다.

도무지 귀찮다. 좀 더 굶기로 했다. 배가 고프지 않았다. 마음이 편해졌다. 현수는 다시 잠에 곯아 떨어졌다. 그에게는 세상에서 가장 편안한 시간이었다.

형사들의 수사망은 점점 좁혀지고 있었다. 먼저 꿈쩍도 안하는 현수를 찾기 위해 형사는 주노를 앞세웠지만 주노는 현수가 있는 집을 알지 못했다. 그동안 하숙집을 몇 차례 옮기기도 했고 그렇게 붙어 다니던 둘도 어느새 각자 독립을 한 셈이었다.

"저는 진짜로 모릅니다." 기어들어가는 목소리로 주노가 말했다.

"모르긴 뭘 몰라? 야, 이 새끼가 아직도 정신을 못 차렸나봐?"

형사가 눈을 부라렸다. 경찰서 조사를 마치고 현수를 찾아 나온 승합차 안에서 형사의 채근은 계속 되었다.

"야, 하준호, 아니 주노. 너 임마 너가 현수를 감춘다고 우리가 그 놈을 못 찾을 것 같아? 그것은 아주 짧은 시간 싸움일 뿐이야, 알아?"

하지만 주노로서도 어쩔 도리가 없었다. 그냥 버텨 보는 수밖에.

약이 동나고 약기운이 떨어지면서 현수는 계속되는 악몽을 꾸었

몽환에라토 ㅣ 안교승

다. 그것은 차라리 열병이었다. 온 종일 앓는 소리를 내며 식은땀을 흘리고 있다. 그는 극도의 공포감으로 헛소리까지 뱉어 내더니 이내 다시 곯아 떨어진다. 덮고 있는 이불이 파르르 떨린다. 주위가 시끄럽다. 시간이 언제인지, 모른다. 눈을 뜬다. 온몸이 쑤시고 춥다. 한기에 몸이 와들와들 떨린다. 다시 눈을 감는다.

현수는 상트페데르부르그에서 모스크바로 가는 야간열차를 타고 있다. 이 열차를 타고 가면 8시간쯤 후에 모스크바에 도착할 것이다. 차비를 아끼려고 완행열차 티켓을 샀다. 그런 현수가 열차 안에서 누군가에게 쫓기는 중이다. 열차 칸칸을 빠르게 지나간다. 어느 칸을 지날 때인가 주노가 튀어나와 둘은 함께 열차 안을 달린다. 그도 그럴 것이, 경찰 견 두 마리가 빠르게 쫓아오고 있다. 셰퍼드 종으로 커다란 몸집에 침을 질질 흘리며 금방이라도 현수와 주노를 물 것 같다. 셰퍼드의 턱에 물리면 어디든 뼈가 으스러질 것이다.

어느새 열차의 마지막 칸이다. 현수와 주노는 막다른 열차의 문에 다다랐다. 어찌할 수 있겠는가. 두 사람은 달려드는 개를 피해 열차의 마지막 연결 량 철로 밖으로 뛰어내렸다. "스르–륵, 쿵–"

다행히 눈이 쌓여 있어 충격은 덜했다. 시계를 보니 모스크바까지는 아직 두 시간 정도 남은 것 같다. 푹푹 빠지는 눈을 헤치며 철로에서 멀어져 간다.

춥다. 너무 추워 머리가 깨질 듯하다. 저기 마을이 보인다. 저녁

빵을 굽는지 집집마다 굴뚝에서 연기가 피어오른다. 현수는 주노의 손을 놓치지 않으려 주노의 손목을 그러쥐었다.

문득 주노의 발걸음이 멈춰진다. 그리고 주노가 앞으로 꼬꾸라진다. 현수가 주노의 얼굴을 들어보니, 이미 주노는 해골이 돼 있었다.

현수는 비명을 지르며 깨어났다. 꿈이었다. 온몸이 땀으로 범벅이었다. 누웠던 자리는 자신의 땀으로 축축히 젖어있었다.

아, 이게 무슨 일이란 말인가.

한때는 얌전하게 생긴, 장래가 촉망되는 젊은이가 있었다. 눈은 맑고 무척이나 총명해 보였다. 자신감이 넘치는 모습은 누가 보아도 든든한 청년이었다. 부모님께서 자랑스러워 하셨다. 현수도 자부심이 넘쳤다.

그런 젊은이는 없어진지 오래다. 갑자기 내장에서 오열이 치고 올라온다. 눈물이 솟구친다. 모든 것이 다 자기 잘못이다. 현수는 이제 더 이상 갈 곳이 없다. 고향에 계신 부모님의 걱정 어린 표정이 어른거린다. 그리움마저도 이제는 희미하다. 밤새 그토록 괴롭혔던 두려움도 이제는 없다. 공포심은 깨끗하게 사라져 버렸다.

마음이 편안하다. 얼마 만에 가져보는 평온인지 모른다. 집을 나섰다. 바깥 공기가 상쾌했다. 거리의 간판이며 지나는 사람들 모두가 경쾌하고 신선하다. 천국이 여기가 아닐까.

지금 현수는 혼자 있다. 그것도 아주 아름답고 조용한 그만의 공

간을 그가 찾아낸 것이다. 한강 하류 강변 둑에 섰다. 강에서는 청둥
오리 떼 한 무리가 알 수 없는 소리를 내며 장난을 친다. 하숙 생활
이 더 이상 어려울 것 같았다. 지금의 추한 모습을 더 이상 보일 수
없었다. 돌이켜보면 너무했다는 생각이 들었다. 지금 하숙집 주인은
현수에게 잘해 주었다. 집을 떠나 객지생활 중 마지막을 포함하여
세 번째 다시 들어가 지내는 집이기도 했다. 서울로 학교를 가야겠
다며 올라 온 지 만 삼 년 하고도 두 달이 훌쩍 지나 버렸다.

하숙집을 여섯 번이나 옮기면서 생활비를 아끼겠다며 자취생활도
한 번 해보았다. 어머니께 알려지지만 않았다면 아마 지금도 자취생
활을 했을 것이다. 한때는 학교공부도 열심히 했었다. 그리고 보면
자신도 효자 노릇을 눈곱만큼은 했었던 적이 있었다. 헛웃음이 나
온다.

지금 현수는 다 잊으려고 한다. 잊으려 한다고 잊혀지지 않는다는
것을 누구보다도 잘 알지만 그래도 애쓰고 있다. 그것이 지금 그에게
는 가장 커다란 고통이었다.

현수는 가방에 모아 두었던 알약들을 꺼낸다. 반짝이는 캡슐에
자신의 얼굴이 들어있다. 하염없이 흐르는 눈물에 입술 언저리가 젖
어든다. 그대로 잠들고 싶다. 비릿한 맛이 느껴진다. 현수의 눈물이
기도 했지만 고향에 계신 아버지와 어머니 그리고 누이동생의 피 눈
물이기도 했다. 스물 셋의 나이 동안 그는 가족에게 짐을 지우기만
했다.

하늘에서 빗방울이 후드득후드득 떨어진다. 곧이어 빗줄기가 쏟아져 내린다. 오랜만의 소나기다. 빗줄기는 점점 굵어져 강물도 금세 물너울을 이뤄 흐른다. 여러 대의 덤프 트럭이 지나는 듯한 굉음이 물너울에서 나오고, 현수는 금방이라도 물너울 속에 빠져들어 강 속으로 휩쓸릴 것 같다. 불어난 강물에 빠져 숨을 거두게 됐다는 소식을 부모님께 전할지도 모른다는 생각이 퍼뜩 든다.

현수는 약이 든 가방을 강물에 던져 버린다. 그는 강을 뒤로 하고 거리를 향해 힘껏 발을 내딛는다. 빗줄기가 현수의 뺨을 마구 때린다.

북어

양 미 경

사람 사는 곳은 어디나 똑 같다.
어느 나라 사람이건 사람이라면 이쁜 것 좋아하고,
부자로 살고 싶고, 행복하게 살고 싶어 한다.
하지만 세상은 마음먹은 대로 살아지지 않는다.
살다보면 사소한 작은 우연들이, 필연이 되어,
우리를 막다른 곳으로 몰아 부친다.
혼자서는 절대 벗어날 수 없는 상태에 빠진다.
그런 순간, 누군가가 손을 내밀어 준다면
한줄기 빛, 한 가닥 동아줄이 될 수도 있다.
나의 미소가, 나의 손 내밈이 누군가를 위로해 줄 수 있다면
내 삶은 나쁘지 않겠다.

북어

'제발, 불 끄지마. 날 좀 보라고. 내가 여기 있다고.' 내 목소리는 누구에게도 들리지 않는다. 듣는 사람도 없다. 얼마나 이곳에 있었는지 언제쯤 여기서 탈출할 수 있을지 알 수 없다. 불은 다시 꺼지고 나는 다시 어둠 속에 갇힌다.

밖에서 시끌벅적한 소리가 들리더니 다시 불이 켜진다. 남자와 여자의 목소리가 들린다. 남자의 목소리는 처음 듣는 목소리이고 여자의 목소리는 듣던 목소리다.

'렁', 렁의 목소리다. 분명히 렁의 목소리다.

'렁, 나 여깄어. 날 좀 봐. 위를 좀 쳐다보라고, 나야, 나. 렁, 왜 나였어? 왜 하필 나였냐고.' 나는 죽을힘을 다해 외치지만 소리가 되어

북어 ┃ 양미경

나가지 않는다. 렁은 서툴지만 우리말을 완벽하게 구사하고 있다.

"야, 네 이름이 뭐라고? 미미? 몇 살이야. 어디서 왔어? 이쁘네. 이리와 봐. 찐하게 한 번 놀아보자고."

"아이, 싸장님, 기다려 봐요. 밤은 길어요."

나는 남자와 렁의 목소리를 가만히 들을 수밖에 없다.

나는 이제야 제대로 된 나의 이름을 가졌는지도 모르겠다.

그날도 나는 렁을 찾으러 나섰을 뿐이었다. 나는 2주 째 밤마다 렁을 찾으러 다니고 있었다. 내 생각에 렁이 갈만한 곳은 다 찾으러 다녔다. 렁을 찾으러 다니는 동안 내 꼴은 점점 더 망가져 갔다. 말랐던 몸은 더 말라서 비틀어질 지경이었고 눈은 더 깊은 웅덩이를 만들었다. 큰 입은 더 튀어나와서 더 크게 보였다. 하지만 눈빛만은 그 어느 때보다 더 힘이 들어가 있었다. 건물들을 바라보며 걷고 있는데 갑자기 비가 쏟아졌다. 요즘은 열대지방처럼 집중적으로 예고도 없이 비가 쏟아졌다. 우리나라도 점점 열대지방이 돼 가고 있는 것만 같다. 길가의 건물 입구로 비를 피하며 습관적으로 담배를 입에 물었다. 나는 렁이 집을 나가고부터 끊었던 담배를 다시 피우기 시작했다. 길 건너로 눈길이 멈췄다.

한 여자가 뛰어가고 있었다. 렁이었다. 나는 담배를 던져버리고 빗속으로 뛰어 나왔다. 비 때문에 흐릿하던 내 눈은 레이저 불빛처럼 빛나기 시작했다. 치렁치렁한 검은 생머리 뿐 아니라 몸매까지도 분명히 렁의 모습이었다. 나는 내리는 비를 헤치며 무단 횡단을 해서 여자의 뒤를 쫓았다. 여자의 뒷모습이 왼쪽 건물로 빨려 들어가고 있었다. 나도 무작정 건물로 들어섰다. '번쩍'하며 눈앞이 밝아지더 니 '콰르릉 꽝'거리며 천둥이 여러 번 연속하여 들린다. 가까운 곳에 서 치는 천둥인지 발아래 바닥이 흔들거린다. 나는 중심을 잡으려고 벽을 짚는다. 축축하다. 올라가는 계단을 한번 쳐다보고 지하로 가 는 계단으로 내려섰다. 계단 옆으로는 검정 박스들이 여럿 박혀 있 었다. 지하 계단을 구르듯이 내려서 영업장 입구에 섰다. 노래주점이 었다. 나는 내부로 들어서면서 렁을 불렀다.

"렁, 러어엉, 렁!"

렁의 이름은 개의 울부짖음처럼 실내에 울려 퍼졌다.

"렁, 어딨어?"

내 목소리에 카운터 안쪽에서 수건으로 머리를 닦으며 여자가 나 왔다. 그녀는 수건을 내려놓으며 고개를 든다. 렁이라고 믿고 따라온 뒷모습의 여자였다. 여자는 렁 근처에도 못 가는 얼굴이었다. 렁과 같은 모습이라면 긴 생머리였다. 여자는 무슨 일이냐고 물었다. 나 는 핸드폰을 켜서 렁의 사진을 보여주며 아내를 찾는다고 했다. 이 름은 렁이고 베트남 사람이라고 말했다. 여자는 사진을 한참 들여다 보다 '글쎄'라고 말했다. 여자는 핸드폰을 돌려 주려다 말고 다시 사 진을 들여다보며 말했다.

"며칠 전에 본 것도 같은데……."

여자는 말끝을 흐리며 고개를 갸웃거린다. 여자가 핸드폰을 건네 주면서 미소를 띤다. 나는 여자의 멱살이라도 잡을 것처럼 바싹 다가 서면서 언제 봤냐고 따져 묻듯이 소리쳤다. 여자는 웃으면서 말한다.

"글쎄 기억이 잘 안나는데. 오늘 다시 오려나 모르겠네. 기다려 볼 래요?"

나는 여자의 말을 믿고 기다려 보기로 했다. 여자의 뒤를 따라서 안쪽 방으로 들어갔다. 주점이라지만 노래방과 별다르지 않았다. 여 자는 기본적인 안주와 술을 가져왔고 기본이 삼십 만원이라며 손가 락 세 개를 펴며 손을 내밀었다. 나는 여자에게 카드를 건네 줬다. 방 안은 미러볼이 돌아가고 있었고 커다란 소파와 노래방 기계와 건 반이 있고 마이크와 탬버린 재떨이 등이 탁자에 올려져 있었다. 바 닥에는 검은 전선들이 오가고 그 선들은 천장으로도 연결돼 있었다. 방 안은 어수선했다.

여자가 카드를 가지고 돌아왔다. 여자는 내 옆에 앉으며 맥주를 따랐다. 나는 여자가 건네주는 잔을 받아 단숨에 삼켰다. 싸한 알콜 기운이 내장 깊숙한 곳에서부터 올라왔다. 여자가 수박을 집어서 입 에 넣어 준다. 수박을 씹으며 여자를 쳐다본다. 아까와는 또 다른 모 습이다. 화장을 했는지 짙어진 눈매에 입술은 수박물이 밴 것 같다. 옷도 가슴골이 다 보이는 짧은 원피스를 입었다. 나는 눈을 질끈 감 았다 뜨며 잔을 들어 맥주를 한 입에 들이켠다.

"오빠, 부인은 어떻게 만났대? 엄청 이쁘던데."

나는 어려서부터 별명이 대구였다. 입이 크다는 이유였다. 좀 더 커서는 명태도 됐다가 북어도 됐다가 그 언저리에서 벗어 나지를 못했다. 밝을 '명' 빛날 '혁'이라는 멀쩡한 이름이 있는데도 사람들은 내 이름을 부르지 않았다. 나를 보면 그냥 내 별명이 생각난다고 했다. 나는 여자를 사귀어 본적이 없다. 소개를 받더라도 차만 마시고 나면 다들 약속이 있거나 급한 일이 생겨서 자리를 떴다. 연애는 생각도 못하고 여자 그림자만 구경할 뿐이었다. 나는 간절하게 연애도 하고 결혼도 하고 싶었다. 아기도 낳고 남들처럼 평범한 가장이 되고 싶었다. 내가 국민학교를 졸업하기도 전에 아버지는 명태잡이를 나갔다가 다시는 돌아오지 않았고 어머니와 단둘이 살았다. 친구들의 놀림이 싫었고 어머니도 싫고 일찍 떠나버린 아버지는 더더욱 싫었다. 아버지의 죽음 이후로 나는 명태는 물론 명태 비슷한 것도 먹지 않았다. 공고를 졸업하자마자 집을 떠나 안산 반월공단에 취업을 했다. 직장이 생기면 인생이 조금은 변할 줄 알았다. 집과 회사만이 전부였다. 결혼을 하면 어머니를 모시고 같이 사는 것이 꿈이었다. 기숙사 생활을 하다 결혼을 하려고 몇 해 전에 방을 얻어 나왔다.

어머니는 내가 어떤 여자하고라도 결혼해서 아기를 품에 안겨 주는 것이 마지막 소원이라고 했다. 어머니는 나를 볼 때마다 친구의 자식들 얘기를 했다. '길영이는 장가를 가서 애가 중학생이다. 순기는 베트남에서 색시를 데려 왔는데 그렇게 싹싹하고 일도 잘한단다.

북어 ㅣ 양미경

벌써 애가 생겼단다.' 귀에 딱지가 생기고도 남았다. 나는 우리나라 여자와 결혼하는 건 이번 생에서는 글렀다는 생각이었다. 국제결혼으로 눈을 돌렸다. 센터에 등록을 하고 수수료를 내고 베트남에 갔다. 여러 명의 여자들 중에서 렁이 눈에 들어왔다. 렁은 예쁘고 순진해 보였다. 나보다 큰 키에 적당히 큰 눈을 가졌고 눈썹이 까맸다. 적당히 큰 입을 가진 렁을 처음 본 순간부터 나는 사랑에 빠졌다. 렁은 살면서 내가 본 여자 중에서 제일 예쁜 여자였다. 렁을 만나자마자 나는 결혼을 결심했고 간단한 베트남식 결혼식을 치르고 지참금을 지불했다. 렁과 함께 한국으로 돌아오고 싶었지만 그렇게 절차가 간단하지는 않았다. 혼자 돌아온 나는 렁의 사진을 보며 전화를 통해서 보고픔을 달래야 했다. 그럴수록 렁이 보고 싶었다. 나는 대출을 받아서 작은 빌라를 사고 집을 꾸몄다. 그러고도 몇 번의 돈을 더 보내고, 또 몇 달이 지나서야 렁을 한국에서 볼 수가 있었다.

"오빠, 그럼 부인은 언제 집을 나간 거야? 왜 나갔대?"

렁이 오고나서부터 나는 처음으로 세상이 아름답게 보였다. 세상이 살만해졌다. 렁은 눈치가 빨랐다. 말은 통하지 않아도 내게 잘하려고 애 쓰는 게 느껴졌다. 이런 여자도 다 있구나 싶을 정도로 렁은 내게 잘 해줬다. 처음엔 꺼리는 듯 싶었던 부부간의 그 일도 시간이 지나자 적극적으로 응해왔다. 나는 그동안의 모든 에너지를 다 담아

링에게 쏟았다. 나는 아기도 빨리 갖고 싶었다. 그래서 그 일은 하루도 건너 뛸 수 없는 일이었다.

링이 내게 온 지 한 달이 되어 갈 때 쯤이었다. 일이 빨리 끝나서 날아갈 듯한 기분으로 링을 놀래 주려고 전화도 하지 않고 일찍 퇴근하는데 링의 목소리가 문밖으로 새어 나왔다. 그런데 베트남 말이 아닌 우리말이었다. 서툴렀지만 그건 분명히 한국말이었고 링의 목소리였다. 나는 기쁜 마음에 문을 열고 소리 질렀다.

"링, 지금 우리말 한 거 맞지? 어디서 배운 거야? 누구한테 배웠어? 그런데 왜 나랑 있을 땐 안 했어?"

링은 전화기를 왼손에 든 채 더 커진 눈으로 날 쳐다봤다. 전화기에서는 작은 소리로 한국말이 흘러나오고 있었고 링은 눈을 끔뻑거리며 나를 향해 손을 내저었다. 링은 서둘러 전화를 꺼버렸다. 링은 머리를 가로저으며 손사래를 쳤다. 링은 손으로 텔레비전을 가리키며 텔레비전에서 나온 소리라는 듯 '티비, 티비'라는 말을 했다. 텔레비전 화면에는 외국인이 한국 여행을 하는 예능프로가 나오고 있었다. 그날 이후 링은 나에게 더 잘했고 어눌하지만 우리말도 단어 정도는 하기 시작했다.

내 마음속에는 이미 의심이 생겼고 인생은 다시 예전처럼 아름답지 않았고 살만 하지도 않았다. 하지만 나는 애써 내가 잘못 들은 것이라고 생각했다. 링은 그럴 리 없다고, 링처럼 예쁜 여자가 나를 속일 리 없다고 생각했다. 아기가 생기면 다시 인생이 아름다워질 거라

북어 | 양미경

고 나는 시간만 나면 그 일을 원했고 렁이 싫다고 해도 나는 상관하지 않고 내 욕심을 채웠다. 살만한 세상을 위한 일이었다.

그렇게 다시 이 주가 지날 즈음 퇴근하고 집에 왔더니 렁의 친구가 놀러와 있었다. 렁의 고향친군데 렁이 보고 싶어서 왔다고 했다. 친구는 오랜만에 고향 친구 만난다고 남편에게 허락 받고 왔다며 놀다 가도 되겠냐며 웃었다. 나는 고개를 끄덕이며 물었다. 친구는 2년 전에 한국남자와 결혼해서 살고 있는데 아직 아기는 없다고 답했다. 렁의 친구는 우리말을 잘했다. 나는 친구가 빨리 돌아가기를 바랐지만 친구는 빨리 일어나지 않았다. 저녁을 먹고 나서는 커피를 타 들고 둘이 작은방으로 들어갔다. 나는 거실 소파에 앉아 텔레비전을 보고 있었지만 귀는 온통 작은방으로 향해 있어 텔레비전의 볼륨은 음소거 직전이었고 내용도 무슨 내용인지 관심도 없었다. 둘이 뭘 하는지 궁금해서 미칠 지경이었지만 들여다 보진 않았고 나는 화장실만 연신 들락거렸다. 둘은 두 시간이나 지나서 방에서 나왔다. 친구는 저녁 잘 먹었다며 깍듯하게 인사를 했다. 렁은 친구를 배웅하러 간다며 친구와 같이 나섰다. 친구의 손엔 무거워 보이는 커다란 가방이 들려 있었다.

밤이 깊어 가는데 렁이 돌아오지 않았다. 렁에게 전화를 했지만 전화는 꺼져 있었다. 내 머릿속은 하얗게 바랬다. 나는 집 밖으로 뛰어나갔다. 집 근처 백 미터 정도 앞에 버스정류장이 있었는데 버스를 기다리는 사람은 아무도 없었다. 지나가는 사람들에게 렁의 모습을 설명하면서 봤냐고 물었지만 다들 고개를 저었다. 집근처를 몇 바퀴를 돌았는지 알 수 없었다. 내가 나와 있는 동안 집에 와 있을 것 같아서 렁을 부르며 집으로 돌아왔지만 집은 텅 비어 있었다. 작은방, 안방, 집안을 다 뒤졌지만 렁의 흔적은 찾을 수 없었다. 렁이 올 때 가져왔던 캐리어를 열었지만 텅 비어 있었다. 렁의 옷도 가방도 신발도 렁의 것이라고는 아무것도 남아 있지 않았다. 텅빈 캐리어만 렁의 존재가 현실이었음을 말했다. 나는 실성한 사람처럼 지구대로 뛰어갔다. 지구대에서도 기다려 보라는 말 외에 다른 대답은 들을 수 없었다. 그날 밤 렁은 돌아오지 않았다.

다음날 나는 회사에 당분간 못 나간다고 연락했다. 렁을 소개해준 센터에 연락을 했다. 렁이 집을 나갔다는 말과 베트남에 무슨 일이 있는지 알아봐 달라고, 꼭 연락을 달라고 신신당부를 했다. 다음날부터 나는 내가 갈 수 있는 모든 곳으로 렁을 찾으러 다녔다. 혼인신고도 되어 있지 않은 그녀를 찾기는 쉽지 않았다. 나는 센터에 연락온 거 없냐며 하루에 몇 번씩 전화를 했다. 5일 정도 지나서 센터 직원이 말했다.

"안 찾는 게 좋을 거 같네요. 베트남에 아픈 아들이 있대요. 근데 그 아들이 요즘 아픈 게 더 심해져서 돈이 많이 필요하대요. 그래서 나간 거 같은데……."

나는 하늘이 무너지는 것 같았다. 나는 꼭 렁을 찾아서 물어봐야 했다. 왜 나였어야 했는지.

"오빠가 잘못했네. 그러게 그 걸 시도때도 없이 하니까 나간 거지. 적당히 했어야지. 오빠, 여자를 몰라도 너무 모르네. 그리고 자식 때문에 나갔으면 다시 안 돌아와."

나는 순간 화가 치밀어 맥주를 마시고 과일을 베어 무는 여자의 어깨를 밀쳐 소파에 넘어뜨리고 여자의 치마를 걷어 올렸다.

"니가, 뭘 안다고 그 따위로 지껄여. 니가 링 마음을 알아?"

여자가 비명처럼 소리 질렀다.

"오빠, 이 오빠 정말 못 말리겠네. 얼마나 마셨다고 이래. 기다려 봐. 내가 오빠 와이프 왔나 한 번 보고 올게. 오빠 보면 바로 도망갈지도 모르니까 여기서 기다려."

여자는 힘이 빠져버린 내 손을 밀쳐내고는 옷을 추스르며 방을 나갔다.

"아휴, 지겨워. 비가 얼마나 오는 거야. 얼른 고치던지 해야지. 바닥에 이 물 좀 봐. 이러다 다 같이 물귀신 되는 거 아니야?"

문 밖에서 여자의 목소리가 들려왔다. 나는 맥주를 따라 마셨다. 빈속에 마신 탓인지 취기가 빨리 오르는 것 같다. 다른 건 다 필요 없고 다시 링을 만나기만 했으면 좋겠다. 나는 두 손으로 얼굴을 감싸고 허리를 숙였다. 눈물이 나는 건지 맥주잔에서 묻은 물기 때문인지 손 안이 축축해졌다. 술기운 탓인지 어머니 생각이 났다. 아직 어머니는 링을 보지 못했다. 아기가 생기면 링과 함께 어머니를 찾아가려고 했었다. 내가 링과 결혼했다고 하자 어머니는 죽어도 여한이 없다고 했다. 어머니가 좋아할 생각을 하며 혼자 좋아 했었다.

렁이 나가고 처음 드는 생각은 날 배신했다는 생각에 렁을 보기만 하면 죽여 버리고 나도 죽겠다는 생각이었고 다음엔 나쁜 일을 당한 게 아닌가 하는 생각이었다. 지금은 다 필요 없고 렁이 다시 돌아오기만 하면 좋겠다는 생각이다. 아무것도 묻지 않고 다시 잘 살아보겠다는 생각이다. 렁이 원하지 않으면 그 일도 절대 하지 않을 생각이다.

여자가 맥주가 아닌 다른 술병과 잔을 쟁반에 들고 들어왔다.

"오빠, 아직 올 시간이 안 된 거 같아. 며칠 전에 분명히 본 거 같거든. 오늘 어쩐지 꼭 다시 올 거 같아. 우리는 또 감이 좋잖아?"

여자는 작은 잔에 술을 따라 건넨다. 나는 잔을 받아 훌쩍 털어 넣는다. 목구멍이 타는 듯하다. 여자가 바나나를 집어 입에 넣어주다 무릎을 두드리며 웃는다.

"이 오빠, 진짜 순진하다. 울었나봐, 진짜 사랑했나 봐. 오빠, 와이프가 정말 첫사랑이었어?"

나는 여자를 밀치며 노래나 하나 불러 보라고 한다. 여자는 깔깔거리며 신청곡을 말하란다. 나는 아무거나 해보라며 담배를 꺼내 입에 문다. 여자는 기계에다 '6, 9, 3, 2, 3'을 누르고 마이크를 집어 들었다. 한 손엔 탬버린을 들고 박자를 맞추며 엉덩이를 흔든다. 여자가 노래를 부른다. '자기야, 사랑인 걸 정말 몰랐니 자기야, 행복인 걸 정말 몰랐니.' 담배 연기 사이로 여자의 모습이 흔들리며 흐려진다. 난 연기를 핑계로 눈을 자꾸만 비비다 담배를 비벼 끄고 연거푸 술을 몇 잔 들이켠다. 머리가 핑 돌며 내가 무슨 말을 하는지 생각나지 않는다. 난 여자에게 나가서 렁이 왔나 보고 오라고 하고 여자는 아직 멀었다고 하고, 나는 내가 직접 확인한다고 하고 여자는 안 된다고 하고 그런 얘기 같았다. 나는 노래를 하는 여자를 끌어 안고 얼굴을 부벼대고 가슴을 주무르고 여자는 몸을 배배 꼬며 안된다고 밀치고 그런 상황이었던 거 같다. 나는 다시 소파에 앉아 술을 마시고 여자는 다시 '4, 6, 6, 9, 7'을 누르고 노래를 부른다. '나를 사랑으로 채워줘요 사랑의 배터리가 다 됐나봐요 당신 없인 못 살아 정말 나는 못 살아 당신은 나의 배터리 얼짱이 아니라도 좋아요 몸짱이 아니라도 좋아요.'

"오빠, 싫다고 나간 사람을 왜 찾아? 다른 좋은 사람 만나서 다시 행복하게 살면 되지. 안 그래?"

나는 여자의 얼굴을 한 대 갈겨주려고 팔을 뻗었지만 내 팔은 허공을 가르고 몸은 휘청거렸다. 여자는 내가 술이 취해서 하는 행동인 줄 아나보다. 나는 방을 나가려고 일어나 문손잡이를 잡는다. 렁을 내가 직접 찾아봐야 할 거 같다. 여자가 어디 가냐며 팔을 잡아끈다. 난 화장실 간다며 여자를 뿌리친다. 여자는 화장실이 어딘지 알려 준다며 내 팔을 잡고 따라 나온다. 비틀거리는 나를 여자가 부축하는 꼴이다. 바닥은 물이 차서 질척거린다. 비가 계속 오나 보다. 다른 방을 지나가며 문에 있는 창문을 들여다 본다. 막혀 있어서 안이 보이지 않는다. 나는 렁을 부르며 문을 냅다 걷어찬다. 제대로 발이 닿지 않는다. 손잡이를 돌리려는데 잘 열리지 않고 미끄러진다. 여자가 잽싸게 내 손을 잡아채 자기 쪽으로 끌어당긴다.

"오빠 와이프, 없다니까, 아직 안 왔다고, 오면 내가 알려 준다는데 왜 이래. 정말."

여자는 화장실이나 가라며 구석진 곳으로 나를 끌고 간다. 코너를 돌자 막다른 곳에 두 개의 계단이 있고 하얀 문에 화장실이라는 글자가 보였다. 화장실 문이 다른 세계로 통하는 문처럼 느껴졌다. 여자는 내 등을 계단으로 떠다 밀었다. 나는 미친년이라고 욕을 내뱉으며 계단에 정강이를 걷어 차여 화장실 바닥에 넘어졌다. 잠깐 정신이 아득해졌다. 번개가 치는지 우르릉거리는 천둥소리가 바닥을 울리며 귀로 들어온다. 계속해서 우릉우릉 바닥이 흔들린다. 천둥소리 사이로 '정말 별짓을 다한다.'는 여자의 목소리가 들린다. 나는 그 사이에 렁이 왔을지도 모른다는 생각이 든다. 아픔도 잊은 채 일어서는데 화장실 전등이 깜박거리다 파르르 떨린다. 바지는 물론 온몸이 다 젖어 있고 얼굴에서도 찐득한 물이 흐르고 있다. 참을 수 없이 소변이 마렵다. 나는 소변기 앞에서 바지를 내리고 소변을 보려는데 소변은 나오지 않고 마렵기만 하다. 엉덩이에 힘을 주는데 꽝 소리가 나면서 불이 꺼져 버렸다. '엄마, 무슨 일이야, 전기 나갔나 봐. 야, 계량기 좀 가 봐.' 여자의 목소리가 들렸다. 나는 불 좀 켜라며 소리를 질렀다. 깜깜하다. 주머니를 뒤적거려 핸드폰을 찾아보지만 핸드폰이 없다. 어디서 빠졌는지 알 수가 없다. 바지를 주섬주섬 올리며 손을 뻗어 더듬거리며 발을 옮겼다. 벽이 만져진다. 문을 찾아 벽을 더듬었다. 벽에도 물이 흐르고 있었다. 옆으로 손을 좀 더 옮겼을 뿐이었다. 스위치였는지도 모르겠다.

번쩍. 난 정신을 잃고 어둠 속으로 빠져 들었다.

바다 냄새가 난다. 어머니에게서 나던 냄새, 고향에서의 바람 냄새 같기도 하다. 렁이 보고 싶었다. 렁은 집으로 돌아왔는지 내가 렁을 찾기는 했는지 모르겠다. 렁을 찾아 나섰던 기억과 여자를 따라서 들어 간 노래 주점에서의 일들과 화장실, 어둠, 번쩍하고 정신을 잃은 기억. 모든 일들이 어둠속에서 불이 켜지듯 한꺼번에 생각이 났다. 정신을 잃고 얼마나 시간이 지났는지 모르겠다.

난 눈을 떴다. 눈을 떴다는 말보다는 빛이 눈으로 들어 왔다는 말이 맞을 것 같다. 난 누워 있고 움직일 수 없다. 사람들의 왁자지껄 떠드는 소리와 웃음소리가 들린다. 어디선가 노래 소리도 들려온다. 옆에는 돼지머리가 웃고 있다. 웃고 있는 돼지 입에는 하얀 봉투며 돈이 물려 있다. 눈앞으로 사람들의 손이 왔다 갔다 하는데 내가 어디에 있는지 가늠이 되지 않는다.

사람들은 돼지머리에 돈이나 봉투를 꽂으며 '대박 나세요, 사업 번창 하세요, 돈 많이 벌게 해주세요.' 등의 말을 하면서 내게는 아무런 말도 하지 않는다. 사람들은 나를 볼 수가 없는지 나를 아는

체 하는 사람도 없고 말을 거는 사람도 없다. 나도 말을 해 보려 하지만 입이 없는 것처럼 말을 할 수가 없다. 생각은 멀쩡한데 말을 할 수 없다니 내가 식물인간이라도 됐다는 것인지 알 수가 없다.

"벼락 맞은 집은 다 액땜하고 잘 된다니까 많이들 도와주세요. 감사합니다. 와주셔서 감사합니다. 네, 네. 감사합니다."

여자의 목소리가 들렸다. 다른 사람들은 몰라도 여자는 나를 모른 척 하지는 않을 것이었다. 나의 기대와는 달리 여자는 아무런 말도 없이 나를 가볍게 집어 들더니 실타래로 묶어서는 어디론가 들고 갔다. 여자는 나를 천장 가까이에 있는 비좁은 창문 틈새에 구겨 넣었다.

내가 깃들어 있는 곳을 찬찬히 느껴본다. 바다 냄새가 나지만 물기라고는 하나 없이 바싹 말라있다. 나이를 가늠하는 이석을 보니 30년은 살았다. 오래도록 잡히지 않고 재수가 좋았다. 보통의 두 배를 살았다. 동해를 거슬러 오오츠크해를 지나 베링해로, 남쪽의 따뜻한 해류에 밀려서 위로, 위로 올라가야 만 했다.

잡혀서는 반대로 러시아를 떠나 남쪽인 한국으로 다시 돌아왔다.

나는 이석에 머리를 쳐 박고 쿵쿵거리며 흔적을 찾는다. 명태잡이를 떠나 돌아오지 않은 아버지의 흔적을.

여자에게서 그날의 끈적이던 땀 냄새를 맡는다. ◑

굿나잇 베트남

이정희

2004년 지구문학 시부문 신인상 수상.
제26회 허난설헌 문학상 시부문 금상.
제14회 한국민족 문학상 시부분 최우수상 수상.
한국문인협회 회원, 지구문학 작가회의 이사.

베트남에 대한 생각을 오래전부터 해왔다.
여행도 다녀왔고, 안산에 베트남도 친구가 있다.
친구의 이야기를 듣고 베트남 관련 자료를 찾아 재구성해 보았다.
소설 쓰는 동안 베트남에 머물러 있었다.
베트남의 냄새, 쌀국수, 습기 등을 나는 온전히 느끼며 시간을 보냈다.
소설 쓰기는 여전히 힘들지만, 보람 있다.
베트남 친구에게 이 소설을 꼭 전하고 싶다.

굿나잇 베트남

밍밍은
한적한 해변에서 관광객 사이를 오가며 누군가를 열심히 찾고 있다.
관광지라고는 하지만 무이네 남쪽은 작은 어촌이라 관광객이 별로
없는 곳이다. 더구나 한국 사람은 여름 가뭄에 콩 나듯 온다. 이곳
은 조용한 곳을 좋아하는 사람들이 가끔 며칠씩 쉬어 가는 곳이다.

벌써 몇 달째 밍밍은 오후만 되면 해변을 어슬렁거리지만, 그녀에
게 말을 거는 사람은 아무도 없다. 해변의 사람들은 아무도 그녀에
게 관심을 갖지 않았다. 눈을 반짝거리면서 주변을 둘러보던 그녀가
누군가를 발견했는지 뛰기 시작했다. 그녀가 멈추어 선 곳은 운동을
하고 있는 남자 쪽이었다. 키가 크고 검게 그을린 근육질의 동양인
남자의 뒤쪽에 밍밍은 섰다. 아이는 처음엔 조그만 소리로 그 남자

를 불렀다.

"아, 쯧, 찌."

"아, 쯧, 찌."

은혁은 운동에만 열중할 뿐 아이의 소리에 반응이 없다. 아이는 다시 큰 소리로 "아, 쯧, 찌."하고 부른다.

은혁은 주변을 둘러보고 어리둥절한 표정으로 아이를 쳐다 보았다. 대여섯 살쯤 되어 보이는 조그만 계집아이가 서있었다. 은혁은 아이가 무슨 말을 하는지 알아듣지 못했다.

"아, 쯧, 찌, 우 지 에 가 아."

은혁의 얼굴에 짜증스런 표정이 살짝 지나갔다. 무시하고 계속 운동을 했다. 아이가 은혁의 옷자락을 끌어 당겼다. 은혁은 난감하다는 몸짓을 해보였다. 계집애가 맹랑하다고 느꼈다.

"아, 쯧, 찌, 우 지 에 가 아."

은혁의 옷자락을 꼭 붙잡고 놔주지 않는 아이에게 끌려, 어쩔 수 없이 은혁은 걸음을 옮겼다. 은혁은 속으로 뭐 이런 말도 제대로 못하는 애를 밖에서 놀게 하나 하는 생각에, 그녀의 부모가 궁금해졌다. 아니 부모의 상판대기라도 보고 욕이라도 해주고 싶었다.

은혁이 계집아이 손에 이끌려 간 곳은 해변에서 조금 떨어진 아주 허름한 집이었다. 집이라고 하기엔 너무 초라했다. 그곳에는 나이 든 여자와 아이의 엄마로 보이는 젊은 여자가 있었다. 은혁은 어정쩡한 표정으로 아이와 여자들을 번갈아 쳐다보았다. 여인들은 밍밍의 손에 잡혀 온 은혁을 보고 약간 놀란 표정을 지었지만, 밍밍의 눈짓에 금방 표정을 바꾸었다. 여자들은 무언가 꼭 해야 할 이야기가 있는 그런 눈빛으로 남자를 쳐다보았다.

은혁은 아이의 손에 이끌리어 아무 말도 못하고 집안으로 들어갔다. 밍밍의 할머니라고 자신을 소개한 나이든 여자는 은혁에게 어설프고 더듬거리는 한국어로 한국 사람인지 물어 왔다. 은혁이 말없이 고개만 까닥 했다. 할머니 눈에는 눈물이 글썽거렸다. 은혁은 점점 더 이상한 생각이 들었다. 젊은 여자가 아이의 손을 잡고 할머니 옆에 있게 하고는, 자신은 마실 차를 준비했다. 커피를 가져온 여인은 베트남어로 이야기를 시작했다. 은혁은 당황했다. 그에게는 베트남어가 익숙하지 않았다. 어찌할 바를 몰라 하는 은혁에게 할머니가 서툰 한국어로 더듬거리며 설명을 이어갔다. 은혁은 더욱 답답해졌다. 이 상황이 너무 황당했고, 그들의 말뜻을 이해할 수가 없었다. 머릿속이 뒤죽박죽이다. 이곳에 있는 자신이 한심스럽게 생각되었다. 그렇다고 그냥 갈 수도 없었다. 여자들과 대화를 하려면 통역할 사람이 있어야 할 것 같았다. 그들의 눈빛이 너무 간절해 보였다. 그냥 외면하면 안 될 것 같았다. 은혁은 친구에게 전화를 걸어 이곳으로 와 줄 수 있냐고 물었다. 친구는 당장은 안 되고 내일 오후에 만나자고 했다. 은혁은 여자들에게 사정을 이야기하고 내일 다시 오겠다고 했다. 할머니 얼굴에는 아주 아쉬운 표정이 그대로 묻어났다.

할머니는 은혁의 두 손을 잡으며 아주 간곡히 부탁했다. 꼭 다시 와 달라고, 눈물까지 흘리면서 부탁하는 할머니를 안심 시키고 돌아서면서 은혁은 갈등을 했다. 내일 다시 와야 하는지 아니면 그냥 모르는 척 이 자리만 모면해야 하는지, 어서 빨리 그 자리를 벗어나고 싶다는 생각이 더 많이 들었다.

"아, 쯧, 찌, 꼬, 아."

아이의 소리를 뒤로 하고 남자는 그곳을 나와 다시 백사장을 걸으며 생각에 빠져 들었다.

은혁은 지금 베트남에서 가이드로 일하고 있다. 아버지의 사업 실패로 해외유학을 포기하고, 매일 술에 젖어 보내고 있을 때, 여행사 일을 하는 친구로부터 부탁을 받고, 모든 걸 내려놓는 심정으로 짐을 싸서 베트남으로 왔다. 친구에게 조금씩 일도 배우고, 언어도 배워가면서 알바로 시작한 가이드생활이 벌써 2년이 넘었다. 하지만 주 고객이 모국 사람들이다 보니 은혁의 베트남어 실력은 늘지 않았다. 그저 자신의 생활에 필요한 말들만 할 뿐이었다. 시간을 내서 따로 배워보려고 했지만 그것도 여의치가 않았다. 여행가이드는 늘 시간에 쫓기는 생활이었다. 그날도 거의 2주 동안 하루도 쉬지 못한 채 일을 했다, 며칠 휴가를 받아 편하게 쉬고 싶어 갔던 무이네 해변이다.

다음 날 은혁은 친구를 만나서 어제의 이야기를 했다. 친구는 피식 웃더니 오지랖 넓은 짓 그만 두라고 충고 아닌 충고를 했다. 찜찜

한 생각이 들었지만 은혁은 그냥 잊어버리기로 마음먹었다.

정신없이 두어 달쯤 지났다. 은혁은 여행객들을 무이네 해변으로 안내하게 되었다. 앞서가면서 설명하고 있는데, 누군가 자신을 자꾸 쳐다보는 느낌에 신경이 쓰였다. 무시하려고 해도 눈길이 자꾸 그쪽으로 향했다. 그곳에 서 있는 어린아이와 눈이 마주쳤다. 조그만 계집아이가 은혁을 노려보고 있었다. 은혁은 기억을 소환해 아이를 떠올렸다. 아차, 싶었다. 하지만 모른 척 했다. 관광객들과 함께 있으니 아는 척 할 수도 없었다. 저녁이 되어 숙소로 돌아와 누우니 아이의 눈망울이 자꾸 눈앞에서 어른거렸다. 이불을 뒤집어쓰니 할머니의 애절한 눈빛이 떠올랐다. 은혁은 가슴 한쪽이 싸해졌다. 왠지 그 집을 꼭 다시 찾아가야 할 것 같았다. 다시 가기로 마음을 정하니 편안해 졌다.

은혁의 이야기를 다시 들은 친구는 쓸데없는 짓이라고 만류했지만, 은혁은 친구를 설득하고 설득해 밍밍의 집을 다시 찾았다. 할머니와 밍밍의 엄마 그리고 밍밍까지 뜨악한 얼굴로 바라보았다, 그녀들은 이내 환한 미소를 지으며 무척이나 반겼다. 오히려 미적거리다가 늦게 찾아온 은혁이 미안해졌다. 친구의 얼굴에 약간의 짜증이 보였다. 하지만 금방 표정을 바꾸었다. 밍밍의 엄마가 마실 것을 가져왔다. 서로 눈치를 보며 먼저 말을 꺼내지 않았다. 친구가 말문을 먼저 열었다.

"할머니 어떤 말씀이든 편하게 하세요."

"저희 시간 많아요."

친구는 생각을 바꾸었는지 더 적극적으로 사연을 듣고 싶어 했다. 할머니는 베트남어와 간간이 한국어를 섞어 가면서 아주 힘들게 이야기를 시작했다. 그리고 할머니의 애기는 오래도록 이어졌다.

베트남전쟁이 후반으로 접어들 무렵 하티홍은 고등학교를 졸업한 후 집안일을 도우며 엄마와 함께 지냈다. 그 무렵 전쟁은 아버지와 동생을 데려가 버렸다. 스무 살의 처녀가 전쟁 속에서는 할 일이 그리 많지가 않았다. 한국 군인들이 조금씩 철수하고 무역회사가 하나 둘 들어서기 시작했다. 사이공에 들어선 한진 무역에서 월남여사원을 뽑는다는 전단지를 보았다. 하티홍은 이것저것 생각할 여유가 없었다. 무조건 서류를 접수했다. 간단한 면접 후 잔 심부름과 함께 서류정리 정도를 하기로 하고 근무를 시작했다. 전쟁 속에서도 여전히 장사꾼들은 물건을 팔고 여전히 물건을 구매하여 다시 한국으로 가져가곤 하였다. 한국 본사에서 월남지사로 가끔씩 출장 오는 남자가 있었다. 그의 이름은 김필운이었다. 그 남자는 고등학교를 졸업하고, 군대에 다녀와 한진 무역본사에 근무했다, 하티홍이 한진 무역에 입사하고 2년쯤 되었을 때, 필운은 아주 월남지사에 상주하였다. 같은 사무실에 근무하면서 하티홍과 필운은 자연스럽게 가까워졌다. 1972년 3월 휴정협정이 시작 될 때 필운은 하티홍에게 조금씩 한글을 가르치기 시작했다. 전쟁이 끝나면 한국으로 함께 돌아갈 생각을 하고 있었다. 그렇게 둘이는 사랑을 키워가고 있었다. 1973년 1월 27일 파리평화협정이 이루어졌다. 그해 8월 미국 의회는 인도차이나에서 더 이상 미군의 전투를 금지했다. 1973년 말 주둔군들이 거의 철수했다. 하지만 월맹군의 공격은 더욱 심해졌다. 낮과 밤이 다른 세상 같았다. 하티홍과 필운은 불안해지기 시작했다. 1974년 월남은 더 이상 베트콩으로부터 도시를 지킬 수가 없었다. 필운은 하티홍과 함께 한국으로 가기 위해 많은 노력을 했다. 하지만 신의 장난인지 1975년 월맹군의 공격으로 남베트남 정부군은 뿔뿔이 흩어지기 시작했다. 필운은 하티홍만 사이공에 두고 급하게 철수해야만 했다.

"하티홍 내가 너를 데리러 올 거니까 기다리고 있어."

"꼭 다시 돌아올 거지."

"반드시 돌아와 너와 함께 돌아간다."

"하티홍 아인 이에우 엠(Anh Yeu em)."

"필운 엠 이에우 아인(Em Yen Anh)."

"하티홍 편지할 게 답장 꼭 해야 해 그리고 기다려, 알았지?"

"빨리 돌아와야 해."

둘은 잡은 손을 놓지 못했다.

그들은 그렇게 헤어졌다. 필운은 눈물로 돌아서는 하티홍에게 쪽지 하나를 손에 꼭 쥐어 주었다. 필운의 한국 주소였다. 필운을 떠나보낸 후 하티홍은 자신에게 새 생명이 찾아 온 것을 알았다. 남겨진 모녀의 한숨은 날이 갈수록 더해갔다. 월맹군과 동네 사람들은 한국회사에 근무했다는 이유로 하티홍 모녀를 괴롭히기 시작했다. 하티홍의 배가 불러오자 그들 모녀는 사이공에서 더 이상 버틸 수가 없었다. 필운이 떠나고 8개월이 지난 1976년 7월 2일 베트남은 베트남사회주의 공화국으로 통일되었다. 그 즈음 필운에게서 오던 연락마저 끊어져 버렸다. 모녀는 아무도 자신들을 알아 볼 수 없는 곳으로 이사를 하기로 했다. 한밤중 사이공을 떠났다. 모녀가 자리 잡은 곳은 무이네 남쪽해변 외진 마을이었다. 그곳에서 하티홍은 새 생명을 출산했다. 아이의 이름을 호아(Hoa)라 불렀다. 필운이 사이공을 떠나기 전, 꼭 다시 돌아와 꽃처럼 예쁜 아이를 낳아 기르자고 했었다. 필운에게서는 아무런 연락조차 없지만 그의 뜻대로 아기의 이름을 꽃이라 지은 것이다. 기다림은 계속되고 아이가 학교 갈 때가 되어 가는데 필운은 소식조차 없었다. 호아는 라이 따이한(지금은 베트남 한인2세로 부른다)이라 출생신고도 할 수가 없다. 정규 수업도 받을 수가 없어 하티홍이 호아를 가르쳤다. 생활은 너무 힘들고 고단했다. 하지만 호아의 교육을 위해서 시내로 보내기로 했다. 가 호적을 만들어야 했다. 그들의 생활은 더욱 힘들어졌다. 그래도 필운을 기다리는 마음은 행복했다. 그것도 잠시였다.

호아는 고등학교를 졸업도 못한 채 돌아왔다. 알바로 여행객을 안내하는 일을 했었다. 엄마의 첫사랑을 알고 있는 호아는 한국 사람들에게는 유난히 친절했다. 그들에게 서투른 한국어로 엄마가 이야 기해주었던 한국에 대해서 물어 보곤 했다. 친절하게 대답해주는 그들이 고맙기까지 했다.

그날은 한국에서 온 대학생들을 안내하게 되었다. 젊음 때문이었을까? 아니면 술 때문이었을까? 호아는 생각지도 못한 임신으로 엄마에게로 돌아올 수밖에 없었다. 그 충격으로 할머니가 돌아가셨다. 호아는 말문을 닫아 버렸다. 하티홍은 아무리 애를 써도 호아는 어떤 말도 하지 않았다. 그저 바닷가만 오고 갈 뿐.

몇 달 후 호아는 밍밍을 낳았다. 밍밍을 기르면서 호아는 조금씩 말을 하기 시작했다. 하지만 더듬거리며 엄마와 이야기하던 한국어는 쓰지 않았다. 엄마와는 필요한 말 외에는 하지 않았다. 오직 베트남말만 하였다. 처음부터 한국어는 아예 모르는 사람처럼 굴었다.

하티홍은 자신과 딸이 한국어를 아주 잊어 버릴까봐 무서웠다. 사랑하는 사람을 만나기 위해서는 꼭 한국어를 기억해야 한다고 생각했다. 자신이 죽고 없을 때 호아가 아빠를 만나려면 필요한 말은 꼭 할 수 있어야 하는데…….

하티홍이 밍밍에게 서투른 한국어를 가르치면, 호아가 화를 내면서 밍밍을 독수리가 병아리 낚아 채듯이 데려가 버렸다. 하티홍과 밍밍은 점점 말수가 적어졌다. 하티홍은 그 사람이 야속하기도 하고, 밉기도 했다. 그래도 죽기 전에 꼭 한번 만나고 싶었다. 딸 이야기도 하고 싶었다. 너무 오래되어서 날근해진 쪽지를 은혁에게 건네주었다.

은혁은 하티홍의 집에서 돌아 온 후 고민에 빠져다. 하티홍에게서 건네받은 쪽지를 들고 며칠째 어떻게 해야 할지 쪽지만 쳐다보았다. 모른척하고 지나기에는 딸 하나 낳고 한 남자만 기다리며 살아온 하티홍이 너무 가엾게 느껴졌다. 그렇다고 소식을 끊고 지내는 친구들에게 연락을 하기에는 뭔가 껄끄러웠다. 밍밍의 할머니를 생각하면 하루라도 빨리 연락하는 것이 한국 사람의 도리 같았다. 그들의 궁핍함도 목에 가시처럼 붙어 있었다. 그들의 그런 생활이 자신의 잘못 같아 미안한 생각까지 들었다. 은혁의 입에서 '나쁜 놈'이란 단어가 자꾸 튀어 나왔다. 고민에 고민을 하다 은혁은 결심을 했다. 필운, 그 남자를 수소문하기로 마음을 먹었다. 이름부터 확인하기로 했다. 한국 군인들이나 사업가들이 엉뚱한 이름과 주소를 주는 경우가 종종 있는 걸 알고 있기 때문이다.

[김필운 경기도 부천시 중동 1223 – 3번지]

은혁이 밍밍의 할머니에게 건네받은 쪽지다. 이제는 모두 아파트로 변해버린 곳이다. 한국에 있는 친구들의 도움 없이는 찾을 수가 없다. 또 그 사람이 그곳에 산다는 보장도 없다. 아니 아직 살아 있는지 확신할 수도 없다. 제일 먼저 대학 동기들에게 연락을 했다. 그리고 이름만 가지고 사람을 찾을 수 있는지 친구가 누군가 알아보았다. 경찰친구, 검사친구에게도 전화를 했다. 사정 이야기를 하고 꼭 부탁한다는 말도 잊지 않았다. 오랫동안 연락이 없던 은혁의 전화를 받고 어이없어 하는 친구도 있었다. 은혁은 그런 친구와는 알았다고 간단히 말하고 끊었다. 그런 친구들은 한결같이 서울 오면 술이나 한 잔 하자며 말꼬리를 흐렸다. 은혁이 그래도 세상을 잘 살아 왔는지 군소리 없이 부탁을 들어주는 친구들도 있었다. 그들에게 따로따로 부탁을 했다. 먼저 칠십대 중반의 남자로 과거 부천에 살았거나 현재 살고 있는 사람이 있는지 확인했다. 대한민국에 김필운이란 이름은 생각보다 많지는 않았다. 그 사람들 중 과거에 월남에 근무 한 사람이 있는가 알아 보고 연락 달라고 했다.

친구들에게 연락오기를 기다리는 시간이 무척이나 더디게 흘러갔다. 밍밍의 어줍지 않은 아~쯧~찌 소리가 귓가에서 맴돌았다. 어린 밍밍을 학교에 보내기 위해서라도 한시라도 빨리 김필운을 찾아야 한다.

서울에서 연락이 왔다. 심곡동에 살고 있는 사람이 그 사람 같다고 했다. 은혁은 다시 친구를 통해 전화번호를 알아냈다. 전화를 걸어 이름을 확인했다. 그것만으로도 가슴이 떨리고 반가웠다. 꼭 찾아뵙고 드릴 말씀이 있으니 서울에 도착하면 전화를 하겠다는 말을 남기고 끊었다. 은혁의 마음이 급해졌다. 한시 바삐 서울로 가서 확인하고 싶었다. 밍밍의 할아버지를 찾아 주는 일이다. 아니 하티홍의 간절한 소망이 이루어지기를 바라는 마음이다. 은혁은 회사에 휴가 신청을 냈다. 사장은 어이없어 했다. 친구도 꼭 갈 필요가 있는지를 물었다. 전화로 확인했으면 그대로 하티홍에게 알려주고 그들이 알아서 하게 하라고 화까지 냈다. 은혁은 자신이 너무 심한건가 하고 자문해보았다. 하지만 결론은 확인하고 또 확인해 그들이 행복해지는 걸 눈으로 보고 싶었다.

은혁은 김필운과 만나기로 약속한 곳으로 가고 있다. 머릿속이 실타래 엉킨 것 같다. 무슨 말을 어떻게 시작해야 할지 가닥이 잡히지 않았다. 약속장소에는 김필운이 먼저 와서 기다리고 있었다. 칠십 중반보다 조금 더 나이 들어 보였다. 은혁은 자신의 소개를 하고 악수를 청했다. 김필운의 손은 고생을 한 것 같지는 않았다. 그들은 한참 동안 말이 없었다. 아니 무슨 말을 해야 할지 서로 알지 못했다. 김필운이 먼저 물어 왔다.

"어떤 일로 젊은이가 나를 보자고 했는가?"

"그게 지난 번 이야기하셨던대로."

은혁이 다시 말을 했다.

"월남전이 끝나갈 때 월남에 계신 거 맞지요."

"그렇소만……."

"그때 한진 상사에 근무하셨나요?"

"맞소."

"그럼 혹시 하티홍이라는 여자 분을 아시는지요."

은혁의 말에 필운이 놀란 표정을 짓는다.

"아니 젊은이가 그 이름을 어떻게 아는지 물어도 되겠는가?"

김필운은 의자를 앞으로 끌어당기면서 다시 물었다.

"정말 자네가 그 여자를 아는가?"

김필운의 눈가가 촉촉해 졌다. 은혁은 하티홍에게 들은 세 모녀 이야기를 그에게 들려주었다. 말없이 듣고 있던 필운은 눈물만 흘리고 있다. 김필운도 하티홍을 잊지 않고 가슴 저 밑바닥에 묻어 두고 있었다. 이야기가 쉽게 풀릴 것 같았다.

김필운은 월남에서 급하게 돌아와 모든 것을 정리하고 월남으로 다시 가기 위해 노력했다. 부모님을 설득하는 문제가 가장 큰 일이었다. 지금이야 다문화 가정이 많이 있지만 70년대 후반에 부모님들은 이해하지 못했다. 외국인에 대한 이해가 없던 그 시절에는 그랬다. 필운의 이야기를 들은 어머니는 머리를 싸매고 누우셨다. 아들이 낯선 나라 여자와 결혼을 하겠다는데 어느 엄마가 선뜻 허락을 할까? 아버지는 노발대발 하시면 외국여자랑 결혼 거면 호적을 파 버리겠다고 까지 했다. 필운은 간절한 마음으로 어머니를 먼저 설득했다. 꼭 베트남으로 돌아가야만 한다는 생각 이외는 다른 생각을 할 틈이 없었다.

며칠을 단식을 하면서 마음 약한 엄마와 겨우 타협을 했다. 아버지는 엄마가 설득했다. 아버지는 먼저 사람을 보고 다시 이야기하자고 말했다. 부모님이 한발 물러선 것이다. 그렇게라도 월남으로 갈 수 있다고 생각하니 모든 걸 다 얻은 기분이었다. 필운은 하루라도 빨리 하티홍에게 가고 싶었다. 자신의 여자를 데려오려고 준비하면서 필운은 행복했다. 하티홍에게 줄 반지와 원피스도 준비했다. 하지만 필운은 갈 수가 없었다. 정부에서 베트남과의 무역을 막은 것이다. 1976년 베트남이사회주의국가로 바뀌자 정부는 모든 것을 통제했다. 수교가 안 돼 있어서 여권은 있어도 비자를 받을 수가 없었다. 필운은 절망했다. 어떻게 부모님을 설득했는데…… 매일 술로 지내고 세상을 원망하면서 지냈다. 아들이 폐인이 될까봐 부모는 전전긍긍했다. 그리고 사정했다. 돌아갈 수 없게 된 나라, 필운은 모든 걸 포기하고 부모가 정해준 여자와 결혼했다. 하티홍을 가슴 깊이 묻었다. 이제는 아무것도 할 수가 없게 되었다. 하티홍에게 갈 수도 없다.

필운의 이야기를 들은 은혁은 한참을 눈물만 흘리고 있었다. 은혁도 더 이상 할 말이 없었다. 그저 김필운만 바라보았다. 어색한 침묵이 서로를 또 다시 어색하게 만들었다. 얼마나 시간이 흘렀을까? 김필운이 먼저 물었다. 혹시 딸아이 사진은 없는지, 그들의 생활은 어떤지, 손녀딸은 몇 살인지 등등. 그는 은혁의 대답을 기다리지 않고 혼잣말처럼 계속 질문을 했다. 갈피를 잡지 못하는 어린아이 같았다. 은혁이 차분히 말했다. 꼭 한번만이라도 만나고 싶다는 하티홍의 말을 전했다. 은혁은 김필운의 대답을 기다렸다. 다시 긴 침묵이 이어졌다.

"젊은이, 내일 이 시간, 나를 다시 만나 줄 수 있겠는가?"

은혁은 그렇게 하겠다고 말했다. 김필운은 내일 다시 만나기로 약속하고는 자리를 떴다. 어깨를 늘어뜨리고 문을 나서는 김필운의 뒤모습을 보면서 은혁은 마음이 참참해졌다. 은혁 밍밍의 교육을 위해서라도 하티홍에게 꼭 필운을 데려가고 싶다는 생각에 어떻게 하면 함께 베트남으로 갈 수 있을까를 고민했다. 거리를 걸으면서 쉽게 눈에 띠는 동남아사람에게 자꾸만 눈길이 갔다. 남자는 자신의 오지랖에 헛웃음이 나왔다.

다음 날 같은 곳에서 두 남자가 다시 만났다. 남자는 필운의 안색부터 살폈다. 필운은 어제보다 더 침울해 보였다. 손에는 자그마한 보따리가 들려 있었다. 필운은 보따리를 자신의 무릎 위에 놓았다. 침묵은 어제처럼 흘렀다. 오늘도 말을 먼저 한 것은 김필운이었다.

"난 갈 수가 없네."

"왜요?"

두 사람은 입을 다물고 서로만 쳐다보았다.

"나도 가보고 싶다네."

필운은 하티홍과 딸, 그리고 손녀가 많이 보고 싶었다. 또 하티홍에게 사과도 하고 싶었다. 하지만 아내와 자식에게 이야기할 자신이 없었다. 가정을 지켜야 하는 자신의 처지를 남자에게 이해시키고 싶었다.

"집사람을 배신할 수는 없네."

"그럼, 어르신만 기다리는 그분은요."

김필운의 눈물이 보따리 위로 떨어졌다.

"내가 죽일 놈이지 죽일 놈이야."

"어르신 그럼 손녀딸은요."

"젊은이 이 물건 좀 전해 줄 수 있겠나."

필운이 물기 가득한 목소리로 말했다.

"아니요, 어르신이 직접 전하세요."

남자의 말에는 화가 묻어 있었다.

"꼭 부탁하네."

필운은 무릎 위에 두었던 작은 작은 보따리를 은혁의 손에 쥐어 주었다.

"베트남 가거든 사진이나 찍어서 보내 주게나."

김필운은 자신의 이야기만 하고는 자리에서 일어섰다. 은혁은 어이가 없었다. 끓어오르는 분노가 자신의 노력이 무너져서인지, 허탈감 때문인지 알 수가 없었다. 좋은 소식 가져오기를 기다리는 하티홍과 밍밍의 얼굴이 아른 거렸다. 은혁도 자리에서 일어섰다. 필운이 건네준 보따리를 다시 필운에게 건넸다. 어정쩡하게 서있던 필운의 표정이 미묘하게 변했다. 은혁이 필운의 표정을 보았다. 기회라고 생각했다.

"어르신 다시 한 번 부탁드립니다. 어린손녀를 생각해서라도 꼭한 번 만나주세요."

은혁은 간절함과 절박함을 담아 부탁했다. 한참을 생각에 빠져 있던 필운이 입을 열었다.

"젊은이 그럼 이렇게 하게나."

필운은 보따리를 은혁에게 다시 주면서 말을 이었다.

"베트남으로 돌아가 하티홍에게 날짜와 시간을 정해 전화 통화할 수 있게 해주게."

"이건 미리 전해줄 수 있겠지?"

보따리를 다시 은혁에게 전했다.

은혁은 춤이라도 추고 싶을 만큼 기뻤다. 하지만 필운에게 확인에 확인을 했다. 확답을 받은 후 은혁은 자리를 떴다. 거리의 모든 풍경들이 아름다웠다.

베트남으로 돌아온 은혁은 제일먼저 무이네를 찾았다. 은혁은 조금이라도 빨리 필운의 소식을 전하고 싶었다. 여인들이 기뻐하는 모습을 확인하고 싶었다. 은혁에게서 필운의 이야기를 전해들은 하티홍은 울고만 있었다. 기쁨의 눈물인지 슬픔의 눈물인지 그저 눈물만 흘렸다. 필운에게서 가져온 보따리에는 금반지와 분홍색 원피스가 들어 있었다. 하티홍은 보따리가 필운인 것처럼 꼭 끌어안고 한참을 오열 하였다. 필운이 자신을 기억하고 돌아올 준비를 했다는 것이 너무 기뻐서 또 울었다. 하티홍은 자신의 이름을 잊지 않고 깊이 간직하고 있다가 은혁을 만나준 것이 고마워 다시 울었다. 은혁에게 수없이 고맙다는 말을 되풀이 하였다. 은혁은 공연히 멋쩍어졌다.

일주일후, 은혁은 하티홍을 데리고 국제 전화를 할 수 있는 시내로 나왔다. 여러 번 시도 후에 하티홍은 필운과 통화를 할 수 있었다. 한참을 두 사람은 말을 하지 못했다. 그저 서로의 이름만 불렀다. 은혁은 답답해 돌아 버릴 것 같았다. 어떻게 이루어진 통화인데 자신이 수화기를 빼어서 이야기 하고 싶은 충동이 일었다. 옆에서 듣는 사람이 더 애가 탔다. 필운은 다시 전화하겠다고 약속했다. 그들의 첫 통화는 그렇게 끝났다. 그래도 화티홍은 좋았다. 필운의 목소리를 들은 것만으로도 행복했다. 다시 필운을 만날 수 있다는 희망도 생겼다.

은혁을 통해서 필운에게서 자주는 아니지만 한 달에 한번은 꼭 편지가 왔다. 하티홍이 평생 만져 볼 수없는 돈도 편지와 함께 왔다. 생활은 조금씩 나아지고 딸과의 관계도 조금씩 좋아 저가고 있었다. 그렇게 반년이 지나갔다. 필운은 조금만 더 참고 기다리면 모든 걸 정리하고 밍밍이 학교 들어가기 전에 베트남으로 오겠다고 했다. 하티홍은 너무 기뻐서 꿈이 아닐까 하는 생각마저 들었다. 하티홍은 하루하루를 행복한 기다림으로 채워갔다. 이제 필운이 돌아오면 밍밍을 위해 시내로 이사 할 계획도 세웠다. 은혁의 도움으로 호아도 직장을 다니게 되었다.

은혁은 필운의 전화를 받았다. 일주일후 베트남으로 들어가니 히티홍과 함께 만나 줄 수 있는가를 물었다. 은혁은 없는 시간이라도 만들어 나가겠다고 대답했다. 전화를 끊고 은혁은 곧 바로 하티홍에게 달려갔다. 은혁은 자신의 일처럼 기뻐했다. 은혁은 자신이 생각해도 대단한 일을 했다고 자부했다. 은혁은 필운을 만나는 일을 하티홍, 호아와 함께 이야기를 했다. 밍밍을 위해 놀이시설이 있는 하롱베이 근처에 숙소로 잡기로 했다. 함께 놀이공원도 가기로 했다. 하티홍은 여전히 은혁만 보면 고맙다는 소리를 연신했다. 은혁은 일주일후에 다시 오기로 하고 하노이로 돌아 왔다. 하티홍에게 일주일은 무척 길게 느껴졌다. 사십육 년을 넘게 기다렸는데.

필운이 어제 도착해 하노이 호텔에 묵고 있다는 연락이 왔다. 내일 오후 세시쯤 하티홍과 함께 가족을 만나고 싶다고 했다. 은혁은 빛의 속도로 그들에게 달려갔다. 화사일도 뒤로 미루었다.

필운을 만나려 가는 길, 하티홍은 자꾸만 눈물을 보였다. 호아는 엄마의 마음을 이해하는지 손수건을 건네주었다. 밍밍은 그저 창밖의 풍경을 구경하느라 정신이 없었다.

호텔에 도착해 시간을 보니 아직 세시가 안됐다. 하티홍은 주변을 자꾸만 두리번거렸다. 하티홍은 은혁이 옆에 있는데도 불안했다. 혹여 자신이 필운을 알아보지 못 할까봐 주변 사람들을 찬찬히 살펴보았다. 초조하게 기다리는 시간이 무심하게 흘러갔다. 은혁은 시간이 지났는데도 나타나지 않는 필운 때문에 입안이 바짝바짝 말랐다. 호텔로비로 달려갔다. 카운터에 확인을 부탁했다. '김필운' 오전에 체크아웃 했다고 했다. 은혁은 머리를 망치로 얻어맞은 것 같았다. 어디부터 잘못된 것일까? 은혁은 하티홍에게 뭐라고 설명해야 하나가 더 걱정이 되었다. 그래도 설명은 해야 했다. 은혁은 하티홍에게 필운이 급한 일이 있어서 호텔에 없다고 거짓말을 했다. 내일 다시 이곳에서 기다리면 된다고 이야기했다.

다음날 다시 호텔을 찾은 은혁과 하티홍 가족은 오전 내내 어제 그 자리에서 필운을 기다렸다. 아무리 기다려도 필운은 나타나지 않았다. 은혁은 공항으로 연락하여 출국자 명단을 확인했다. 김필운이란 이름은 없었다. ◖

늪

박 금 애

'그 사람들 사이에 섬이 있다. 그 섬에 가고 싶다'라고,
시인이 노래했듯 나도 섬에 가고 싶었습니다.
이주 여성들을 가까이 하려면 왠지 멀게만 느껴졌습니다.
이주 여성을 멀리서 바라봅니다.
그 사람들 사이에 늪이 있고, 늪 건너에 섬이 있습니다.
늪에 빠지면 섬은 멀어집니다.
섬을 디딜 수 있도록 애써 다가가려 합니다.

창문에
검은 물 주름을 만들며 비가 내리고 있다. '비가 퍼붓고 있는데 나가
지 못하겠지?' 빗줄기가 나에게 속삭인다. 소나기인 듯싶지만 언제
그칠지 모를 비다. 비는 창에 세차게 부딪친다. 바람도 거세다. 창이
흔들린다. 내 마음도 흔들리기 시작한다.

한 걸음 더 내디디려면 저 어둠을 뚫고 걸어야 한다. '커피 마실
래?' 내 안의 다른 내가 나를 유혹한다. 나의 마음 안에서 흑과 백의
바둑돌이 이리저리 튕기고 있다.

'커피는 운동을 다녀온 후 먹자.'

마음을 다져먹는다. 나는 비옷을 입고 현관 밖으로 나온다. 비가
퍼부어대는 소리가 거세다. 다시 집으로 들어갈까, 하는 마음이 굴

똑같다. 그러나 비옷까지 챙겨 입었는데, 돌아갈 수는 없다. 동네 한 바퀴라도 돌고 와야겠다.

거리로 나서려는데, 문득 옆집 아가씨가 궁금해진다.

'조슈아'라고 했던가.

그녀를 못 본 지 꽤 됐다. 그녀는 필리핀에서 온 이주여성이다. 한국에 온 지 삼 년째라 했다. 우리말이 어눌했지만 눈은 초롱초롱했다. 몸이 무척 말랐다. 혼자 있는 시간이 많다고 했지만 어디 바깥출입을 않는 것 같았다. 그녀는 집에서 혼자 지내는 것 같았다. 다음에 시간 내서 한 번 들러봐야겠다.

비는 줄기가 약해졌지만, 계속 내리고 있다. 나는 빗속으로 과감히 들어간다. 늘 다니던 길이다. 비가 오는데 누가 운동을 나오겠는가.

'무슨 운동이야, 따뜻한 방에서 잠이나 자.'

누군가 내 귀에 대고 속삭인다. 나는 그 속삭임에 가던 길을 멈추고 뒤를 돌아본다. 아무도 보이지 않는다. 그저 비옷을 때리는 빗소리와 차들이 빗물을 가르는 소리뿐이다. 내 안의 다른 나의 목소리라는 것을 알지만 꼭 누군가 다른 사람이 다가와 말하는 것처럼 들린다.

한 시간 거리를 빠르게 걷는 중, 반 정도 이르렀을까. 늘 그렇듯 발자국 없는 그림자가 다가오는 느낌이 든다. 뒤돌아보면 다가오는 사람은 없다. 그저 멀리 운동을 나온 사람들뿐이다. 누군가 나를 따라오고 있는 기분이 분명이 들지만, 뒤돌아보면 그림자는 없다.

아무도 없는데, 몸이 움직이지 않는다. 비옷에 떨어지는 빗줄기는 돌 자갈이 떨어지듯이 무겁고 아프다. 누군가 내 등을 잡고 있는 듯하다.

앞으로 달려가면 빠져 나오지 못하는 늪이 있을 것만 같다. 나는 이제 그만 걷고 집으로 들어가고 있는 나를 알아차린다. 결국 아침 운동은 중간에서 포기하고 현관으로 들어선다. 나는 물 떨어지는 비옷을 세탁실에 던진다. 운동복과 속옷까지 젖어 있다. 나는 알몸으로 거울을 보면서 중얼거린다.

'거울아 거울아 앞에 있는 여자, 누구야?'

백설공주의 의붓어머니처럼 읊조려본다. 거울은 응답이 없이 뚱뚱한 여자만 비추고 있다. 나는 요즘 몸무게에 얹힌 정신이 얼마나 무거운가 알아차리고 있다. 육중한 무언가에 나의 정신은 갉아 먹히고 있는 것 같다.

아침 커피가 향기롭다. 커피를 한 모금 마실 때마다 몸 속 어딘가로 작은 알갱이들이 뭉쳐 살덩이가 되는 것 같다. 한 모금마다 무게가 있다. 창가에 흐르는 빗물이 커피를 마시고 있는 내 모습을 비춘다. 창가에 흘러내리는 빗물에 비친 내 모습이 날씬하다.

몸이 무거운 여자는 가끔 지난 시간을 돌아본다. 오늘도 지난날을 더듬어 본다. 날씬한 여자가 결혼을 하고 있다. 행복하다. 아이를 가졌으나 임신 중독인 것 같다. 다리와 몸이 부어 아이는 구 개월에 세상에 나왔다. 아가는 인큐베이터에 들어 가 있다. 아기와 엄마가 한 달을 떨어져 살았다.

아기 엄마는 임신중독으로 부은 살이 빠지지 않는다. 병원에 있는 아기에게 미안 한 생각이 든다. 뱃속에 아기가 들어 있는 것처럼 부은 몸은 빠지지 않는다. 아기는 건강을 되찾고 정상이 되어 퇴원을 했다. 그러나 낮과 밤이 구분이 안 되는지 낮에는 잠을 자고 밤에는 말똥말똥하다. 아기는 바닥에 눕히면 울기 시작한다. 밤마다 잠을 못자고 안아주는 나날이 계속됐다.

백일이 되어서야 아기는 잘 잤다. 아이가 다섯 살인데도 나의 몸무게는 줄지 않았다. 오히려 몸이 불었다. 길거리에서 파는 육십 대 여자용 옷을 골라야 했다.

친구에게 전화가 온다. 결혼을 한단다. 시집을 안 가겠던 친구가 늦게 결혼을 하는데 가야 하나 어찌해야 하나 고민이다. 결국 가야겠다고 생각한다. 남대문시장에서 옷을 큰 사이즈로 구입했다. 예식 날만큼은 친구들에게 잘 보여야겠다는 생각으로 거울 앞에서 오랜 시간을 머물렀다.

결혼식 날. 예식장에 친구들이 다 모였다. 친구들은 나를 보고 입을 벌린다. 나를 보고만 있지 말이 없다. 한 친구가 내게 걸어오더니, "너 소문이 사실이 구나 누가 너 길에서 우연히 봤다던데 아는 척을 못하겠다고 하던데 그럴 것 같구나." 하고 혀를 찬다.

"친구들이 나를 몰라봐?"

"너 거울은 보고 사니?"

나는 수치심에 얼굴이 붉어진다. 더 이상 이 자리에 있으면 동물원의 침팬지가 될 것 같다. 몸속에서 무언가 꿈틀거린다. 화장실이 급하다. 입 안 가득 신물이 고인다.

나는 전철 지하도 화장실로 뛰어 들어가 변기통에 내장 속의 오물을 토해낸다. 몸 안에 있는 더러운 물질을 밖으로 내보내야 할 것만 같다. 손을 씻으면서 거울을 본다. 몸이 가벼운 느낌이다.

거울 속의 내 몸은 뚱뚱하고 얼굴은 달덩이 같다. 몸의 부분 부분이 분리가 된 느낌이다. 그런데도 거울 속의 여인은 미소를 지으며 입을 닦는다. 그 날부터 밖을 나가지 않는다. 필요한 물품 모든 것을 주문했다.

일 주일 만에 산책을 하려고 밖으로 나온다. 젊은 주부들이 아이들을 유치원에 보내려고 모여서 깔깔 웃고 있다. 혹시 저 여자들이 내 말을 하고 있는 건 아닐까?

집으로 들어오면 아이는 울음을 터트린다. 과자를 주면서 달래보지만 아이 또한 나의 태도에 스트레스를 받고 있다는 것을 알지 못한다. 남편도 알 리가 없다. 아이를 낳은 후 친정집과도 소식을 끊었다. 전화도 받지 않았다. 결국 엄마가 집으로 왔다.

"아니 전화는 왜 안 받니?"

"귀찮아."

"어디 아프니?"

그 말을 듣자 울음이 복받친다. 나는 바닥에 앉아 통곡을 한다. 울음소리는 더 커진다. 무슨 일인지도 모르는 엄마는 같이 운다. 엄마는 내 모습만 봐도 아는지 "당분간 아이를 데리고 가겠다."고 한다. 내 입에서는 안 된다는 말이 안 나온다. 엄마는 점심으로 된장찌개를 상에 놓는다. 냄새가 구수하다. 밥을 두 공기나 맛있게 먹었다. 그리고 화장실에서 손가락을 입 속에 넣고 토해 버린다.

엄마가 이 모습을 보면서 아무 말 없이 바라보다가 "밖에 나가기 싫으면 새벽에 운동을 하면 어떻겠니?" 하고 조심스럽게 얘기한다.

"네 자신과 싸워서 이겨라, 그렇지 않으면 아이는 볼 생각하지 마라."

엄마는 그 말을 던지고 간다.

한 동안 탁자 구석에서 멍하니 쭈그리고 있는데 어디선가 향기로운 냄새가 난다. 커피향이다. 냄새 나는 곳은 화장실이다. 엄마가 커피 찌꺼기를 가져와 화장실에 놔 둔 것 같다. 손놀림이 빨라진다. 그 동안 커피를 먹지 않았다.

커피 기계를 깨끗하게 씻어 탁자에 올려놓고 커피를 내린다. 방울방울 떨어지는 커피물에서 향기가 짙게 퍼져나간다. 가슴 속에 있는 돌덩이가 조금씩 깨져가는 느낌이다. 커피를 한 모금 마시는 순간 눈물이 난다. 왜? 커피 한 잔 마셔 볼 생각을 못 했을까? 그만큼 마음의 여유를 갖지 못했다는 것이다.

커피를 마시니 한 편의 시가 금방 써진다. 어릴 때부터 시를 좋아했던 대학을 문예창작과에 진학하고 등단은 못했지만, 결혼 전까지 문화센터 시창작반을 꾸준히 다니고 있었다. 아이를 낳고 몸무게가 늘고부터는 시 읽기와 쓰기에서 점점 멀어지고 있다.

창가에 앉으니 출렁이는 바다
부드러운 손가락 사이로 잡힌 파도
거미줄처럼 엉켜 있는 머릿속을
한 모금 커피가 말끔히 풀어준다
잠시 끊어진 사이 바람소리를 듣다보면
어디선가 기어 나온 거미
끈적이는 줄을 이어가고 있다
커피가 바닥이 보이면 거미줄에 걸려 움직이지
못 하는 나비가 보인다
날갯짓 못 하는 참새도 보인다

출렁이는 커피가 바닥이 드러난다. 잠시나마 따스한 커피에게 위로를 받은 느낌이다. 그러나 이것도 잠깐, 어디선가 냄새가 난다. 피자 냄새다. 누가 피자를 시켰는지 먹고 싶은 충동이 간절하다.

이미 뇌에서 손으로 전달되었다. 조금 후 라지 사이즈 피자가 배달이 된다. 먹는 순간은 행복하다. 내 옆에 날씬한 여자가 앉아 있다. 뚱뚱한 여자는 허겁지겁 먹고 있고 날씬한 여자는 피자를 손으로 뜯어먹고 있다.

"당신 누구야?"

자세히 보니 얼굴이 나하고 똑같다. 뭐야? 죽을 병 걸린 거야? 헛것이 보여? 먹던 피자를 놓고 옆을 보니 어느새 사라지고 없다. 얼마나 허겁지겁 먹었는지 배가 더 나왔다. 무언가 허전하다. 집 안을 왔다갔다 하는데 발걸음이 무겁다.

나는 화장실에 빠르게 들어간다. 변기 뚜껑을 올리는 순간 먹었던 피자가 와르르 솟아져 나온다. 나는 입에 손가락을 넣고 위에 든 것을 모두 올렸다. 속은 편하고 몸은 가벼웠다.

머리를 돌려 거울을 본다. 통통했던 얼굴이 조금 살이 빠졌다. 혹시나 싶어 떨리는 가슴으로 저울에 몸을 조심스럽게 올려 본다. 몸무게는 빠지지 않았다. 다시는 저울에 올라가지 않겠다.

갑자기 가슴에 통증이 오면서 움직일 수가 없다. 한 동안 쭈그리고 앉아 통증이 끝날 때까지 기다렸다. 죽을병이라도 걸린 것일까? 나는 가까운 병원 응급실을 찾았다. 병원 응급실에서 내일 오라고 한다. 다음 날 병원에서 위내시경을 해야 한다며 아무것도 먹지 말고 다시 오라고 한다.

병원을 나와 햇빛을 보는데 어지럽다. 걸을 때마다 슬리퍼가 바닥에 끌린다. 내 체중이 무겁다고 소리를 지르는지 알 수가 없다. 집으로 들어와 거울을 본다. 피자 먹을 때 옆에 앉아 있던 여자가 거울에 나타났다. 나는 눈이 의심스러워 거울을 닦았다. 다시 거울을 본다. 거울 앞에서 뚱뚱한 여자만 서 있다.

"당신 뭐야 왜 사람 헛갈리게 해?"

손을 씻고 머리카락을 만지는데 머리카락이 손에 뭉텅이로 잡혀 뽑힌다. 갑자기 스치는 것이 있어 혹시나 하면서 머리카락을 갈라 두피를 보는데 놀라지 않을 수가 없다. 동전크기만큼 군데군데 탈모증이 생겨 있다. 나는 힘이 빠지면서 나도 모르게 악. 하고 비명을 지른다.

나는 머리카락을 손에 쥐고 주저앉아 있다. 벌어진 일들이 뭐가 잘못 됐는지 문제가 무엇인지 생각이 나질 않는다. 남이 도와 줄 문제가 아니었다. 언제부터 이런 증상이 있었는지 눈을 감고 지난 기억을 더듬었다. 극심한 스트레스가 원인이었다. 임신중독으로 살이 빠지지 않고부터 시도 때도 없이 치받아오르는 화를 누르지 못했다.

친구 결혼식 날 상처를 받은 것이 더 심해진 것 같다. 눈앞에 샤워줄이 보인다. 저걸 목에 감으면 죽겠지? 죽으면 샤워기에서 피가 내려오겠지? 아니야! 우리 아이가 있었지? 살아야지, 맞아 살 거야. 나는 화장실 바닥에서 나와 방으로 들어왔다.

엄마에게 전화를 걸어 아이 잘 있냐고 묻는다. 잘 있다고 한다. 그 말을 듣는데 자신이 한심하다. 아무리 임신 중독이라고 해도 살은 빼면 빠진다는 것을 알고 있으면서……. 이미 몸과 마음은 병이 들어 진행 중이다.

늪 | 박금애

다음 날 수면내시경을 받았다. 의사는 위가 많이 부어있다고 했다. 음식을 부드러운 것으로 먹으라 한다. 나는 진료실에서 나와 현기증을 가라앉히려 외래 대기실 소파에 앉는다.

저 많은 사람들은 어딘가 아파서 병원을 찾았을 것이다. 나는 무슨 병인가? 몸에 상처가 나면 약을 바르면 되고 감기나 몸 안에 염증이 있다면 항생제를 먹으면 회복이 되겠지만 비만과 우울증, 거기에다 환각 증상까지. 지금 난 벼랑 끝에 서 있다. 한 발만 다가서면 낭떠러지에서 떨어진다. 떨어지지 않으려면 노력을 해야 한다.

오늘은 꼭 한 시간을 채워 운동해야겠다. 나는 공원을 나간다. 천천히 걸어본다. 이내 지친다. 걷는 것도 힘들다. 남들이 보면 뚱뚱한 여자가 다리에 힘이 없어 벤치에 앉아 있다면서 웃을 것이다. 벤치에 한 동안 앉아있는데 할아버지가 햇볕에 지칠 줄 모르고 뛰고 있다. 공원을 몇 바퀴 뛰다가 수건으로 땀을 닦으며 내 옆 벤치에 앉아 물을 마신다.

"젊은 여자가 뭐 그리 힘든 일이 있는지는 모르지만 한숨이 땅이 꺼질 정도네."

"한숨 안 쉬었는데요?"

"본인은 모르겠지만 얼마나 큰지 다 들려요."

나도 모르게 한 번에 말이 나온다. 나는 눈을 질끈 감는다.

"할아버지는 힘들지 않으세요?"

눈을 뜨고 옆을 바라보니 할아버지는 다시 뛰고 있다. 할아버지의 모습 서서히 멀어진다. 문득 목이 메며 눈물이 왈칵 쏟아진다. 얼마나 울었는지 속이 후련하다.

집으로 들어와 거울을 보니 얼굴이 엉망이다. 변화되지 않으면 난 죽는다. 살려면 다시 시작하자. 나는 가위를 들고 화장실 거울 앞에서 머리를 단발로 가위질을 해댄다. 긴 머리카락이 잘려 떨어진다. 탈모 증상이 조금 드러나 있다.

버섯을 넣고 된장국을 끓였다. 된장국에 밥을 넣고 한 수저 입에 넣는다. 욱, 올라온다. 냄새부터가 역겹다. 그래도 나는 숨을 참고 입에 넣은 밥을 씹는다. 밥 알갱이가 입안에서 죽처럼 되었는데도 넘어가지 않는다. 간신히 물과 같이 넘긴다. 억지로 넘어가서 그런지 뱃속이 조용하다. 두 번째 밥을 입에 넣고 첫 번째보다 더 오물거렸다. 요번엔 물 없이 억지로 넘겨보았다.

더 이상은 밥을 먹을 수가 없어 설거지를 끝내고 편한 자세로 앉아 있었다. 뱃속에선 요동을 친다. 입안에 신물이 고인다. 참지 않고 화장실 달려가면 신물까지 나올 것 같다. 그러나 참을 때까지 참아야 한다. 그러면서 지난 즐거웠던 생각을 떠올려본다. 순간 입가에 미소가 머문다. 부글부글 끓어오르던 뱃속이 조용해지고 편안하다.

겨우 두 수저 밥을 먹었지만 생각이 바뀐 후 첫 번째로 성공했다고 할 수 있다. 한 가닥 희망이라고 해야 하나, 그렇게 밥을 먹은 후 커피를 내리는데 커피에서 꽃향기가 난다. 뜨거운 커피는 잠자고 있

늪 | 박금애

는 몸속의 세포를 깨우고 있다.

그런데 오늘은 내 옆에 여자가 없다. 늘 마주 앉아 내 흉내를 내고 있던 여자가 보이지 않는다. 오늘은 어디 갔나? 그 생각도 잠시, 거울을 바라보다 나는 깜짝 놀라지 않을 수 없었다. 단발머리를 한 깡마른 여자가 거울 앞에 서 있다.

뭐야? 이 여자, 누구야!

자세히 거울을 보는데 결혼 전 내 모습이다. 이것을 무엇이라 표현을 해야 하나. 소리라도 지르고 싶지만 주변 사람이나 한 이불을 덮고 사는 사람에게도 정신병자로 몰리게 생겼다. 의사는 나 오로지 자신이었다.

나는 다음 날 백화점으로 갔다. 망사 속옷을 샀다. 마네킹이 입고 있는 반코트를 입어보지도 않고 카드로 긁었다. 백화점에서 산 물건을 들고 노래방에 들어갔다.

나는 노래방 카운터에 가서 한 시간을 넣어달라고 주인에게 청한다. 주인은 아무 말 없이 시간을 넣어주고 계산을 해준다. 가, 나, 다 순으로 무조건 노래를 부르고 있지만 노래가 아니고 비명이다. 얼마나 악을 썼는지 뜨거운 입김이 마이크를 잡은 손등에 전달된다. 한 시간 동안 악을 지르고 나오는데 노래방 주인이 말한다.

"그럴 땐 술도 마시면서 부르세요."

백화점에서 산 물건은 뜯어보지도 않고 건넌방에 던졌다. 결혼을 하고 난 후 처음으로 많은 돈을 쓴 것이다. 남편은 퇴근하고 집에 들어와 아무 말이 없다. 카드를 긁어서 휴대폰으로 문자가 갔을 텐데……

남편은 모른 척하고 있는지 아니면 모르는 건지 책만 보고 있다. 요즘엔 내 눈치만 보는 듯하다. 퇴근 후 나와는 대화를 않으려 하고 책과 연애 중이다. 오히려 그것이 나에게는 부담이 없다. 요즘은 밤이 되면 잠을 잘 수가 없다. 눈은 감아도 깊은 잠을 못 자고 뒤척거린다. 그러다 보면 새벽이다. 해가 솟아오르려면 늘 몇 시간 더 있어야 한다.

커피를 갈아 내렸다. 그윽한 향은 언제나 몸과 마음을 정화시켜준다. 오늘부터 새벽 운동이다. 운동복차림으로 현관문을 열고 계단을 내려갔다.

문득, 옆집, 필리핀 여인이 궁금하다. 지난번에 보았던 게 한 달 전이다. 쓰레기 분리수거장에 나온 여인을 보았다. 눈은 붉게 충혈돼 있고, 눈 밑 다크서클이 짙다. 잎술도 파리한 게 곧 쓰러질 것 같은 몰골이었다. 낮에 한 번 놀러가 봐야겠다.

밖은 아직 컴컴하다. 이 시간에 바깥을 나온 적이 없다. 특별한 일 외에는 처음이다. 한 발을 출입문을 향해 내렸다. 이것이 나의 새로운 삶이 될지도 모른다는 생각이 든다. 한 시간을 반드시 걷는다는 각오를 하면서 어두운 새벽길을 걷는다.

검은 그림자가 따라오는 느낌이 든다. 그림자는 금방이라도 내 옷자락을 잡고 이 길이 아니라 저 길, 없는 곳으로 가자고 할 것만 같다. 그 생각 때문인지 다시 돌아 집에서 편하게 쉴까 하는 생각이 든다. 나는 휴대폰 손전등 모드를 켜고 뒤를 돌아본다. 아무도 없다. 긴 한숨을 내쉬고 걷고 있는데 숨이 차오른다. 목도 마르다. 그래도 시간은 흘렀다. 저만치서 새벽운동을 나온 사람들이 보인다. 벤치에 앉아 조금이라도 쉬고 싶다. '앉으면 너는 지는 거야.' 몸의 어딘가에서 소리가 울린다.

한 시간 걷는 것이 이렇게 힘들다는 거야? 산도 아니고 평지에서 처음에는 빠르게 걸었으나 이제는 사람들이 하나 둘 운동하는 것을 보니 몸이 무거워 한 발도 음직일 수가 없다.

내 뒤에 오던 사람들이 앞서간다. 머릿속은 걸어야 한다고 하지만, 움직이지 않는다. 어차피 돌아서 집으로 가도, 정해진 코스를 걸어도 한 시간이다. 목이 너무 말라 공원 수돗물을 마신다. 꿀물을 먹은 느낌이다.

고개를 들고 뒤돌아서는데 공원에서 본 할아버지가 뛰고 있다. 반갑다.

"할아버지."

하고 부르는데 뒤돌아보면서 손짓을 한다. 따라서 뛰라는 것이다. 할아버지를 찾으려고 빠른 걸음으로 걸었으나 보이지 않는다. 걷다 보니 집 앞에 와 있다. 어둠을 밀어내고 해가 솟아오르려고 한다. 계단을 올라오는데 다리가 무겁다. 뒤를 돌아보니 아무도 없다. 네발로 걷는 짐승들이 이렇구나, 생각하며 간신히 현관문을 열어 신발장

바닥에서 주저앉는다.

한 시간 걷기에 성공했다. 화장실에서 샤워를 하는데 거울에 비친 내 모습이 역겹다. 주체하지 못할 정도로 여기저기 살이 늘어져 출렁거린다. 결혼 전에 오십 키로, 지금은 백 키로다. 거울을 종이로 막는다. 안방에 있는 거울도 천으로 덮는다. 출근하는 남편은 그걸 보고도 말이 없다. 살며시 미소만 짓는다.

밥을 먹으려고 냉장고 문을 연다. 누룽지 봉지가 있다. 어제까지만 해도 없었던 누룽지가 냉장고에 있다. 내가 아침 운동 간 사이에 남편이 편의점에서 사온 모양이다. 한 조각을 꺼내 잣을 넣고 분쇄기에 간다. 물을 부어 은은한 불에 한 동안 끓이니 죽이 된다. 찬 물에 먹기 좋을 정도로 식힌 뒤 한 수저 입으로 넣는 순간, 혀끝에서 맴도는 감칠맛. 그윽하다. 잘 넘어간다. 배가 부르기보다, 포만감일까? 졸음이 온다.

한 시간을 넘게 잤다. 음식을 먹으면 곧장 화장실 가서 토기를 올렸는데 이건 아니다. 부글거렸던 속도 조용하다. 이제는 다리가 아프다. 운동을 안 하다가 걷기를 해서 그런 것 같다. 오랜만에 집 안 물건들이 눈에 들어온다. 모든 물건들에 먼지가 쌓여 있다. 청소를 언제 했는지 기억이 안 난다. 아기는 이 먼지 속에서 있었다. 오랜만에 커튼을 걷고 창문을 열었다. 빛이 들어온다. 빛 사이로 먼지들이 펄럭이며 춤을 춘다.

이 먼지들이 자유롭게 여기저기 쌓여만 있었고 우리 가족은 먼지와 같이 살고 있었다. 무기력한 몸이 움직이며 청소를 하고 있다. 방 안 공기가 상쾌하다. 창문을 열려고 안 했던 것 같다. 전에는 베란다 문을 열면 동네 할머니들이 말을 붙였다. 노인정 갑시다. 공원에 갑시다, 하는 소리가 들렸으나 베란다 문을 닫은 후 부터는 그런 아기자기한 말을 듣지 못하고 있다.

베란다 문을 열었다. 까치들이 서로 대화를 하듯 노래한다. 그 소리가 반갑다. 쌓인 먼지를 닦으면서 얼마나 청소를 하지 않았나, 하고 자책한다. 걸레가 먼지를 스칠 때마다 몸속에 쌓인 체지방이 녹아내리는 기분이 든다. 다른 날 같으면 커튼이 닫혀 빛이 들어오지 않은 방에서 자고 있을 시간이다. 이상하게 잠이 오지 않고 몸 또한 피곤하지 않다.

아침과 같이 누룽지를 끓여 조금씩 입에 넣었다. 머릿속에서는 튀김 닭, 피자, 삼겹살 등이 떠올랐다 사라졌다. '냉장고에 있어. 상추에 마늘을 곁들여 맛있게 먹어' 죽을 먹는 동안 선명하게 떠오른다. 자신도 모르게 냉장고 문을 열고 있다. 삼겹살을 꺼내 한참을 보고 있다. 죽 가지고 안 되잖아? 지글지글 냄새까지 구수하다.

냉장고에 고기를 다시 넣는다. 먹기 싫은 죽을 억지로 씹으며 넘길 때마다. 눈물이 난다. 더 이상은 넘길 수가 없다. 속을 올릴 것 같은 느낌에 화장실을 달려가 변기통을 붙잡고 올라오기만 기다리는데 헛구역질만 나오지 먹은 죽은 올라오지 않는다. 손을 씻고 거울을 보려는데, 내 모습이 보이지 않는다. 거울 보는 것이 습관적이라

올려 본 것이다. 늘 보이는 날씬한 여자가 보이지 않는다. 가끔은 탁자에도 앉아 있었다.

나는 커피를 보온병에 담아 공원으로 나갔다. 벤치에 앉아 커피를 마시려 보온병 뚜껑을 연다.

"나도 한 잔 주시오."

"네."

"몸은 좀 어떠시오?"

"제가 몸이 안 좋은지 어떻게 아세요?"

"처음 여기에 앉아 있을 때 약봉지를 들고 있어서."

"위내시경 하고 위가 부어있다고 해서 처방전 받아 약국에서 지었습니다."

"젊은 새댁이 최고급병을 앓고 있구먼?"

"무슨 말인지?"

"이보시게, 우울증은 고급 병이네. 마음의 병은 스스로 만들어서 낸 병이지. 그러니 약도 필요 없고 나 자신이 풀어 가야 하네. 그걸 풀지 못하면 죽는 거라네."

"네."

"커피 잘 먹었네."

할아버지는 전에도 그랬듯이 햇빛 속으로 사라진다. 그렇다 내가 만든 것이다. 무엇 때문에 몸 관리를 안 했을까? 아기 때문이라는 것은 핑계다. 아기가 백일이 되기까지 아기와 같이 먹고 자기만 반복했다.

체중은 날마다 늘었다. 언젠가부터는 헐렁한 추리닝 아니면 홈드레스, 펑퍼진 옷만 입었다. 밖에서는 할머니들이 나를 보면 솔직하게 말을 한다. "임신했어?" 그 말을 듣는 순간 씩 웃고 지나지만 마음속에 차곡차곡 쌓고 있다. 나 스스로 어느 정도 뚱뚱한지 알게 된 것은 결혼식장에서다. 친구들은 나를 동물원의 곰을 보듯 대했다.

몸무게가 늘어나는 것은 순식간이다. 너무 늦은 것은 아니겠지? 서서히 공원을 한 바퀴 돌았다. 커피를 마셔서인지 화장실이 가고 싶어진다. 공원 화장실에서 나와 거울을 보는데 나와 똑 같은 여자가 내 옆에 있다. 손으로 그 여자를 만지려는데 안 된다. 이 여인은 나다. 늘 날씬한 여자를 꿈꾸어 왔기 때문에 나 스스로 만들어 낸 상상의 여자다.

그렇다면 샤워할 물도 내가 만든 상상으로 만들어 낸 것이다. 이런 환상은 몸무게를 줄이고 정신적인 건강을 찾아야만 사라진다. 그러나 모든 것을 포기하고 늪에 빠진다면 환상은 현실이 될 것이다. 보온병을 들고 집 앞으로 들어오는데, 누군가 뒤에서 나를 부른다.

필리핀 여인. 옆집 조슈아다. 서로 반갑게 인사는 했으나 조슈아는 다크서클이 더 깊게 퍼져 있다. 어디가 아픈 모습이 역력하다.

"어디 아파요?"

"아니요……, 거식증이에요."

"아니 나 보다 날씬한데 어떻게?"

"폭식하다가 곧 토해요."

뭐야 같은 병자가 또 있었다는 거야! 난 몸무게 때문에 힘들지만 이 여자는 바람 불면 날라 갈 정도로 날씬한데 거식증이란다.

나는 집으로 들어와 누룽지를 꺼내 믹서에 갈아 죽을 쑨다. 큰 그릇에 죽을 담아 옆집으로 간다. 현관을 노크한다. 조슈아가 문을 열어준다. 그녀는 죽그릇을 보고 고개를 절래절래 흔든다. 죽은 먹여 보지도 못하고 현관에서 그냥 돌아온다.

나는 죽을 먹으면 토기가 올라오지는 않았다. 그러면 누가 더 중증인가? 이 여자에게는 내 애기는 꺼내지도 못했다. 햄버거와 고기만 먹던 뱃속에서 죽을 먹어서인지 뱃속에서 요동을 친다. 늘어난 몸처럼 위장도 늘어져 있을 텐데……, 어지럽고 기운이 없다.

나는 냉장고 문을 연다. 삼겹살을 꺼낸다. 고기를 조금 잘라 믹서에 갈고, 누룽지와 피망도 곁들인다. 다시 검은깨를 넣고 끓이면서 젓는다. 무슨 맛이 나올지는 모른다. 이것저것을 넣고 끓인 죽이라 맛이 궁금하다. 혀끝으로 맛을 본다. 괜찮다. 간을 살짝 한 후 탁자에 앉아 수저로 떠먹어 본다.

고기가 들어가 몸에서 활기가 느껴진다. 한 그릇이나 먹었다. 속이 든든하다. 커피까지 마셨다. 혹시나 해서 화장실 변기통 뚜껑을 닫고 앉아 기다리고 있었다. 뱃속은 조용하다. 다른 때 같았으면 요동을 칠 텐데, 일어나 거울에 붙여 있는 종이를 떼어낸다. 방 안 거울도 천을 거둬낸다. 거울에 비친 얼굴은 어제보다는 생기가 있어 보

늪 | 박금애

인다.

남편이 현관문을 열고 집으로 들어선다. 그는 놀란다. 자기 눈을 의심하는 것 같다.

"저녁 차리지 않아도 돼. 먹고 왔어."

남편은 그 말 뿐 욕실에 들어갔다가 나와 책을 본다. 오늘은 낮잠을 안 자서 그런지 졸음이 온다.

새벽 네 시에 깼다. 일어나 운동을 나간다. 이번엔 조그만 물병도 챙겼다. 아직은 어두운 새벽이라 그런지 행인이 술에 취에 비틀거리며 걷고 있다. 신호를 무시하고 지나가는 차들도 있다.

'너무 일찍 나왔나?'

어차피 걸어야 집으로 갈 것이다. 한 바퀴 돌아야 한다. 다른 길도 없다. 살아야지, 살 거야! 하면서 빠르게 걷는다. 그렇게 한 시간을 걷는데 여기저기서 발걸음 소리가 들린다. 조금씩 자신감이 생긴다.

두 시간을 운동하고 집으로 들어선다. 커피 냄새가 향기롭다. 남편이 커피를 내리며 나를 기다리고 있다.

"내일부터는 나하고 같이 가자."

남편이 자상하게 말한다. 난 아무 말도 하지 않고 샤워를 하러 욕실에 들어간다.

'왜 같이 운동하겠다는 거지? 뭘 알고 있나?'

수건을 젖은 머리에 감싸고 거실에서 나온다. 나는 부엌을 보고 놀란다. 남편이 누룽지를 끓이고 있다.

"뭐해?"

"응, 문어 죽."

"문어 어디서 났어?"

"당신 운동 나간 사이에 대형마트 다녀왔어."

그는 신혼 초에 주방에 들어가 가끔씩 음식을 해 주었다.

나는 아이를 출산하고부터 말수도 줄어들었다. 남편과의 대화도 거의 없어졌다. 늘어난 체중으로 우울감도 늘어났다. 스트레스가 음식을 불렀다. 과식은 폭식으로 이어져 더욱 몸무게가 늘어났다. 고무줄바지를 입을 수밖에 없었고 걸을 때마다 종아리가 쓰렸다. 나는 지난날을 떠올리며 바닥에 털썩 주저앉았다. 눈물이 왈칵 쏟아진다. 진즉 밖으로 나와야 했을 울음이었다. 이제야 안에서 용암처럼 울분이 터져 나온다. 남편은 아무 말 하지 않고 안아줄 뿐이다.

"죽 먹어, 출근한다."

나는 집안 청소를 끝내고 손뼉을 쳤다. 청소가 끝났다는 내 나름의 신호다. 스스로 놀라지 않을 수 없다. 그동안 먼지가 쌓일 정도로 청소를 안 하다가 어제부터 창문을 열고 청소를 했다. 오늘은 잊고 있었던 손뼉을 치고 있다.

필리핀 여인 조수아가 잘 있는지 오늘따라 더 궁금하다. 나는 끓인 죽을 들고 조수아 집을 노크했다. 아무 말이 없어 뒤돌아서려는데 그녀가 문을 열어준다.

"죽 가져 왔는데……."

늪 | 박금애

조슈아는 눈물을 글썽이면서 고개만 끄덕인다.

거실을 들어서니 발 디딜 곳이 없이 여기저기 물건들이 널려 있다. 음식을 시켜먹는지 피자박스, 치킨박스도 흩어져 있다. 냉장고 문을 열어 보았다. 김치는 없고 통조림이 가득 자리를 차지하고 있다. 집 안을 보니 아무도 찾아오지 않는 것 같다.

나는 가져간 죽을 먹을 분량만큼만 두 그릇에 담아 탁자에 놓는다. 한 수저 입으로 넣는다. 부드럽다. 속이 따뜻한 느낌이 든다. 그 표정을 조슈아가 보더니 "부럽네요." 라고 말한다. 조슈아도 조심스레 한 수저 입에 넣는다.

그녀는 곧장 화장실로 달려간다. 맛이 없냐고 물으니 속에서 받아주질 않는다고 한다. 그녀의 몸은 뼈만 남아 있다. 그녀는 결국 죽을 먹지 못 한다. 조슈아와 잠시 있는데 나 또한 울렁거리면서 우울한 기분에 빠져든다. 그녀는 이미 모든 것을 포기한 여자 같이 보인다. 나는 그녀의 집에 죽을 두고 돌아왔다.

커피를 마시는데 옆집 여자가 떠오른다. 나도 저 여자와 같은 증상이다. 거식증. 하지만 뚱뚱이와 홀쭉이. 나는 손가락을 넣어 토해내지만 옆집 여자는 음식을 아예 거부한다. 언제부턴가 조슈아의 친지도 안 온다고 했다. 결국 주변에서 그녀를 포기한 것인가? 누구나 길을 걷다 늪에 빠질 수 있다. 스스로 나오지 못 하면 누군가가 잡아주어야 한다. 그런데 옆집 여자는 이미 깊이 빠져 있다. 혼자 나오기 어려울 것이다. 주위에 그 누구도 없는 듯싶다.

하루 같은 한 달, 사흘 같은 삼 개월이 흘렀다. 새벽에 남편과 운동을 같이 나간다. 입던 옷들이 헐렁거린다. 몸은 가벼워졌다.

나는 여느 날처럼 운동을 갔다 와서 잠깐 졸았다. 바깥이 소란스러워 잠에서 깬다. 현관문을 여니, 옆집에 사람들이 몰려 있다. 경찰도 보이고, 접근금지 테이프도 둘러쳐 있다. 나는 조심스럽게 다가선다.

조슈아, 죽은 지 오래 됐단다.

필리핀 친구가 연락이 안 돼 경찰에 신고해서 알게 됐단다. 결국 조슈아는 늪에서 헤어 나오지 못했다.

현관문을 열고 닫을 때마다 옆집 여자가 떠오른다. 그 때 나 또한 힘든 시기였다. 무언가 목에 걸려 있는 느낌이다. 남편이 이사를 가자고 해서 친정집 옆으로 왔다. 이 년이 흘러 내 몸무게는 정상으로 내려왔다. 백화점 마네킹이 입고 있던 옷을 입어보려고 찾는다. 장롱 구석에서 다이어리를 발견한다. 꺼내어 펼쳐보는데 남편이 쓴 일기장이다.

[아내가 우울증이다. 친구 결혼식에 다녀온 후 더욱 심해졌다. 어쩔 수 없이 오늘은 장모님께 모든 사실을 얘기하고 도움을 청했다. 장모님이 오셔서 아이를 데리고 갔다. 이젠 아내가 이겨내야 할 것이다. 노력하고 있다. 아끼던 머리카락까지 자르고 새벽마다 운동을 나간다.

아내가 운동을 나가면 나는 바로 뒤따라간다. 너무 힘들어하는 모습이 안타깝다. 다가서지 못하고 힘내라는 말만 목안에 머문다. 지켜볼 뿐이다.

어느 날부턴가 집이 깔끔하다. 아내는 무기력함을 조금씩 이겨내고 있는 것같다. 이젠 아내에게 다가갈 때가 됐다. 오늘은 운동을 함께 하자고 말했다. 싫지 않은 표정이다. 진즉 이렇게 관심을 가지고 운동을 같이 했더라면 아내가 여기까지 오지 않았을 것이다.

늪에 빠져 나오려는 의지가 없으면 손을 내밀어도 잡지 않을 것이다. 아내는 늪에서 빠져나오려고 비명을 지르고 있는 것이다. 아내는 스스로 늪에서 올라오고 있다. 우울증에 힘들어 하는 모습을 보면서도 퇴근 후 집에 들어와 차마 말을 붙이기 어렵다. 우울증은 본인이 이겨내야 하는 병이다.]

내가 우울증에 시달리고 있다는 것을 남편을 알고 있었다. 퇴근후 집에 들어오자마자 책을 펼치더니 남편은 나름대로 응원을 해 주고 있었다.

맞다. 그 때 나에게 어디 아프냐? 병원에 가보자, 그랬으면 더 힘들었을 것이다. 알아도 모르는 척 뒤에서 응원 해주는 것이 좋았던 것이다. 내가 스스로 할 수 있다는 의지가 보이자 남편이 손을 내밀어 준 것이다.

백화점 마네킹이 입었던 옷을 거울 앞에서 입어본다. 꼭 맞는다.

긴 머리카락에 잘 어울린다. 친구들과 오랜만에 만나기로 한 날이 오늘이다.

약속장소에 들어서는데 친구들이 커피를 들고 멍 하니 나를 본다.

"그 살 어떻게 뺏니?"

"바이러스에 면역이 생겼어."

"그 방법 좀 알려 줘라."

"그냥은 안 되지."

나는 말을 잇지 못한다. 웃음밖에 나오지 않는다. 커피 한 모금이 감칠맛 난다. 몸이 날아오를 것 같다. 하늘을 오르는 것처럼 가뿐한 여자, 그 여자에게는 앞으로 어떤 시련이 닥쳐도 이겨 낼 수 있는 면역이 생겼다. ◐

달을 입는 여자

고 동 현

2013 철도문학상 수상,
2013 대한민국 디지털 작가상 수상,
2014 전북일보 신춘문예 당선,
2014 해양문학상 수상

나는 인생이 견고하게 짜인 인과관계로 이루어져 있다고 생각하지 않는다.
인기와 사랑을 한 몸에 받는 가수가 어느 날 갑자기 목을 매듯이
삶은 예측불허의 정글과 같은 것이다.

달을 입는 여자

그녀를
침대에 눕힌다. 그녀의 감은 눈 속으로 안구가 미세하게 떨고 있다.
힘겨운 그녀의 숨소리가 거칠다. 그녀의 손을 잡고 손가락 마디마디
를 만진다. 손가락이 짧고 손이 작은 그녀다. 나는 그녀의 정수리에
코를 박고 힘껏 숨을 들이쉰다. 약간의 누린내를 제외하면 거의 향
이 없다.

　그녀의 블라우스에 채워진 단추를 하나씩 연다. 그녀의 상체를 안
아 올려 옷을 벗긴다. 치마허리에 조여진 지퍼를 열고 치마도 벗긴
다. 나머지 속옷을 조심스레 벗기는 동안 나는 손을 떨고 만다.

　아직 낮이다. 그녀의 몸을 이렇게 환한 공간에서 보는 것은 처음
이다. 그녀는 관계하는 동안에도, 관계가 끝난 뒤에도 불을 켜는 것

은 허락하지 않았다. 그녀의 몸은 약간 가무잡잡한 색을 띄고 있다. 팔과 다리는 매끈하게 뻗어 있지 않고 위로 갈수록 통통하다. 배는 완만한 경사를 이루며 살짝 나와 있다. 일견 아름답지 않은 이 육체가 내게 왜 그토록 커다란 강박을 안겼을까.

그녀의 귓불에 코를 대고 냄새를 맡기 시작한다. 그녀의 목까지 훑어 내리며 킁킁거린다. 그녀가 가진 체취란 미약하다. 눈을 감는다면 이 체취를 통해 여성이라고 인식하기가 어려울 정도다. 이것이 그녀가 가진 개성을 일반화시키는 것은 아니다. 그녀는 다가올 때도 떠나갈 때도 아무런 향기를 남기지 않는다. 그렇기에 떨어져 있을 때도 그녀를 머릿속에 불러일으킬 만한 매개가 없는 셈이다. 그것은 뫼비우스의 띠처럼 끝없이 그녀를 욕망하게 하는 판타지를 일으킨다. 대지의 여신이 가진 무취의 풍족함이 그곳에 있다. 채울 수 없는 갈증을 불러온 원인이다.

그녀의 가슴과 배꼽과 팔, 다리를 거쳐도 특유의 향을 찾기란 어렵다. 나는 절망하며 그녀의 옆에 모로 누워 숨을 가다듬는다. 이 여자를 진정으로 가질 수 있을까. 그녀의 육체 구석구석부터 생각의 가지가 뻗어나가 잎을 틔우는 지점까지 모두 내 소유가 될 수는 없는 것일까.

창밖의 햇볕은 한층 힘을 잃어가고 있다. 이대로 해가 지기까지 기다리는 것은 위험하다. 몸을 일으켜 가방을 뒤진다. 신문지에 말린 상자를 꺼내고 신문지를 벗겨낸 뒤 상자를 열어 안에 든 물건을 본다. 두 대의 주사기가 뚜껑이 닫힌 채 놓여 있다. 한 대씩 뚜껑을 연다. 주사기를 눌러 공기 방울을 뽑아낸다. 맑은 액체가 심약한 햇살을 튕겨내며 한두 방울 튀어 오른다.

그녀를 바라본다. 지금 깨울까? 아니다. 그녀에게도 나에게도 시간은 이미 멈춰진지 오래다. 지금 시간을 인식하는 존재는 저 태양뿐이다. 암울한 햇살을 드리우는 존재다. 어디서부터 잘못된 것일까. 아마도 저 황혼이 싫어졌을 때부터가 아닐는지…….

*

나는 황혼이 싫었다. 모든 생명체가 죽음의 순간에 복종하는 듯한 분위기가 싫었다. 해가 마지막 기운을 토해내는 과정은 차분한 분위기로 진행되지만, 그 속에는 갓 건져 올린 전갱이가 남아 있는 삶을 바르르 털어내듯, 보이지 않는 최후의 두려움이 숨어 있었다. 다만 침묵의 계율을 깨뜨리지 않을 뿐이었다. 황혼은 내게 무력감의 궁극을 말해주는 대상이었다.

차라리 어둠이 나았다. 모든 것이 죽음 옆에 잠을 청하고 있는데, 나 홀로 깨어 있다는 것은 축복이 아니겠는가. 어둠은 무언가를 그려야 할 백지로 다가왔다. 그것은 내게 허락된 삶의 덤이었다.

모든 것이 시시한 삶의 연속이었다. 감수성이 메마른 탓에 무엇 하나 즐겁지 않았다. 어렸을 적에 나는 맑은 하늘만 바라봐도 감동했고 신비로운 기분에 젖었다. 깊은 밤에 라디오를 켜다가 내가 좋아

달을 입는 여자 | 고동현

하는 음악이 흐르면 밤새 잠을 이루지 못할 정도였다. 그 풍부한 감성을 가슴에 안고 스케치를 시작했다. 그 결과 자동차를 디자인하는 직업을 얻었다.

나는 인생이 견고하게 짜인 인과관계로 이루어져 있다고 생각하지 않는다. 인기와 사랑을 한 몸에 받는 가수가 어느 날 갑자기 목을 매듯이 삶은 예측불허의 정글과 같은 것이다. 물론 노력하기에 따라 예측 가능성을 높일 수도 있다. 그러나 그런 과정이 진실을 안겨주기란 어렵다. 백만장자를 원하는 나와 백만장자가 된 이후의 나는 전혀 다른 정체성을 가지고 있다.

따라서 언제, 어떤 과정을 거쳐 지금과 같은 내 모습이 되었을지 따져보는 것은 어리석다. 다만 매일 술을 마시고 직장은 그만두어야 할 것이며, 어느 순간 더는 눈을 뜨지 못하게 되더라도 미련은 남아 있지 않을 것 같았다.

마치 황혼에서 시작해 영원히 황혼 속을 질주하는 것 같은 삶이 이어졌다. 약간의 흥분을 던져주던 와인도 제 기능을 잃기 시작했다. 주위의 친구들은 정신과 의사와 상담해볼 것을 권유했다. 누군가는 내가 지나치게 내면에 갇혀 있다며 사람들을 만나보는 것이 어떻겠냐고 물었다. 나는 꺼렸다. 사람들과 만나 대화하는 것은 즐겁지 않았다. 시도해 보지 않은 것은 아니었다. 그러나 대부분의 사람들에게서 기대할 만한 것이라곤 없었다. 처음 관계를 만들어 가는 사람들과는 뼈가 녹아 있는 말을 하기까지 형성해야 할 형식이 거창했다. 오랫동안 깊은 관계를 유지한 사람들도 마찬가지였다. 도대체 그들에게 시간은 무얼 가져다주었을까. 만날 때마다 변화가 없는 생각을 확인하는 것은 피곤했다. 그때마다 그들은 같은 말을 반복할 뿐이었다.

인터넷 채팅을 시작하게 된 것은 어쩌면 더 진정성 있는 이야기들을 들을 수 있을지도 모르겠다는 기대 속에서다. 생각과 달리 모임마다 성격이 제각각이었다. 어떤 모임에서는 지나치게 격을 차리고 있느라 정작 하고 싶은 말은 미루기만 했다. 또 어떤 곳은 자신의 과거를 배설하듯 털어내느라 상대방을 전혀 의식하지 않기도 했다. 한곳에서는 내가 다른 나라사람들과 있는 것처럼 착각하게 했다. 해석되지 않는 문장과 단어, 맥락으로 나를 혼란시켰다. 채팅 방을 기웃거리고 있으면 반드시 따라붙는 존재가 있다. 자신의 나이를 밝히고돈을 요구하는 여자들이다. 어쩌면 인터넷 채팅 방에 들어오는 여자는 두 부류 일지도 모른다. 단순한 대화 속에서 무료함을 달래거나아니면 성을 팔려고 하거나.

그러나 나는 나머지 한 부류의 여자를 알지 못했다. 온전히 성을즐기기 위한 여자다.

익명의 공간은 두 가지로 채워져 있다. 하나는 쓰레기고 다른 하나는 암흑 속에서 피어나는 꽃송이다. 사실상 가상현실과 같은 기능을 한다. 비디오 게임처럼 범죄가 허락되는 곳은 아니나 선을 넘지 않는다면 새로운 삶을 꿈꿀 수도 있다. 사회적으로 용납하기 힘든 그 어떤 발언도 창조적 사고로 칭송받기도 한다. 이러한 점이 내게 약간의 흥분을 던져주었다.

그녀의 닉네임은 '한송이'였다. 그날도 여러 사람들과 삐딱한 시선으로 세상을 바라보는 이야기를 하다가 또, 단순한 문제로 격한 논리를 펼치다가 하나 둘 방에서 빠져나가는 시간이었다.

꽃을 좋아하세요?

그녀는 자기소개도 없이 물었다. 나는 길가에 피어난 꽃은 좋아하지만 가지가 잘려 목숨을 잃어가는 꽃다발은 싫어한다고 했다.

그러면 저를 싫어하겠네요.

왜죠?

제가 그런 꽃다발 속의 꽃송이와 같으니까요.

그녀의 말이 묘한 흥미를 일으켰다. 나는 왜 그렇게 생각하느냐고 물었다.

글쎄요. 언제부턴가 뿌리가 보이지 않던걸요.

그것 안됐군요. 저도 비슷한 증상을 가지고 있습니다.

어머. 그럼 우린 잘 맞을 수 있겠네요.

혹시 성을 파시려는 것입니까?

호호. 전 그런 건 안 해요.

여기서 그만두어야 했다. 익명의 공간에서 상대방을 알아가려는 과정은 금기였다. 그러나 그녀가 불러일으킨 호기심은 와인에 젖어 있던 심장에 작은 진동을 일으키고 있었다.

나는 극단을 포기하지 않는 사람이었지만 언제 그만 두어야 할지는 잘 알고 있는 사람이었다. 그것은 나를 현실에 엮어준 원동력이었다. 그 원칙에 따르자면 과감한 결단이 필요했다. 그녀에게 유혹을 당한 것일까. 왠지 모르게 그녀의 이야기를 끝까지 듣고 싶었다. 그러나 대화는 깊게 이어지지 않았고, 어느 순간에 그녀와 만날 약속만 잡고 말았다.

주말까지 바쁘게 움직였다. 새로운 라인업을 맞아 회사는 내게 많은 과제를 던져주었다. 나는 그것을 꾸역꾸역 해냈다. 사실 한 것은 없었다. 그런 척 할뿐이었다. 나는 곧 이 작업장과 이별해야 할 것을 예감했다.

잊고 있었는데 그녀에게서 전화가 왔다. 나는 적잖이 긴장했다. 그것은 게임 속의 인공지능과 대화한 것에 불과하지 않았던가. 그러나 그녀는 실제로 존재한다. 그리고 나는 그 실체를 만나게 된다.

긴장을 넘어 걱정까지 했다. 만일 이 여자와 몸을 섞기라도 하면 그 때의 나는 지금의 나와 다른 존재가 되리라. 솔직히 밝히는 바이지만, 그녀에 대해 정욕 외에는 떠오르는 것이 없었다. 단 몇 마디의 대화를 나누었을 뿐인데도 내게 강한 성적 집착을 불러일으킨 까닭은 이해하기 어려운 일이었다.

내 바람과는 달리 그녀는 언니라고 부르는 여자와 함께 나를 맞았다. 혼란이었다. 이 여자는 내게 무엇을 원하는가. 그녀는 생각과 달리 요염한 구석이 있는 것도 아니었고 성적 매력을 발산하는 외모를 가지지도 않았다. 실망하지는 않았다. 그런 것을 염두에 두었다면 차라리 깔끔하게 돈을 치르고 성을 사는 편이 나았다.

우리는 연거푸 맥주를 들이켰다. 그녀의 처진 눈꼬리는 술이 들어감에 따라 점점 양옆으로 늘어졌다. 귀여운 구석이 있기는 하지만 여성으로서 매력이 있다고 하기에는 부족함이 많았다. 나는 가끔 밖으로 나와 담배를 피웠다. 그때마다 그녀가 한 구석에 서 있었다. 나는 그녀의 어깨를 잡고 입을 곧추 맞춘 뒤 혀를 밀어 넣었다. 그녀는 거부하지 않았으나 곤란한 표정을 드러내곤 했다. 그러면서도 잘 볶아낸 버섯 속살처럼 찰기 있는 그녀의 혀가 내 입 안을 버무렸다.

결국 우리는 그녀의 언니라고 하는 사람을 의식해야 했다. 취기가 더 오르기 전에 술자리를 접었다. 그녀는 차에 오르기 전에 내 귀에 대고 속삭였다. 무엇이든 가능한 것, 꿈꿔봤어?

그녀의 귓속말에 유례없던 흥분이 밀려왔다. 그 흥분은 시간이 지날수록 강도를 높이며 취기를 몰아냈다. 카페에 들러 에스프레소를 홀짝이며 곰곰이 생각했다. 그녀가 내 귀에 불어넣은 것은 음성이 아니었다. 빛이었다. 그것이 청각기관을 타고 올라와 푸석푸석한 전두엽에 뿌려졌다. 그러고는 점차 농밀한 색상을 띠기 시작했다. 그것은 희지도 붉지도 푸르지도 않았다. 아니, 무지갯빛처럼 순간순간 색깔을 달리했다. 혼돈스러웠으나 중요한 점은 그것이 틀림없이 밝다는 것이었다.

쉬운 것과 어려운 것. 가벼운 것과 진지한 것. 건조한 것과 끈적이는 것. 이런 구분은 내 삶에 중요하지 않았다. 그것은 내가 철저한 이

중성을 가지고 있다는 뜻과 같았다. 얼음 속에서 냉정하게 타오르고 있는 푸른 불꽃처럼. 나는 언제든 활활 타오를 상태였던 동시에 꽁꽁 얼어붙을 수도 있었다. 어느 쪽으로 기울어야 할지 몰라 감각을 상실했다. 다만 와인을 조금씩 부으며 희미한 불꽃을 유지시켰을 뿐이다.

그녀와 만나 혀를 섞기까지 과정이랄 게 없었다. 정상적인 남녀 간에 이러한 행위가 성립하는 것은 단 한가지의 경우다. 술과 같은 환각의 도움을 얻어야 한다. 첫눈에 빠져버린 사람들이 그럴 수도 있겠으나, 그것은 유전적 기억과 살아온 경험 속에서 축적해온 과정의 산물이다. 우리에겐 그런 것이 없었다. 외모도 나이도 성격도 따지지 않았다. 이것은 아무 개연성도 철학도 없는 외설이다. 익명의 공간이 창조한 판타지다. 실제로 나는 그녀 앞에서 근원을 찾기 어려운 정욕에 빠졌다. 꿈속에서나 느낄 수 있는 비현실적인 욕정이었다.

차라리 그날 온몸을 채우던 욕망을 분출하고 하룻밤의 유희로서 정리했다면 내가 겪어야 할 비극은 찾아오지 않았을 것이다.

그 이후로 내면에 새로운 색깔의 에너지가 더해졌다. 스펙트럼은 다양했지만 언제나 무채색으로만 이루어졌던 내면이었다. 그곳에 원색의 이미지가 더해지며 새로운 동력을 추가하고 있었다. 불꽃이 활활 타올랐다고 할까. 얼음에 구멍이 숭숭 뚫리고 물이 녹아 내렸다. 모호하고 침체되어 있던 심장의 박동에 새로운 기운이 솟고 있었다.

그것은 잠시였다. 그녀는 다음 날부터 전화를 받지 않았다. 하루에 열 번 이상은 발신을 했던 것 같다. 사흘이 지난 뒤로는 포기했다. 잠시 만났던 신기루리라 생각하며 차츰 잊었다. 불꽃은 물리적 압력을 받은 고체처럼 크기를 줄여갔다. 얼음에 다시 살이 붙기 시작했다.

그런데 금요일에 그녀에게서 연락이 왔다. 그녀의 목소리를 듣는 순간, 처음 겪는 반응에 당황했다. 쿵쾅거리던 가슴이 땅바닥으로 내려앉는 듯싶었고, 온몸의 털이 곤두서고 근육은 빳빳해졌다. 그것은 괴로움에 가까웠다. 희망도 기대도 없는 막연한 긴장이었다. 내일 만나자는 말과 함께 전화를 끊은 뒤로, 위축했던 몸이 다시 이완되기까지 한참이 걸렸다.

그날 밤, 잠을 이루지 못했다. 망상에 빠져 있었던 것은 아니었다. 오히려 명료한 생각들이 가지를 치며 기억에 살을 입혔다.

대여섯 살쯤 되었을 때였다. 내 삶의 기억은 그때부터 시작한다. 옆집에 또래 여자 아이가 살고 있었다. 그 아이는 우리 집에 거의 매일 왔다. 뛰놀다가 마룻바닥에서 같이 잠들다가 깨어나면 군것질을 하러 가기도 했다. 하루는 잠들었다가 눈을 간질이는 햇살을 느끼며 일어났다. 여자 아이는 뒤척이기는 했지만 잠든 것처럼 보였다. 나는 그 아이를 한참동안 바라보았다. 늘어진 햇살이 그녀의 얼굴에 송골송골 맺혀 있었다. 원래 까무잡잡한 피부를 가지고 있는 아이였는데 그날은 왠지 하얘 보였다. 나는 아이 옆에 누웠다. 그리고 아이의 볼에 입술을 대었다. 이것은 분명히 기억하는 바인데, 나는 아이의 볼에 맺힌 햇살을 빨아들이고 싶었을 뿐이었다. 아이가 사랑스럽다고 생각하거나 다른 감정을 느낀 것은 아니었다. 얼마 지나지 않아

이해할 수 없는 행동이 나왔다. 손을 뻗어 아이의 치마를 올리고 속옷 속으로 손을 집어넣었다. 아이가 눈을 떴다. 아이의 눈을 보며 나는 손에 힘을 주고 깊숙이 질러 넣었다. 아무런 느낌이 없었다. 그러다 기분 나쁜 감정이 스멀스멀 올라오기 시작했다. 그때 처음으로 황혼과 같은 기분에 젖었다. 무엇을 하든 도달할 수 없을 거라는 절망이 차올랐다.

그 사건이 아무 일도 아닌 것이어야 했다. 그러나 그 뒤로 말수가 적어졌고 웃음을 잃어갔다. 마치 맞서 싸워볼 기회도 얻지 못한 맹수가 된 기분이었다. 여자 아이를 대할 때마다 왠지 모를 눈치가 보였다. 아마 나는 그때 깨달았을 것이다. 내가 누려야 할 자유의 반쪽이 떨어져 나갔음을······.

이런 종류의 인간에겐 크게 두 가지의 삶이 기다리고 있다. 하나는 영원한 방탕으로 그 허무를 채워가려는 부류이고, 또 하나는 철저히 사회적 규율에 복종하는 길을 선택하는 부류이다. 나는 후자의 경우에 속했다. 팔다리가 잘려 나간 것과 다름없었다. 정신적 장애인은 현대 사회에 널려 있었다.

그 뒤로 그 아이와의 관계가 어떠했는지는 기억나지 않는다. 기억의 연결고리는 사춘기 시절로 이어졌다. 어느 날, 침대를 쿠션삼아 뜀을 뛰던 우리는 자세가 흐트러지며 쓰러졌다. 소녀가 천장을 향한 채 숨을 고르고 있었고 나는 그녀의 몸과 십자 자세가 되도록 엎드려 누웠다. 소녀의 허리 부근에서 묘한 냄새가 피어올랐다. 냄새의 근원을 찾듯 코를 킁킁대다가 그녀의 음부에 다가갔다. 역한 냄새인데도 식욕을 끓어 올리는 종류가 있다. 나는 소녀의 살에서 발산하는 그 향에 한동안 매료되었다. 바지춤을 풀지 않은 채 그곳에 나의 하복부를 문질렀다. 그 누구도 가르쳐주지 않은 행위를 한다는 것은 신비로운 일이었다. 나도 모르게 숨을 몰아쉬었고 하체는 묵직해졌다. 그 묵직함은 내 육체를 야금야금 삼키더니 감당하기 힘든 무게로 다가왔다. 그것은 예고하지 않은 분출로 이어졌다. 그때의 쾌감은 지금도 표현할 길이 없다. 그 뒤로 그것에 맞먹는 환희를 느껴본 적은 없었다.

이후로 나는 무엇을 경험했을까. 숱한 여성과의 만남, 잠시간 피어오르던 희망, 급속히 식어버린 감정, 반복되는 절망 등……. 이것이 내가 독신으로 살며 가정을 이룰 의지가 없다는 사실을 설명해 줄 수 있을까? 아니, 앞서 말했듯이 삶의 인과란 그것을 모호하게 만드는 어설픈 장치에 불과하다. 다만, 분명히 말할 수 있는 것은 내가 현재 깨어 있다는 사실이었다. 채팅 방에서 만난 여자와 단 몇 마디를 나눈 뒤에 말이다.

여러 번 생각해봐도 답은 나오지 않았다. 어쩌면 그녀의 전화가 촉발한 내 맥박의 새로운 질서에 만족해야 했다. 오랫동안 잃어버렸던 대상에서 무언가를 되찾는 것에는 함정이 있다. 과연 그토록 그리워했던 것이 맞을까. 그때의 의미와 지금의 의미는 서로 다른 것은 아닐까.

그녀를 만나기 위해 두 시간에 걸친 운전 끝에 약속 장소에 도착했다. 한 시간, 그리고 또 한 시간. 그녀는 모습을 보이지 않았다. 전화는 불통이었다. 장소를 옮겨 맥주를 들이켜기 시작했다. 자정이 가까워질 쯤 그녀에게서 전화가 왔다. 사고가 나서 팔을 다쳤다고 했다. 그날 나는 취한 상태로 운전을 했다. 집에 도착해서야 취기가 풀렸다. 싱글몰트 위스키를 들이부었다. 적절한 온기에 휩싸이자 머릿속의 이성이 회로를 잇기 시작했다. 잊자. 여기서 멈추자.

월요일부터 시작된 일상은 빠르게 흐르지도 더디게 채워지지도 않았다. 생각했던 적당한 간격으로 미래가 늘어서 있었다. 좋은 징조였다. 계산이 서는 삶을 사는 것처럼 편한 것은 없다. 격랑이 휩쓸고 간 바다가 푸른 하늘을 안을 때 우리는 삶의 결말을 마주하며 모든 것을 합리화한다.

이것이 진정한 삶일까? 그럴지는 몰라도 내가 추구하는 삶과는 거리가 있었다. 결말이 가져다주는 보상을 바라는 삶은 어리석다. 그 삶에는 미래가 있을지는 몰라도 현재는 부재한다. 나는 마음만 내키면 언제든 짐을 싸고 나미브 사막을 향하려 했다. 낙타를 두 마리 사고 한 달치 음식을 챙긴 뒤, 방향도 설정하지 않고 사막을 떠돈다. 오아시스라도 만나면 웅덩이에 살을 통통 불리고 위장이 부풀어 오르도록 물을 들이킨다. 그러다가 다시 낙타를 타고 엉덩이를 찰싹 때려 그 녀석에게 길을 묻는다. 무럭무럭 자라 끊임없이 넘쳐나는 햇볕을 무한히 마시며 뼛속 골수까지 증발시킨다. 단 한 방울의 물에

신을 경배하고 태양의 도전을 삼킨다. 그렇게 내 육체를 태운다. 지옥문을 열어젖히는 순간까지의 희열에 도취해 모래 알갱이 속으로 사막과 하나가 되는 것이다.

얼음을 부수고 튀어 올라 활활 타오르는 그림은 언제나 상상 속의 영역이었다. 제아무리 생생한 꿈을 꾸어도 잠시 후면 시시해진다. 취기에서 벗어난 아침에 담배 한 개비가 연기로 휘발되고 나면 알 수 없는 힘이 나를 차분한 분위기의 한가운데에 놓았다. 천박한 그 힘에 대항해보지 못한 것은 아이러니다.

그렇게 한 주가 흐르는가 싶었다. 금요일 저녁, 이른 시간에 불을 끄고 침대에 누웠다. 술에 취하지도 정신이 말짱하지도 않았다. 빨리 잠들기만 기다렸다. 무언가 남아 있는 것 같아서 찜찜한 기분이었는데 그게 무엇인지는 떠올리기 어려웠다. 거의 잠이 들려는데 전화벨 소리가 어둠을 갈랐다. 나는 어떤 것을 예감했는지 몰라도 신경이 날카로웠다. 전화벨 소리를 흘려보내며 눈을 찔끔 감았다. 전화는 두 번 연속해서 더 울렸다. 결국 전화를 받았다. 그녀였다. 또다시 몸이 반응했다. 머릿속은 꼬일 대로 꼬여 있는데 육체는 엇박자를 냈다. 기묘한 고통이었다. 일종의 발작과 같은 경험이었다.

깊은 밤은 내게 명령했다. 나는 시간도 확인하지 않은 채 그녀를 만나러 갔다. 어차피 잠을 이루기는 그른 밤이었다. 그녀는 또 핑계를 대며 나오지 않았다. 이번에는 아무 생각이 들지 않았다. 잠시 드라이브를 한 기분으로 돌아왔다.

잠시 잠이 들었다가 깼다. 방 한구석에 차있는 어둠은 달빛과 미묘한 힘겨루기를 하고 있었다. 이젤 위에 백지를 펼치고 스케치를 하기 시작했다. 어떤 구상도 기법도 가미하지 않았다. 섬세한 손놀림만이 달빛 사이를 유영했다. 한참이 지난 뒤에야 실루엣과 같은 형상이 백지 위에 스며들었다. 무엇을 그리고 있는지는 알 수 없었으나 어떤 그림이 나올지는 예감하고 있었다. 연필이 서걱거릴 때마다 별이 하나씩 떠는 것 같았다. 모든 별을 꿈틀거리게 한 뒤에야 그림을 완성했다. 소년의 모습이었다. 흰 얼굴, 부드러운 윤곽, 어딘가를 향하는지 알 수 없는 듯한 두 눈의 초점. 그 눈에서 흐르는 달빛이 무한한 기쁨의 눈물 같았다.

그것은 잠시였다. 둔기로 머리를 얻어맞기라도 한듯 멍하니 앉아 있는 새에 아침이 밝고 있었다. 마치 몇 계단을 훌쩍 뛰어올라 옥상 문을 연 것 같았다. 새벽녘에 피어오르던 불그스름한 기운이 도화지를 적시는지도 몰랐다. 그리고 태양은 선명하게 그림을 비추었다. 그러자 소년의 눈빛이 급속히 차가워졌다. 맑디맑던 기운은 사라지고 없었다. 낮빛이 탁했고 어딘지 모르게 영악하면서도 냉소적인 모습이었다.

침대에 누워 잠을 청했다. 옅은 잠이 들었다 깼다 반복했다. 신기하게도 나와 관계했던 여자들이 연이어 꿈속에 등장했다. 그녀들은 한결같이 다정한 웃음을 지으며 다가오더니 나를 비웃으며 멀어져 갔다. 마지막엔 채팅을 통해서 알게 된 그녀가 나왔다. 그녀는 거리를 유지한 채 가까이 오려 하지 않았다. 내가 접근했으나 거리는 좁

달을 입는 여자 ∣ 고동현

혀지지 않았다. 내 다리는 무거웠다. 늪에 빠지기라도 한듯 질척해진 걸음을 해야 했다. 그녀는 웃고 있었는데, 맑지도 헤프지도 않았고 반기는 것도 비웃는 것도 아니었다.

일어나보니 벌써 밤이었다. 휴대전화를 확인했다. 부재중 통화 다섯 건과 문자 메시지 두 통이 기록되어 있었다. 그녀였다. 근처에 와 있으니 연락을 달라는 내용이었다. 나는 망설였다. 그러다 다시 생기를 띠는 그림 속의 소년을 확인했다. 그녀에게 전화했다.

그녀와 술을 한 병 비우기까지 별다른 느낌은 없었다. 그러나 빈 병이 쌓이면서 서운했던 감정은 씻겨 나갔고 그녀와 입을 맞추었던 달콤한 기억이 머릿속을 채웠다. 우리는 마치 오랫동안 헤어져 있던 연인인 양 스스럼없이 대했다. 노래방에서 노래를 부르며 흥분한 증거를 보이는 육체의 반응을 서로 더듬었다. 그녀는 한층 선명하고 붉은 이미지로 다가왔다가 아련하게 흐려지기도 했고 밝게 빛나다가 어렴풋한 실루엣으로 남기도 했다. 심장까지 파고드는 속삭임은 뭉친 근육을 풀어주는 마사지 같았다. 나는 계속 마시며 이대로 육체가 녹아내려 액체로 변해도 좋겠다고 생각했다. 우리만의 밀실로 옮겨 그녀의 옷을 벗기면서 나는 무척 흥분한 사실을 깨달았다. 지금껏 이런 흥분이 있었던가. 육체의 모든 곳이 경직됐다. 어느 부분은 피부를 뚫을 듯 팽창했고 또 어떤 부분은 딱딱하게 수축했다. 가슴에서 솟아오르는 맥박이 단단한 육체를 조각낼 것 같았다. 그녀와 입을 맞추고 서로의 혀를 감싸자 지금까지의 경직보다 배가 넘는 흥분이 몰아쳤다. 몸이 두 배는 커진 느낌이었다. 옷을 벗고 있었으나 성에 차지 않았다. 가능하다면 가죽까지 벗겨버리고 싶었다. 피부라는 경계를 넘어 내장까지 섞고 싶은 욕망이 일었다. 그녀의 머리카락한 올 한 올을 혀로 문질렀고 직선과 곡선을 조합하며 수없이 그녀를 삼키려 들었다. 마침내 삽입했을 때 그녀는 참고 있던 신음을 더는 버텨내지 못했다. 그리고 나는 빨려 들어갔다. 파랗고 맑은 연못속 깊은 곳을 향하는 기분이었다. 완전히 빛이 없는 곳까지 도달했다 싶은 순간 무언가가 나를 덥석 물었다. 그리고 서서히 조이더니 쥐어짜듯 비틀다가 뱉었다. 나는 뿜어내고 있었다. 아주 긴 분출이었는데 언제나 나를 허무하게 만들던 것과 달리 일종의 도취가 남아 있었다. 트라우마까지 함께 쏟아냈던 걸까.

몸을 씻고 나와 보니 그녀는 가고 없었다. 창녀도 아닌데 왜 서둘러 자리를 떴는지 궁금했지만 그녀에게 연락하지는 않았다.

다시 한 주가 다가왔다. 사무실에서 일을 하면서 뭔지 모를 후련함에 가끔 전율하기도 했다. 그녀의 모습이 자주 떠올랐다. 그럴 때마다 육체와 내면이 무언가로 꽉 찬 기분이 들었다. 그러나 그녀의 모습은 구체적인 이미지로 다가오지 않았다. 얼굴이나 생김새, 몸매까지도 잘 기억나지 않았다. 우유 속을 유영하는 한 마리 물고기와 같은 감각만이 그려질 뿐이었다. 단 하나, 그녀의 샅 부근에 패여 있는 상처를 본 것 같은 기억이 가물거렸다.

주말마다 그녀를 만났다. 술을 한 잔 하고 노래를 부른 뒤 모텔에 갔다. 산 낙지를 좋아하는 그녀의 취향 탓에 우리는 수많은 낙지의 살을 이빨로 짓이겨야 했다. 그럴 때면 가끔 그녀의 살을 씹고 있다는 착각이 들기도 했다. 먹는 것도 부르는 노래도 매번 같았다. 그녀의 몸을 애무하고 절정에 이르는 과정까지도 공식처럼 거의 같았다. 그런데도 관계할 때마다 처음 만났을 때의 흥분이 유지됐다. 시시해지지도 않았고 다른 창의적 유희에 눈을 돌리기도 싫었다. 일주일이라는 기간은 반죽해 놓은 밀가루 덩어리가 잘 숙성되기 위해 거쳐야 하는 인내처럼 작용했다. 우리는 주말에 만나 함께 화덕 속에 뛰어들어 반죽을 마음껏 부풀려 익혀냈다.

내겐 아쉬운 점이 하나 있었다. 관계가 끝나면 그녀는 급속히 차가워졌고 대충 씻은 뒤 옷을 입었다. 잘 달아오른 내 정욕이 그녀에게 두 번째를 요구하면 그녀는 매몰차게 거절했다. 그러고는 전화를 걸어 명랑하게 대화를 한 뒤 누군가와 약속을 잡기도 했다. 그녀의 친구이겠거니 생각하며 그냥 보내주는 수밖에 없었다. 그건 나의 착각이었다. 내가 감당할 수 없는 파장을 일으키게 된 크나큰 오해를 불러들이는…….

주말이 다가오자 여느 때처럼 전화를 했다. 대게 금요일 저녁에 약속을 잡았는데 그날은 좀처럼 전화를 받지 않았다. 나도 모르게 조급해졌다. 잘 달리던 열차의 저 멀리에 끊겨 있는 선로를 보는 기분이었다. 전화를 걸고 또 걸었다. 그러고 보니 그녀에 대해 알고 있는 건 전화번호밖에 없었다. 자정이 다가올 쯤, 초조한 나는 무얼 먼저 생각해야 할지 판단하기 어려웠다. 그녀의 모습을 그려보았다. 막막했다. 작은 특징이라도 떠올리기가 쉽지 않았다. 나와 숱한 관계를 가진 여자가 맞는지 혼란스러웠다. 시간이 흐를수록 분노가 차올랐다. 그녀에 대한 분노인지 나 자신에 대한 분노인지 구분되지 않았다. 그런데 새벽 두 시쯤에 전화가 연결됐다. 긴장이 순간적으로 풀린 탓인지 나는 말까지 더듬었다. 전화를 받은 사람은 남자였다. 나는 누구냐고 물었다. 예의를 갖추지 않은 건방진 말투였다. 그는 그녀를 잘 알고 있는 오빠라고 했다. 나는 그녀는 어디에 있는지 물었다. 그는 대답대신 껄껄 웃었다. 잠시 머물러 있던 분노가 가슴을 향해 급속히 몰려들었다. 전화기에 대고 심한 욕을 퍼부었다. 내 평생 그런 욕을 해본 적이 있던가.

다음날 저녁에 그녀가 문자 메시지를 보냈다. 자신이 원하는 것은 단 하룻밤의 관계라며 조금도 미안한 감정을 보이지 않았다. 이상하게도 나는 차분했다. 밤새 고민한 것도 아니었다. 마치 정답지를 먼저 본 것처럼 결론을 내리고 있을 뿐이었다. 사실 내겐 분노가 남아 있지 않았다. 아무리 생각해봐도 까닭을 알기 어려운 일이었다. 그녀와 만남을 이어가지 못하면 선로를 이탈한 열차처럼 끔찍한 사고에 부딪히리라는 예감만이 떠올랐다. 그녀가 몇 명의 남자를 만나든 나와의 관계를 어떻게 여기고 있든 무슨 상관이란 말인가. 나 또한 진지한 감정으로 그녀를 대한 것은 아닐 텐데. 이런 생각들이 당황스러울 정도로 머릿속을 깔끔히 정리했다.

우리는 아무 일 없었던 것처럼 다시 만났다. 육체의 희열이 이어졌고 나는 더 집요하고 절실하게 그녀의 몸에 파고들었다. 무언가 다른 점이 있었다. 예전처럼 그냥 만족하기보다는 부정적인 감정을 떨어내려는 심리가 조금씩 고개를 내밀었다. 처음에는 잘 보이지 않았던, 보이더라도 그냥 무심코 지나쳤던 그녀의 샅 주위 상처는 점점 더 눈에 잘 띄었다.

하루는 그녀가 옷도 벗지 않고 침대에 누워 천장을 응시하고 있었다. 항상 모호한 미소를 띠고 있던 것과 달리 얼굴이 어두웠다. 내가 블라우스를 매만지며 단추를 풀려하자 그녀는 뿌리쳤다.

"얘기 좀 할까?"

그녀가 말했을 때, 나는 비로소 깨달았다. 우리는 침대 위에서 대화를 한 적이 없었다. 그랬기에 당황스럽기도 하고 우리만의 룰에 금이 가는 것 같아 긴장하기도 했다.

"왜 자꾸 내 다리 사이의 상처를 의식하는 거지?"

나는 대답하지 못했다. 그녀가 왜 그런 질문을 꺼내는지 이유도 알 수 없었다. 그런데 순간적으로 내 입에서 말이 튀어나왔다. 너를 알고 싶어. 그녀는 얼굴을 찡그리더니 미소 짓기 시작했다. 냉기가 감도는 미소였다. 그것을 입가로 모아가더니 왜지? 하고 물었다. 나는 대답하지 못했지만 마음속으로는 내뱉고 있었다. 너를 소유하고 싶다고. 그것이 무슨 뜻인지는 나도 알지 못했다.

"난 유부녀야."

그녀는 내 속마음을 읽기라도 했듯 말했다. 온몸의 맥이 풀린 나는 그녀를 바라보았다. 초점이 일그러져 그녀의 얼굴은 윤곽조차 잡히지 않았다.

"이제 우리 그만 만나야 할까?"

무언가 하나씩 무너지고 있었다. 갑작스런 혼란에 빠졌는데도 내면의 욕망이 급속히 식은 것은 아니었다. 오히려 다른 종류의 에너지가 솟아오른 까닭은 무엇일까. 이질적인 감정들이 가슴속에서 버무려졌다.

그날, 우리는 결국 몸을 섞었다. 그녀의 몸은 차가웠고 끝까지 굳은 얼굴을 펴지 않았다. 나 또한 즐겁지 않았다. 멀어져 가려는 대상을 붙들고 매듯 더 깊숙이 다가가려는 행위만 남아 있었다. 그때 처음으로 그녀를 가진다는 것이 어쩌면 불가능할지도 모르겠다고 생각했다. 그것이 그녀에 대한 첫 관심이라는 것을 나는 모르고 있었다.

한동안 서로 연락하지 않았다. 정욕이 나를 괴롭혔을 법도 한데 전혀 그러지 않았다. 그랬다면 그녀를 정부삼아 건조한 관계를 유지하면 그만이었다. 그런데도 그녀에 대한 생각이 끊이지 않았다. 그것은 내 가슴을 묵직하게 조였다. 팔팔 끓어오르는 전골 요리를 정신없이 바라본다. 요리는 맛있어 보이나 부연 수증기에 덮여 있어 재료를 구분하기 힘들다. 마침내 한 술 떠서 맛을 본다. 상상하지 못했던 맛이다. 이것을 맛있다고 해야 할지 모르겠다. 그 맛은 나를 유혹한다. 끝까지 들이켜 보라고.

오랜 고민 끝에 결론을 내렸다. 나는 그녀를 걱정하고 있었다. 하지만 왜? 우리는 과거와 미래를 배제한 채 현재만 존재하는 사람처럼 대하지 않았던가. 남녀 간의 관계가 성립하기 위해 필요한 모든 과정을 무시하지 않았던가. 왜 지금에 와서 그녀가 살아온 날들이 궁금하고 마주칠 미래가 우려스러운가……

답을 내리기 어려웠다. 내 감정에 제동을 거는 생각이 두 가지 있었다. 내가 그녀보다 도덕적으로 우월하지 않느냐는 것과 그녀는 나를 단지 스쳐가는 꽃잎쯤으로 여기지 않을까 하는 것이었다.

그녀가 보고 싶었다. 그것이 좋은 생각인지 따지기 어려웠다. 생각해보면 나는 무너지고 있었다. 얼음도 불도 아닌, 일종의 액체가 되어 어디론가 흘러가려 했다. 남은 것은 그녀의 몸을 적신 뒤 기체로 변해 까마득한 허공에 빨려 들어가는 일이었다.

그녀와 연락하기는 쉽지 않았다. 나는 조급해 하지 않았다. 수없이 발신음을 흘려보내면서도 낙담하지 않았다. 불통을 확인 한 뒤에는 문자 메시지를 보냈다. 채팅 방을 개설해 놓고 그녀를 기다리기도 했다. 가끔 생각하기도 했다. 그녀는 내게 한여름의 판타지와 같은 존재가 아니었을까.

시드는 꽃잎과 함께 내 망상도 지워지려는 늦은 봄의 밤, 그녀에게서 전화가 왔다. 수화기 속 그녀의 목소리는 꼬인 혀를 스쳐 나왔는지 발음이 분명치 않았다. 나는 그녀에게 잠시만 기다리라고 당부하며 차를 몰았다. 과속을 했다. 신호를 위반했다. 앞서 가던 차를 여러 번 추월하며 경적을 울려댔다. 그 모든 게 위험이 아닌 나를 새로이 깨어나게 하는 경이에 가까웠다. 오직 달을 보며 달렸다. 훤히 떠 있는 그 달은 그녀의 알몸이 뿜어내는 빛깔처럼 황홀했다. 그것에는 결코 흐트러뜨리지 않는 경건함이 있었다.

횟집에 들어서 등을 지고 앉아 있는 그녀를 보았다. 다가가 그녀의 어깨에 손을 대었다. 그러자 그녀는 고개를 푹 숙였다. 테이블에는 빈 술병 세 개가 놓여 있었고 힘을 잃고 축 처진 낙지 조각들이 접시에 차 있었다. 나는 그녀의 두 뺨을 손으로 감싸 고개를 올리고 눈을 마주하게 했다.

"왔구나. 당신. 나말이야……."

그녀가 말하려 했을 때였다. 나는 입술을 갖다대며 그녀가 내뱉으려는 음성을 깊숙이 빨아들였다. 긴 터널을 헤쳐 나가는 기분이었다. 소실점이 보이는가 싶은 순간에 그녀를 부축해 밖으로 나갔다.

밀실에 들어선 우리는 격렬하게 서로를 안았다. 예전과는 달랐다. 모든 게 조심스러웠고 격을 갖춘 행위였다. 전에는 무정형의 연주를 했다면 이번에는 음표 하나하나를 정확하게 짚어내면서도 전체의 구성을 고려하는 반듯한 연주였다.

관계가 끝난 뒤 그녀는 평소와 달리 바로 떠나지 않았다. 내게 여운을 달랠 애무를 허락한 것은 처음이었다. 그녀는 술을 더 마시고 싶다고 했다. 나는 옷을 입고 근처 가게에 들러 맥주를 사왔다. 그녀는 맥주 캔 세 개를 연거푸 비우더니 다시 누워 숨을 가다듬었다. 그러고는 혼잣말을 하듯 내뱉기 시작했다.

열일곱이었어. 시골에서 올라온 때가. 비누를 만드는 공장에서 일하기 시작했지. 아침 일곱 시부터 밤 열 시까지 비누를 포장해야 했어. 그렇게 일하다보면 비누향이 몸에 배어. 결국 비누로 씻어내야 하는데 밤새 비누향이 또 코를 괴롭히지. 그래도 행복했어. 시골에서 밤낮 가리지 않고 음흉한 손길을 뻗치던 의붓아빠를 보지 않아도 됐으니까. 기숙사에는 남자들만 지내고 있었기에 나는 창고에서 잤어. 남자들은 거의 매일 술을 마셨지. 취했다싶으면 나를 찾아왔어. 나는 필사적으로 거부했지. 그런데 하루는 술자리를 함께한 공장장이 나를 불렀어. 나를 채용한 사람이었지. 그는 내가 왜 여기에서 일하게 되었는지 모르겠냐고 물었어. 끔찍한 이야기였고 나는 내가 떠안아야 할 숙명을 감지했지. 그래도 나는 버틸 만큼 버텼어. 그러자 남자들은 폭력성을 띠더군. 그때 깨달았어. 내가 가진 것을 지켜낼 방법이 없다는 사실을. 어차피 빼앗길 거라면 나도 그들의 무언가를 빼앗는 게 공평하다고 생각했지. 하지만 그게 무엇인지는 알 길이 없었어. 단지 장부를 적어놓기만 할뿐이었지. 누구와 언제 어떻게 관계를 했다. 내가 그곳을 빠져 나가는 날 그 장부를 남자들의 집에 보낼 생각이었어. 뜻밖의 행운이 나를 구원했지. 중매쟁이를 통해 남자를 소개받았어. 나이는 들었으나 자신감이 넘치는 사람이었지. 앞뒤 잴 것 없이 결혼을 승낙했어. 그러나 결혼생활은 첫날부터 악몽이더군. 그는 나를 가축과 다름없는 소유물처럼 취급했어. 붉게 달은 인두로 은밀한 곳을 지지며, 이제 너는 그 어떤 남자와 눈도 마주칠 수 없다고 말했지. 나와 관계할 생각도 않았어. 알고 보니 만나는 여자가 수두룩하더군. 나는 오래지 않아 남자들을 만나기 시작했어. 그들은 고상한 논리로 다가왔지만 나는 알고 있었지. 그들이 바라는 것은 단 하나라는 것을. 위선일지라도 그들의 친절은 단비와 같았지. 나는 내가 가진 것을 내주었어. 그 대가로 잠시간의 자유를 얻었지. 그것에 익숙해지자 언제부터인가 밤이 기다려지더군. 해가 걸려 있는 낮 동안은 아무 생각 없이 식물처럼 굳어 있을 뿐이었어. 그런 식으로 내 몸은 남자들에게 길들어진 거야.

나는 잠시 긴장했다. 이 여자가 겪어온 상처가 내가 감당할 수 있는 범위에 있는지 알 수 없었다. 내게 다가온 결론은 쓸쓸한 것이었다. 나는 그녀에게 무엇인가. 내가 더 진실하게 다가간다고 해봤자 그녀에게 어떤 의미를 줄 것인가. 처음으로 그녀에게 좌절을 느꼈다. 아무리 노력하더라도 그녀에게 다가가는 일은 불가능할 것 같았다. 그것은 오히려 애끓는 심정으로 변했다. 그녀는 그 누구의 여자도 아니었다.

그 뒤로 우리는 만날 때마다 서로에게 깊숙이 빠져들었다. 매 번의 관계가 익숙했고 동시에 낯설었다. 만족과 희구가 공존했다. 단순한 욕정의 흐름에 놓인 것은 아니었다. 우리는 서로를 더듬으며 깊은 내면까지 어루만지고 있었다.

하루는 그녀가 전혀 낯선 장소를 제안했다. 무슨 까닭인지 나는 들떠있었다. 약속한 곳에 이르자 그녀의 모습이 저 멀리에 보였다. 우리는 웃음을 띠며 한 걸음씩 다가갔다. 순간 그녀의 고개가 뒤로 향하더니 차가운 표정을 담으며 되돌렸다. 시선은 어긋났고 그녀는 나를 지나쳐갔다. 내가 뒤돌아 그녀를 부르려할 때였다. 억센 손길이 내 멱살을 쥐었다. 체구는 작았지만 깡다구가 있어 보이는 남자였다. 그는 나를 골목길로 끌고 들어갔다.

"이봐, 지연이와 재미 좀 보았나?"

날카롭게 빛나는 송곳 같은 흉기가 눈앞에 번뜩이더니 내 옆구리에 박혔다. 그대로 숨이 멎는 줄 알았다. 희미해져가는 의식은 단 하나의 사실을 깨우쳤다. 그녀의 이름을 처음으로 알게 되었다.

누군가의 비명 소리를 마지막으로 기억에 남는 건 없었다. 그 뒤로 구급차의 사이렌이 울렸던가. 깨어났을 때에는 병원이었다. 경찰이 와서 인상착의를 물었다. 나는 기억나지 않는다고 답했다. 다행히 내 창자는 큰 부상을 입지 않았다. 통증보다 나를 괴롭히는 것은 그녀에 대한 걱정이었다.

퇴원할 때까지 줄곧 전화를 했다. 그녀는 받지 않았다. 병원 문을 나서며 나는 처음 만나는 세계에 발을 내딛는 기분이 들었다. 앞으로 펼쳐질 내 삶이 어떤 모습일지 짐작하기 어려웠다. 내게 남은 것이 있다면 단 하나, 그녀를 구출하는 일이었다.

다행히 며칠 가지 않아 그녀가 전화를 받기 시작했다. 처음 몇 통화에서 그녀는 단답형으로 대화를 끝냈다. 냉정해 보이려 했으나 티가 났다. 나를 걱정하고 있었을까. 그녀의 음성에 울먹임이 간간이 섞여 있었다.

우리는 이제 술자리도 노래방도 거치지 않았다. 그녀가 모텔의 이름을 대면 나는 그곳으로 곧장 달려갔다. 그녀의 모습을 확인하면 그제야 안심했고 일주일을 기다리는 동안은 또 애가 탔다. 그녀를 내려다볼 때에는 육체가 담아 놓을 수 있는 가장 깊숙한 곳의 핵을 길어 올리려 했다. 그러나 아무리 애를 써도 그녀에게 더 다가가고 있다는 느낌은 들지 않았다. 더구나 그녀는 몸을 섞는 것 외에는 허락하지 않았다. 영화를 본다든가 해변으로 가서 바람을 맞는 일 따위를 제안하면 피식 웃으며 고개를 저었다. 육체관계도 여전히 한 번뿐이었다. 나를 의식하지 않고 다른 남자와 약속을 잡는 것도 서슴지 않았다. 내가 진지하게 이야기를 꺼내려 하면 차갑게 돌아섰다. 나는 가끔 생각했다. 남녀관계의 절정이라 할 수 있는 육체적 결합은 어쩌면 가장 낮은 단계의 것은 아닐까. 차츰 육체의 행위가 만족스럽지 않기 시작했다. 오히려 그녀에게서 단지 그것밖에 얻지 못한다는 생각에 혐오스럽기도 했다. 그녀의 몸을 탐했던 욕구는 사그라지고 그녀를 그리워하는 마음만 남아 있었다.

여전히 나는 쳇바퀴 속에서 그녀와 매주 만나는 의미를 고민했다. 그런데 한 주는 그녀를 만나지 못했다. 이 사건의 여파는 컸다. 매일 밤 돌아가 몸을 누여야 할 집이 갑자기 사라진 것과 다름없었다. 그 다음 주에도 그녀와 연락이 되지 않았다. 머리칼을 죄다 뽑고 싶었

다. 어쩌면 그녀를 영원히 만날 수 없다는 생각이 자꾸 들어 몸서리
쳤다. 잠도 제대로 잘 수 없었다.

다행히 그녀는 삼 주를 연속해서 나 홀로 지내게 하지는 않았다.
나는 모텔에 한 시간 일찍 도착했다. 가져온 보드카의 마개를 땄다.
라벨에 적혀있는 일 리터라는 글씨가 눈에 들어왔다. 한 모금 마실
때마다 식도를 전율시키며 묵직하고 뜨겁게 흘러가 위장을 녹였다.
병을 비우고 맥주 캔을 집을 때 그녀가 들어왔다. 나는 그녀를 바라
보며 맥주 한 캔을 단숨에 마셨다. 그녀는 지퍼를 내리고 치마를 벗
었다. 그 동작이 술집 무용수의 몸짓처럼 보였다. 맨살을 드러낸 다
리 두 개가 내 눈앞에서 교차하더니 침대 위에서 포개어졌다. 갑자
기 화가 났다. 어떻게 그녀는 천연덕스러운가. 맥주 두 캔을 더 비우
고 그녀 옆에 누웠다. 술기운에 천장이 뱅글뱅글 돌았다.

"우리, 어디든 멀리 가서 살까?"

나는 그녀를 만나지 못했던 기간 중에 고심했던 생각을 말했다.
그녀는 손을 올려 자신의 뺨을 쓰다듬고는 말했다.

"무슨 말이야?"

"당신이 왜 그 남편과 사는지 모르겠어. 그리고 많은 남자를 만나
는 이유도. 나와 함께 남들처럼 사는 게 어때?"

그녀는 숨을 들이쉬고는 길게 내뿜었다. 들릴 듯 말 듯 작은 소리
로 웃더니 다시 한숨을 쉬었다.

"그런 건 없어. 나는 달이 뜨기만을 기다리는 여자야. 낮에도 삶

이 있지만 그건 그냥 시늉일 뿐이야. 내겐 채워도 부족하고 뱉어도 남아 있는 게 있어. 남자들은 내게 애걸하고 무릎 꿇으면서 모든 것을 바치지. 그러고는 텅 빈 채로 돌아가는 것도 몰라. 나는 스스로 즐기면서 복수하는 거야. 세상 모든 남자들에게 말이야."

"내가 나머지를 채워주고 남은 것을 뱉게 해줄게."

"아니. 우리 너무 멀리 왔다. 이제 그만 만나자."

그녀의 마지막 말이 칼날처럼 명치를 찔렀다. 헤어지는 것은 생각도 못해본 일이었다. 가슴을 조이는 묵직함이 온몸에 퍼져나갔다. 그것은 살점 하나하나를 불사르고 있었다. 그녀가 몸을 일으키려 했을 때 나는 팔을 뻗어 그녀를 도로 눕혔다. 강박에 사로잡혀 있었다. 지금 보내면 영원히 잃게 된다. 그녀를 꼭 안고 힘을 주었다. 나도 모르는 놀라운 힘이었다. 그녀는 비명을 질렀다. 나는 그녀의 얼굴을 더듬어 입술을 맞추려 했다. 싫어. 그녀의 날카로운 목소리가 공간에 울렸다. 그녀는 손톱을 세워 내 팔과 얼굴의 피부를 깊숙이 찔렀다. 끈적이는 액체가 흐르더니 그녀의 가슴에 떨어져 내렸다. 나는 그녀의 양팔을 잡고 침대에 고정시킨 뒤 그녀의 몸에 얼굴을 비볐다. 준비되지 않은 그녀의 몸에 성급히 삽입하자 그녀는 울부짖기 시작했다. 나는 천천히, 그러나 깊게 그녀를 짓눌렀다. 그녀의 가장 밑바닥에 가라앉아 있는 끈을 찍어 올려 내 몸에 칭칭 감고 싶었다. 이 행위가 영원일 수도 있겠다는 착각이 들었다.

격랑은 오래가지 않았다. 나는 산란을 마친 물고기처럼 늘어졌다.

그녀를 등지고 눕는데 절망과 무력감이 함께 솟았다. 황혼의 해를 바라보고 있는 기분이었다. 언제부터 황혼은 내게 종말적 이미지로 다가왔던가.

어릴 적, 화단은 나의 왕국이었다. 한 가운데에 심어진 포도나무가 가장 먼저 나를 맞이했고 그 주위로는 붉거나 흰 빛깔을 띠는 장미가 흐드러져 있었다. 봄에는 소소한 인상을 주는 꽃들이 피어났는데, 이 왕국의 진정한 계절은 여름이었다. 서로의 존재를 드러내기 위한 향이 여기저기서 충돌했다. 해바라기가 굵직한 생명력을 발산하며 촘촘히 박힌 씨앗을 드러내는 것도 재미있었고 바쁘게 움직이는 개미들은 저마다 햇살 한 망울씩을 이고 분주히 화단을 헤집었다. 옆 집 여자아이가 오면 우리는 서로 더 달 것이라고 생각하는 포도 알을 따서 서로의 입에 넣어 주었다. 가끔 붉을 대로 붉어진 석류 열매를 따 손으로 갈라보기도 했다. 속을 가득 채우고 있는 씨앗은 그 무엇보다도 아름다웠다. 단순히 아름다운 것이 아니라 내게 야릇한 감정을 불어넣기도 했다. 그게 무엇인지는 어린 나로서는 파악하기 어려웠다. 단지 그럴 때면 옆집 아이의 허벅지나 목덜미에 시선이 가고는 했다.

해가 질 무렵이 되면 털이 하얗고 북슬북슬한 개를 품에 안고 아버지를 기다렸다. 아버지는 조금도 늦는 법이 없었다. 하루는 아버지가 제 시간에 오지 않았다. 땅거미가 화단을 삼키려 하는데 붉은 석양이 애를 쓰며 집요하게 포도나무를 비추었다. 아버지가 돌아왔을 때 옆에는 한 여자가 서 있었다. 여자의 입술색이 어찌나 붉은지 석양을 민망하게 할 정도였다. 아버지는 내 앞에 쭈그리고 앉아 무언가 설득하려 했다. 그러나 첫마디를 들은 뒤로 내 귀에는 아무것도 들어오지 않았다. 화단을 보았다. 붉은 햇살은 내 왕국을 불사르고 있었다.

개새끼다. 진짜 개새끼다.

운전을 하며 돌아오는 내내 되뇌었다. 반대편 도로에서 달려오는 차를 향해 핸들을 꺾고 싶은 충동이 여러 번 들었다. 앞만 보고 달린다는 것이 그렇게 힘든 줄은 몰랐다. 하긴 내게 무슨 앞이 있단 말인가. 그녀를 잃었다. 영원히, 가장 큰 상처를 준 채……

월요일 아침, 사표를 내고 집으로 돌아왔다. 몇 가지 도구만 챙겨 차를 몰았다. 남쪽으로, 더 남쪽으로. 더는 갈 곳이 없다는 생각이 들었을 때 차를 세웠다. 가로등조차 없는 작은 포구였다. 낚싯대를 뽑아 들고 찌를 던졌다. 어둠이 바로 그것을 삼켰고 나는 물고기가 물든 말든 상관하지 않았다. 내 몸을 채웠던 긴장이 조금씩 빠져나갔다. 흑단의 바다를 바라보던 나는 졸기 시작했다. 묵직한 놈이 걸려들었다. 감았다 풀어주기를 여러 번 반복하며 겨우 끌어올리자 다리에는 서 있을 힘도 없었다. 낚아 올린 것은 그녀였다. 낚시 바늘이 할퀸 상처로 피를 물고 있었다.

해가 밝으면 다른 곳으로 옮겼다. 어디를 가든 바다는 이어져 있었다. 배를 타고 멀리 있는 섬을 밟기도 했고 지도에도 나오지 않을

법한 낯선 해안에서 낚시를 했다. 깨어 있으면 막막한 바다가 보였고
졸게 되면 그녀가 꿈에서 나왔다. 그녀는 물고기였다가 새였다가 내
게 새큼달큼한 맛을 아낌없이 내어주었던 포도나무이기도 했다.

한 달쯤 지났을까. 시간도 장소도 알 수 없는 곳에서 삶을 흘려보내
고 있었다. 작은 섬에서 갯바위를 찾아 걷고 있을 때였다. 한 노인이
낚싯대를 펼친 채 중얼거리고 있었다. 안 잡히는 구먼. 안 잡혀. 그의
모습을 지켜보다가 한편에 떨어져 채비를 했다. 그는 이따금씩 커다
란 물고기를 건져 올리기도 했는데 가만히 지켜보다가 놓아주었다.

"행색을 보아하니 무언가 큰 걸 잃은 모양이구려. 하지만 여기선
잡을 수 없소. 내 어릴 적 이곳에서 아주 예쁜 물고기를 잡았는데,
그 뒤로 육십 년이 지나도록 다시는 볼 수 없었소."

그날, 섬에서 빠져 나온 나는 차를 몰고 집으로 향했다. 노인의 말
이 떨어짐과 동시에 그녀가 떠올랐다. 바다를 바라봐도 하늘을 마주
해도 온통 그녀 모습뿐이었다. 진흙투성이가 되더라도 그녀를 찾아
야 했다.

가지고 있는 정보는 단 하나였다. 그녀의 전화번호였다. 그것도 이
미 말소된 상태였다. 흥신소 직원은 난감한 표정을 지었다. 나는 한
묶음의 돈다발을 더 건네며 성공할 경우 배의 보수를 약속했다.

이 주가 지난 뒤 흥신소 직원이 사진을 들고 왔다. 사진 속에는 그
녀의 옆모습이 담겨 있었다. 어딘지 모르게 차분한 표정을 띠고 있
었다. 나는 고개를 끄덕이며 물었다.

"그런데 여긴 어딥니까?"

그는 머리를 긁적이다가 두어 번 입맛을 다지더니 말했다. 산부인과입니다. 내게는 그녀를 찾았다는 안도보다 걱정이 앞섰다. 왠지 내가 아는 그녀와 전혀 달라져 있을 것 같은 생각이 머릿속에 차올랐다. 나는 흥신소 직원에게 돈을 내밀며 아이가 언제 쯤 생겼는지 알아봐 달라고 부탁했다.

흥신소 직원이 다시 연락하던 날, 나는 몸 구석구석을 깨끗이 씻고 수염을 말끔히 깎아냈다. 정장을 다려 입고 넥타이를 맸다. 흥신소 직원에게 부탁했던 물건을 챙겼다. 그는 그럴 수는 없다며 내 요구를 거절했지만 돈을 더 찔러주자 고분해졌다. 차를 몰고 가면서 생각했다. 나는 지금 어디에 있는가. 병원에 도착해 진료실로 향하면서 할 수만 있다면 내 몸을 가위로 싹둑싹둑 자르고 싶었다. 잠시 후, 승강기의 문이 열리면서 그녀가 보였다. 무언가로 아파하는 모습은 아니었다. 오히려 진료실에 들어갔다가 나오는 그녀의 표정은 상기되어 있었다. 그녀가 계산대로 향하는 동안 나는 승강기를 타고 지하 주차장에서 그녀를 기다렸다. 그녀가 모습을 보였을 때, 나는 그녀가 그렇게 생기발랄한 표정을 지을 수 있다는 사실에 놀랐다. 그녀가 자신의 차에 손을 대는 순간이었다. 나는 한 손으로 그녀의 입을 막고 다른 손으로 그녀의 허리를 휘감았다. 그녀는 저항하려 했다. 나는 그녀의 목을 조르며 차에 태웠다. 가져온 드링크 병을 열고 그녀의 입에 박은 뒤 강제로 먹였다. 액체가 폐에 흘러들었는지 그녀는 기침을 했다. 나는 차를 몰았다. 숨을 가다듬던 그녀가 가냘픈 목소리로 물었다. 어디로 가는 거야? 나는 대답했다. 우리의 처음으로.

*

어둠을 흠뻑 빨아들인 바다는 잠잠해진다. 힘겹게 수평선에 매달리던 태양은 자취를 감추고 별이 눈을 켜기 시작한다. 여기는 어디인가. 누군가의 별장인 것 같기도 하고 이름 없는 서해안의 펜션 같기도 하다. 그런 것은 중요하지 않다. 그녀가 눈을 떴을 때 그녀의 눈망울을 향해 달빛 한 줌을 뿌려주면 그만이다. 모든 것을 뒤엎고 다시 낙원을 되찾는 것이다. 하와와 아담처럼.

그녀가 끙끙거리기 시작한다. 나는 그녀에게 다가가 손을 펴고 여러 번 볼을 쓰다듬는다. 그녀는 눈꺼풀을 올려 눈알을 굴리며 나와 시선을 맞추더니 다시 눈을 감는다. 나는 그녀의 귓불에 입을 대고 혀를 굴리다가 속삭인다. 이제 돌아가자.

그녀는 내 말을 들었기라도 하듯 숨을 길게 내쉰다. 주사기를 눈앞에 가져오자 순간적으로 바늘이 빛을 낸다. 작은 빛이나, 그 어떤 어둠도 훤히 밝힐 매서움이 녹아 있다. 그 번쩍임이 우리의 운명이다. 주사기 안에는 치사량이 들어 있다. 푸른 달빛이 흘러내리는 그녀의 팔을 더듬는다. 도톰한 그녀의 정맥을 찾아내 바늘을 찌른다. 그녀가 나직이 말한다. 내겐 아이가 있어. 나는 고개를 끄덕인다. 알고 있어. 내 아이가 아니라는 것을. 그리고 속으로 말을 잇는다. 널 계속 시늉만 하는 삶에 가둘 순 없어. 순간, 그녀는 눈을 뜨고 빛을 발한다. 삶에 찾아온 최고의 도전을 맞는 눈빛이다.

나머지 주사기를 들어 올려 내 팔의 정맥을 찾는다. 그녀의 몸과 달리 내 팔은 어둡다. 따귀를 때리듯 살점을 부풀려 생명선과 같은 핏줄기를 찾아낸다. 그것이 주사기 속의 액체를 빨아들인다. 달덩어리 하나를 농축시켜 몸속에 품는 기분이다.

주사기를 던지고 그녀 옆에 눕는다. 독주를 통째로 들이킨 양 숨은 가팔라지고 눈앞에 어둠이 차오른다. 그녀와 내가 교대로 뿜어내는 숨이 창문을 들썩인다. 어둠의 끝으로 가라앉았는가 싶은 순간, 눈앞에 빛이 일기 시작한다. 폭죽처럼 터지는 빛이 온 신경을 감전시킨다. 그러더니 태양처럼 밝은 광체가 머릿속을 헤집는다. 몸이 갑자기 붕 떠오르기 시작한다. 번지점프를 하는 기분이다. 급속히 추락하다가 줄의 반동으로 튕겨 올라 무중력에 이르는 느낌이다. 우리는 하늘 위에서 손을 잡고 영원히 멈춘 공간 속을 유영한다. 나는 그녀의 가슴을 본다. 고혹적인 무채색의 육체 위에 선홍빛 꼭지 두 개가 도드라진다. 그것들이 꿈틀거린다. 나는 고개를 세차게 흔든 뒤 그것들을 바라본다. 역시 꿈틀거린다. 마치 애벌레 같다. 살짝 만지기라도 하면 터져버리고 말까. 그녀의 가슴이 부풀어 오른다. 내 얼굴은 그것이 만들어낸 골 사이에 파묻힌다. 숨을 쉬기 어렵다. 그러나 지금 숨 따위는 멎어도 상관없으리라. 수천, 수만의 별을 가진 저 하늘이 기록하겠지. 여기, 달을 유린하는 겁 없는 인간이 있었다고.

갑자기 내 몸의 모든 흥분이 멈춘다. 이건 무언가. 절정도 없이 모든 것이 희미해진다. 급속히 식은 몸에서 냉기가 서리기까지 한다. 이 모든 것은 약물이 자아낸 판타지에 불과한가. 끝도 없이 가라앉는다. 어둠이 어둠을 삼키고, 더 큰 어둠이 입을 벌린다. 이것이 죽음이런가. 힘을 짜내 의식에 집중한다. 그녀가 비틀거리며 창가에 다가간다. 달빛은 수 마리의 뱀처럼 그녀의 몸을 휘감는다. 아름답다. 그녀의 육체가 저토록 아름다웠던 적이 있던가. 가물거리는 의식사이로 그녀의 음성이 박힌다.

아이를 낳겠어. 여자아이이기를 바라.◑

허들 넘어 황금노을

황 선 호

해외 회사에서 오래 근무한 경험은 내 창작의 힘이 되어준다.
격변기의 우리나라 사정이 이제 객관적으로 보이기 시작한다.
젊은 시절은 아름답다.
좌충우돌했던 모든 나날들이 반짝거린다.
조금씩 바래지고 있어도 글을 써놓으면 빛은 다시 살아난다.
나의 세월이 나를 빛바래 보이게 하지만,
나는 이렇게 빛나게 살아가고 있다.

허들 넘어 황금노을

시월의
맑은 빛살이 창을 통해 비춘다. 여름내 두터웠던 습기를 깎아낸 투명한 햇살이다. 그녀가 피아노를 치다 말고 일어나 창가로 다가갔다. 큰 유리문을 살짝 밀어젖히자 상쾌한 바람이 정원 쪽에서 들어온다. 이곳 양평으로 이사 온 지도 벌써 십오 년이 흘렀다.

나는 오늘은 상태가 좋아져 그녀와 한 소파에 나란히 앉아서 리모컨으로 TV를 켰다. 오전 9시 30분 뉴스가 한참 진행 중에 S사 분식 회계문제를 다루고 있다. 나는 그 대목에서 시선을 멈췄다. 지금은 잊을만하면 나오는 뉴스지만 그때는 자주 나왔다. 이 중 장부에 관한 이야기가 새삼스러워졌다.

그녀는 내가 좋아하는 원두커피를 부드럽게 내렸다. 두 개의 받침이 있는 샤갈커피잔에 담아 소파 앞 자개 무늬가 있는 진한 엔틱 테이블 위에 놓았다.

"김 화백님, 무슨 생각 하시죠?"

"요즈음 돌아가는 세상 꼴을 보니 그때 동신 그룹 제일 공장 일이 갑자기 생각나는군."

그녀도 곧 무슨 이야기인지 짐작하는 것 같다. 그녀가 선별한 피아노곡이 배경음악으로 은은하게 흐른다. 오늘로 거실에서 지낸 지도 벌써 삼 주째다. 나는 심장 수술 후에 침대와 휠체어를 옮겨가며 생활했다. 나는 몇 년 전부터 그녀를 최 여사로 부르고 이었다. 그녀도 나를 김 화백이라고 부른다. 나는 정년퇴직하기 훨씬 전에 그때까지 저축한 돈과 적금을 찾아 이곳에 부지가 좀 넓은 빈집을 사 두었다.

내가 그녀를 다시 만난 것은 이곳에 이사 오기 일 년 전이었다. 그녀가 아버지를 따라 귀국하자 몇 개월 후 나와 다시 만났다. 그녀는 아버지를 돌보다가 일 년을 못 넘기고 지병으로 여의고 말았다. 그녀는 나와 헤어진 뒤 미국지사로 발령받은 아버지를 따라가 도우며 지내다 아들을 낳았다. 그녀의 이야기는 거기서 아이가 성장할 때까지 지냈다. 아들이 성장하여 직장에서 만난 금발의 며느리와 결혼을 했다. 지금은 귀여운 세 살배기 손자가 잘 자라고 있다고 들었다. 어떤 모습일까 보고 싶다.

나는 새로 시작한 캔버스에 최 여사의 초상화를 그리는 중이다. 내 머리 안에 먼저 그녀 최고의 멋진 순간을 담아보고 싶다. 미국에 사는 아들 부부가 손자와 함께 귀국하면 보여주고 싶다. 나는 어려서부터 미술에 취미가 있었다. 내가 커서는 회사 다니면서 주말 등에 기회 있을 때마다 서울의 유명 미술전에 가서 감상하기를 좋아했다. 미술 전공을 하지 못한 나는 그 과정에서 개인 화실에서 그림을 배웠다. 그 뒤로 집에서 유화를 그리면서 출품과 전시회를 해왔다. 10년 전부터는 유화 그림을 그리며 대부분 시간을 보내고 있다.

창가로 가서 거실 유리창을 활짝 열고 정원의 여러 가지 화목을 바라보았다. 만개했던 빨간 장미는 아직 몇 송이씩 남아있다. 아담한 감나무에는 단감이 노란색을 띠고 있다. 낙상홍·아스타·국화 등의 꽃들이 조화를 이룬다. 참새 몇 마리가 감나무 가지에서 부리로 노란 감을 쿡쿡 쪼아 대고 있다. 강 건너 멀리 산봉우리 넘어 하얀 뭉게구름이 그림 속에 멎어 있는 것 같다. 시원한 바람이 소리도 없이 거실로 들어오며 그녀의 머리칼을 살짝 건드린다. 그녀가 창틀을 닫고 소파로 다시 와서 앉는다.

"뭐 드실래요, 커피는 그만 드시고, 과일 주스나 레드와인 약간만 가져올까요?"

"그래 포도주 약간은 도움이 된다고 했어."

오랜만에 포도주 맛을 본 나는 그녀에게도 조금 권했다.

"전에 저와 파리 여행 다녀오실 때 사 온 '보르도'예요."

"맛이 다르다 했지!"

나는 심장 수술 후로 지금까지 화실에 올라가지 못하고 있다. 그

대신 모처럼 그녀와 대화시간이 많아졌다. 밤이면 풀벌레 소리를 들으며 거실 창가에서 하늘의 별을 찾아 응시하는 버릇이 생겼다. 이제는 회복속도가 빨라져 조금씩 바퀴 달린 보조 대에 의지해서 방에서는 혼자서도 움직인다. 힘들면 다시 휠체어를 타기도 한다. 창가 쪽으로 오래된 그랜드피아노가 있다. 그가 평소 즐겨 치던 피아노다. 그녀와 같이 살아오면서 이제껏 오늘같이 긴 이야기는 처음이자 마지막이 될지 모른다. 내가 책장에 보관해둔 오래된 서류봉투를 가져다 달라고 하자 그녀가 가져왔다. 나는 이야기를 하기 위해 그때 써둔 유일한 일기장을 조심스럽게 꺼내 첫 장을 폈다.

날씨마저 을씨년스럽던 그 날 점심 무렵 갑자기 일단의 무리가 들이닥쳤다. 나는 막 점심 교대하고 식당으로 가려는 참이었다. 그들은 무슨 증명서를 내보이는가 싶더니 전화기의 코드를 뽑기 시작했다. 직원들에게 다른 곳에 일절 통화 중지와 잠시 이동도 못 하게 했다. 근무자 한 사람이 문 쪽으로 나가려 하자 그들이 잠깐 기다려! 하고 강압적으로 제지했다. 그들은 준비해온 청색 카피 지도를 표시해가며 들여다본다. 다른 팀은 별도로 작성된 약도를 보더니 턱으로 신호하며 밖으로 나갔다. 나는 무슨 일이 벌어질 것 같은 불길한 예감이 들었다.

내가 전역한 지도 몇 개월이 지나지 않았다. 내게는 아직도 책임완수, 희생정신, 솔선수범 같은 단어들이 머릿속에 떠오른다. 하루가 멀다고 매스컴에서는 '삼일 주식회사에서 세무조사 착수', '동신 그룹 세금 수십억 포탈' 등의 기사가 발표됐다. 그해 사월 새마을 운동을 막 시작하려는 계획 발표가 나오기 시작했다. 나는 국가와 사회는 물론 남과 다른 큰 역할과 새로운 삶에 도전하고 싶었다. 나는 입사면접 때 어떤 환경에도 회사를 위해 헌신적으로 일하겠다고 했다.

나는 얼마 전 업무 관계로 알게 된 이명호의 이야기가 생각났다.

"정리할 때 정리해야지."

그가 일하는 부서에서 경리담당 여직원과 관련된 이야기를 나에게 털어놓았다. 그 형은 평소 상사인 과장과 사사건건 좋지 않은 관계로 사표를 낼 생각을 하고 있었다고 했다.

"오늘 과장 책상에 위에 사직서를 놓고 문을 쾅 닫고 나와 버렸지!"

그 형의 표정이 굳어지며 남은 음료수를 들이켰다.

"나도 한다면 하지, 두고 보라지 흥……."

"……."

명호는 무슨 일인지 여운을 남기며 말을 멈췄다. 그가 왜 내게 그이야기를 했을까? 무슨 일을 벌일 것 같아 뒷일이 궁금해졌다.

그 뒤 누군가 회사의 기밀 사항을 빼돌렸다는 소문이 돌고 있었다. 나는 궁금해서 그가 말한 여자 경리직원에 대해 알아보고 싶었다.

얼마 지나지 않아 어렵지 않게 그녀를 만나볼 기회가 왔다. 소형 탑차를 잠깐 사용할 일이 생겨 허락을 받아야 했다. 의뢰서를 들고 그녀가 일하는 사무실에 직접 찾아갔다. 그녀는 어깨 위까지 긴 머리에 끝에 약간 파마머리였다. 이마와 머리 사이 왼쪽에 파란 터키석이 박혀 있는 핀을 꽂고 있다. 하늘색 청바지에 상의는 검은색 니

허들 넘어 황금노을 | 황선호

트 티를 입고 있다. 정갈해 보이고 친절했다. 그녀는 하얀 얼굴에 지적이고 정숙해 보였다. 기다리는 동안 그녀는 보기보다 약간 수줍어하는 표정으로 내게 물었다.

"차 한잔하시겠어요?"

"아, 네."

나를 대하는 그녀의 태도와 인상이 마음에 들었다. 저런 상대면 나도 사귀어 보고 싶었다.

차를 마시는 동안 그녀가 상사에게 전화로 확인 후에 스탬프를 찍어 나에게 가져왔다.

"친절하시군요."

"선생님도 멋지세요."

그녀가 웃으며 얼굴이 붉어진다.

나는 그 무렵 회사에서 명호의 정보를 입수했다는 이야기를 들었다. 그는 근무 중 파악한 업무 자료와 내용을 세무기관에 신고해 버렸다는 소문이 돌았다. 그 무렵 상사가 명호의 주소를 알려주며 만나 회유해 보라고 했다. 그가 보상을 받아 새로 이사해서 산다는 상도동 집을 찾아갔다. 명호가 집을 나가는 것을 발견하고 나와 동료는 빠르게 다가가 회사에서 잠깐 모셔다 상의할 일이 있으니 같이 가자고 했다. 회사에서 맞고소하면 일이 복잡하니 서로 잘 해보자고 설득했다. 하지만 그는 단호히 거절했다. 나는 그날 서둘러 회사로 돌아왔다.

하늘은 곧 비가 올 듯 먹구름이 밀려온다. 회오리 같은 찬바람이 일면서 먼지를 일으키고 지나간다. 지나가는 사람들은 하늘을 쳐다보며 발걸음을 재촉했다. 낮은 동산 언덕에 자리한 주택 사이로 곳곳에 보기 좋은 관상수가 아름답다. 바로 옆에 두 그루의 흰 목련화가 은은한 향을 풍긴다. 별장 같은 주택들과 떨어져 있는 저층 아파트가 어설픈 조화를 이룬다. 저 멀리 상류에서 내려온 한강 물이 유유히 동산 마을 옆 절벽 아래로 흘러간다. 이곳의 별장 같은 집마다 어떤 사람들이 살까? 궁금했다.

그때 높은 언덕 쪽에 자리한 동산아파트 부근에서 사람들이 모여 있는 모습이 보였다. 외부인이 침입한 듯 아파트 현관 쪽에서 주민들이 무슨 일인가 모여들어 소란스럽다. 세 명의 신사복을 입은 사람들이 아파트 현관문 쪽에서 물건을 들고나온다. 나는 처음 전화기알맹이를 빼내던 사람들이라는 것을 짐작했다. 분명 회사와 관련 있는 중요한 일이라는 생각이 들었다. 회사보안 업무를 하는 나는 저것을 빼앗겠다고 마음먹었다. 보따리를 든 사람들은 조심스럽게 좌우를 살피며 이동하고 있다. 그들은 무거워 보이는 보따리를 서로 붙들고 큰길 쪽으로 조심스럽게 이동하는 중이다. 나는 적당한 거리를 두고 그들에게서 시선을 떼지 않고 서서 살펴본다. 그것이 뭔지 몰라도 내 마음속에서 행동을 독촉했다. 나는 아직 최종 행동을 망설이고 있었다.

나와 같은 근로자들은 제대로 된 처우도 못 받고 일하고 있었다. 한편 지금보다 더 못한 환경에 처 해질지도 모른다는 생각이 전 근로자들에게 엄습했다. 회사의 근로자에 대한 나쁜 처우를 보면 부

허들 넘어 황금노을 | 황선호

도가 나서 없어져야 할 대상인가? 그것보다 회사가 유지되어 수많은 종사원이 희망을 잃지 않고 더 견디어야 하는가? 나는 어떻게 해야 할지 망설였다. 독배를 들며 '악법도 법이다.' 소크라테스가 인용했다는 말이 뇌리를 스쳐 간다. 나는 옳다고 생각하는 일에 말보다 실천할 수 있는지 자문부터 해 보았다. 짧은 순간 만감이 교차했다. 나의 작은 힘이 공동체에 큰 영향을 줄 수도 있는 순간이 다가왔다.

그들은 압수한 보따리를 들고 샛길 따라 큰길 쪽으로 걸음을 재촉하고 있다. 그들이 약 삼 미터 경사 언덕 아래쪽에서 이동하는 중이다. 화초와 작은 관상수로 둘려져 있는 뜰에는 문이 없는 이 층 단독 주택 건물이 있다. 그들이 잔디 사이 넓은 평 돌 판으로 깔린 길 위를 지난다.

나는 쏜살같이 허공에 몸을 날려 아래쪽 잔디 위에 뛰어내렸다. 그들의 바로 앞에 다가선 순간 한두 발 앞서 정지했다. 동시에 양쪽 팔꿈치로 세차게 그들의 가슴팍을 반사적으로 찍어 젖혔다. 그들은 억, 으악 소리와 함께 뒤로 나가서 쓰러졌다. 나는 떨어뜨린 보따리를 두 손으로 가슴에 감싸고 앞으로 뛰었다.

잠시 후 그들이 일어났는지 소리치며 뒤에서 쫓아오고 있다. 어느새 여러 사람이 모여 웅성거리고 있다. 그때 사람들 사이에서 얼굴을 아는 한 여직원이 나를 보며 손짓한다. 자기에게 전달하라는 표시였다. 보따리를 몇 명이 가리면서 슬쩍 그에게 넘겼다. 앞쪽 아파트복도를 뛰어가다 문이 조금 열린 집에 숨어들었다. 나를 쫓던 그들이 이 집 저 집 문을 살펴보며 이상한 사람 들어오지 않았느냐고 확인하며 다가오는 소리가 들린다. 드디어 문을 두드리며 여는 소리가 들렸다. 발동기가 시동 전 쿵덕 쿵닥 할 때처럼 가슴이 뛰었다. 긴장이 고조되는 순간이다.

"어떤 사람 안 들어 왔어요?"

영문을 모르는 그 집 할머니는 대답이 없다. 그 할머니는 겁먹은 표정으로 쳐다보고만 있는 것 같다. 대답이 없자 곧 문을 쾅 닫고 다음 문을 확인하며 지나가는 소리가 들렸다.

다른 근무자는 아무도 내가 무슨 일을 벌였는지 아직 눈치채지 못했다. 오후 7시경 같이 일하는 직원이 교대를 마치고 주요 신문사 석간신문 경기 판 사회면에 대서특필 되었다며 신문을 가지고 왔다. 저녁 무렵 의정부 경찰서에서 형사 5명이 급파되어 용의자들을 수색하고 있다고 한다. 신문 일 면은 월남전에 관한 전세나 새마을 운동 관련 내용이 보였다. 사회면에 "경기지역 D 회사에서 세무 사찰 중 폭행과 압수 서류 뭉치를 집단으로 탈취했다."

〈세무 직원 Y 씨가 관련 책임자와 관련 종업원을 집단 고발하다〉

전국에 전단을 붙이고 범인 검거에 나섰다는 기사였다. 다음 날도 회사 책임자 두 명이 들렸다. 나는 다시 두 번째 결심해야 했다. 내가 한 행동에 책임져야 할 것 같다. 나는 전에 읽어 본 책 중에 도스토옙스키가 사형선고를 받고 단 5분간의 남은 시간을 어떻게 쓸 것인가에 관한 내용을 몇 번이고 다시 읽어 본 적 있었다. 햄릿의 독백에서 인생무상을 토해내는 부분, 푸시킨의 시 '생활이 그대를 속일지라도 슬퍼하거나 노여워하지 말라……' 등 반복적으로 머리를 스쳐 간다. 내가 아직 생각이 덜 정리된 시기일지 모른다는 생각이 들 때도 있었다.

나는 지금까지 나보다 국가와 사회를 위한 솔선수범, 희생과 봉사정신, 근면 성실이라는 구호 속에 살아왔다. 도덕 교육과 강령에 물들여져 있는 것인지도 모른다. 나는 어쩌면 잘 길들어진 서커스단의 코끼리 같을지도 모른다. 모든 것은 혼자서 판단하고 결정해야 했다. 교도소에 들어가면 혹시 죄질이 나쁜 사람들 틈에서 시달리지 않을까 생각도 들었다. 다른 한편으로 차 한잔을 마셨던 그 여자 경리직원이 내 마음속에 아른거렸다.

연락을 받고 경찰서에 갔다 오던 회사 간부 두 명이 관리사무소에 들어왔다. 그들에게 나의 뜻을 말했다.

"내가 책임지고 들어가겠습니다."

"무슨 말인지?"

"내가 가서 사실을 말하고 책임도 내가 지겠습니다."

"수배 대상은 관련 책임자 세 사람이고, 일반 종업원들은 다음 문제입니다."

"한번 그 형사들과 이야기해 보세요."

그 두 사람은 얼굴을 쳐다보고 시선을 마주치다 고개를 끄덕인다.

"그렇게 해봅시다." 하고 그들이 나갔다. 그들은 올 때 갈 때 무슨 정보라도 듣기 위해 한 번씩 들렀다 갔다. 다음날 오후 잠복과 상부

압박에 지친 그들이 다시 찾아왔다. 형사들이 급파되어 잠복근무하며 지낸 지도 일주일이 되는 날이었다.

"정말 지금도 그 뜻이 변함없습니까?"

"……."

한참 무거운 침묵이 흘렀다.

"장부 일언 중천금입니다."

처음으로 그 말을 실천적으로 사용해 보려는 중이다. 그들은 나의 말을 듣는 순간 굳어있던 얼굴이 펴지며 미소 지었다.

"그렇게만 해준다면 더 큰 화를 막을 수 있습니다."

만일 교도소에 가면 어떻게 할지 생각해보았다. 가능하다면 교양책과 성경을 읽으며 인생의 의미를 탐구해보고 싶었다. 그 안에서 그런 것이 허용되고 시간이 될지는 아직 모른다. 그렇게 생각하니 마음이 한결 편해졌다.

몇 시간 후 잠복하던 형사들이 찾아와서 나를 확인하고 군용 지프에 타자고 했다. 그리고 뒷좌석에 나를 밀어 넣고 양쪽 옆문으로 그들이 거의 동시에 탔다. 현지 파출소에서 간단한 조서 절차를 마치고 곧 수갑이 채워져 의정부 경찰서로 압송되었다.

나는 경찰서에 도착 후 수갑을 풀고 몇 가지 입감 절차를 마치고 유치장에 들어갔다. 조금 커 보이는 유치장 방안에는 십여 명은 되어 보이는 남녀 다양한 연령층의 사람들이 입감돼 있었다. 콘크리트 바닥에 나무로 만들어진 오래된 긴 의자에 걸쳐 앉은 사람, 맨바닥에 앉거나 서 있는 사람, 제멋대로였다. 내가 들어가자 모두 나에게 시선을 던지고 있었다. 한참 긴장이 흐르는가 싶더니 망나니 같이 보인 한 남자가 거드름을 피우며 몇 발짝 나오더니 말을 걸었다.

"거기 무슨 건으로 왔지?"

"……"

형사가 나를 호출하여 나가서 다시 조사가 시작되었다. 한창 조사 중에 회사 소속과 일 내용, 근무 기간 등을 물었다. 그는 조사 과정에 내가 사적인 것보다 공적인 것 외에 다른 혐의는 없어 보인 것 같다. 그는 내가 회사에 이용된 것으로 이해하는듯하다. 보이지 않는 동정심이 느껴진 눈빛이다. 그가 입에 문 짧은 담배를 한 번 더 힘주어 빨았다. 그의 앞쪽에는 담배꽁초가 여기저기 빈틈마다 구겨져 있는 담배 재떨이가 보인다. 재떨이 한쪽 홈에 겨우 끼우다 싱거운 미소를 지으며 그의 조카도 같은 회사에서 일한다는 말도 했다. 나는 성실히, 가능하면 사실대로 답했다. 내가 한 일에 책임을 지는 방향으로 그의 의도에 맞게 답변했다.

심문을 마치고 다시 유치장 안으로 들어왔다. 유치장 안의 사람들의 표정은 수심과 불안감이 깔려있었다. 창밖에는 어둠이 깔리고 외등이 켜지기 시작했다. 조사 형사는 회사 간부들과 조건부로 그들에게 나를 인계했다.

다음 날 오후 나는 관리실에 들어갔다. 동료 직원이 어제 어떤 여자가 전해 주라고 했다면서 봉인된 편지를 내민다. 나는 궁금해서 한쪽으로 가서 뜯고 읽어 보았다. '저는 그때 서류를 전해 받은 직원에게 선생님에 대해 들었어요. 혹시 시간이 되시면 내일 저녁 퇴근 때 우리 집에 잠깐 들러주시면 드릴 말씀이 있습니다. 식사 준비도 해 놓고 기다리겠어요, 새로 옮긴 저의 집 주소입니다. 〈동산아파트 C동 3층 5호〉 숙희 올림'

나는 주말 저녁때 무슨 내용일까 일을 마치고 그녀 집을 찾아갔다. 집 근처에서 쪽지를 꺼내서 주소를 다시 확인했다. 약간 긴장되어서 문을 가볍게 노크했다. 너무 약했나, 다시 한 번 좀 크게 두드렸다. 곧 그녀가 문을 열어보더니 미소를 띤다.

"안녕하세요, 들어오세요."

"아, 그때 그분."

"맞아요, 이쪽 방으로 들어오세요."

안쪽에 피아노가 보여 내가 한참 쳐다보았다.

"휴일이면 개인 지도로 피아노 레슨을 하다 지금은 안 해요."

"전공이 음악입니까?"

"어렸을 때부터 개인 지도를 받고 자랐어요."

그녀는 벌써 한쪽에 식사 준비를 해 놓고 있었다.

"선생님께 식사 한번 대접해드리고 싶었어요, 시장하시죠."

식탁으로 나를 바로 안내했다.

"선생님 차린 건 없지만 맛있게 드세요."

"네 잘 먹겠습니다."

나는 얼굴이 달아올랐다. 왜? 나에게 관심을 두는 것일까 뭔지 하고 싶은 이야기가 있는 것 같았다. 순간 심각한 표정으로 바뀌었다.

"차일피일하다가 오늘이 좋을 것 같아 모시기로 했어요."

"아버지는 회사 업무로 장기 출타 중이시고 어머니는 3년 전에 지병으로 돌아가셨어요."

그녀는 식사 중에 이야기를 계속했다. 항시 단체로 먹는 식사가 좋지 않아 힘든 생활을 하고 있을 때라서 군침이 당겼다. 식사하는 동안 그녀가 나에게 위안 섞인 말을 해주었다. 듣는 척하면서 나의 시선은 그녀의 표정을 관찰하기 바빴다. 그녀도 내 시선이 멀어지면 힐끔힐끔 보는 것 같았다. 언제 먹었는지 배가 불렀다. 나는 그냥 나오기도 멋쩍어서 벽 쪽에 걸린 시계를 보다가 자리를 물러앉았다. 처음에 보았을 때는 약간 애수 서린 눈빛이 갑자기 빛나며 나를 뚫어지게 쳐다보았다. 좀 당황해하자 그녀는 부드러운 말씨로 아래를 보면서 말했다.

"가끔 식사하러 오세요."

나를 편안하게 해주려고 한 것 같다. 그녀가 고맙게 느껴졌다. 일어나려고 하는데 그녀가 부엌으로 갔다. 디저트를 쟁반에 가져왔다.

"혹시 술 드세요?"

"네 조금."

"아버지가 드시던 좋은 양주가 있는데 맛 좀 보세요?"

그녀가 다시 작은 잔과 양주병을 가져왔다. 그녀가 한잔을 따라

주었다. 한잔 마시고 그녀에게 조금 마셔보라고 하자 손을 흔든다. 내가 조금 부어 맛만 보세요, 하니 그녀도 거부하지 않고 마셨다. 또 한잔을 따라 주어 나도 쭉 마셨다. 약간 취기가 올라온다.

"사실은 선생님에 대한 자세한 내용은 얼마 전에 알았어요."

그녀는 이미 나에 대해 더 알고 있었다.

"친절하고 책임감이 강하시다는 분으로 들었어요."

나를 추어 올려주는 것 같았다.

"그렇지 못합니다."

그녀도 사건이 있던 날부터 한동안 다른 곳에 피해 있었다고 했다.

"누가 자수했다는 소식을 들었으나 확실히 누군지 알지 못했어요. 한 직원이 얼마 전 찾아와서 내용을 전해 듣고 그때 사무실 방문했던 분 아닐까, 궁금했어요."

"회사 일이지만 저의 일로 책임지고 재판까지 받는다니 마음이 아팠어요."

"나 스스로 결정한 일입니다."

"그것은 과장님 지시로 제가 아는 집에 숨긴 서류 보따리였어요."

"아! 그렇다면 아직 조심하셔야……."

"어떻게 그처럼 힘든 결정을 하셨어요?"

"이렇게 좋은 만남을 위해서가 아닐까요?"

"……."

그녀도 잠시 다른 곳에 피해 있을 때도 항시 걱정했다는 말을 했다. 그 후 잠을 이룰 수 없었다가 지금은 용기를 내서 사건 마무리에 열중하고 있다고 했다. 나는 명호에게 들은 이야기를 떠올리며 그녀의 이야기를 듣고 있다.

"상사와 약혼했다는 말은 거짓말이었어요."

그녀는 무엇인가 생각한 듯 한참 후 이야기를 계속했다.

"며칠 전 저를 보조하던 여직원이 전할 말이 있다고 해서 들어보고 깜짝 놀랐어요."

명호가 새로 옮긴 숙희의 아파트 주소도 물었다는 말을 전해 들었다. 숙희는 집에 혼자 지낼 때라서 언제 찾아와, 무슨 일을 벌일지 몰라 무서워 잠을 이루지 못했다는 말을 했다. 나는 시선을 그녀에게 고정하고 가끔 고개만 끄덕끄덕하며 열심히 들었다.

"너무 걱정하지 말아요, 결혼은 안 하실 건가요?"

"내 마음을 깊이 이해해주고 용기 있는 분과……."

내게 어떤 것을 생각하게 하는 말 같았다. 상사가 그녀에게 관심을 두고 접근해도 마음속에서 허락하지 않았다고 했다. 명호의 행동이 몇 가지 의심스러워 미리 거리를 두려고 약혼 이야기까지 했다고 했다. 그녀는 다른 대상을 찾고 있을지도 모른다는 생각이 들었다. 다시 일어서려 하는데 그녀가 잠깐……, 하더니 말을 잊지 못한다. 이십 사 세인 남자가 비슷한 나이의 이성과 밤에 한방에 있으니 가슴이 두근거린다. 나만 뛰겠지, 곁에 표시가 날까 조심스럽다. 농담 반 진담 반 늦어서 자고 갈까 하고 혼잣말처럼 했다. 그녀는 가슴이 살짝 패인 흰 레이스가 달린 실크 블라우스를 입고 있었다. 그녀의 가슴은 더욱 불빛에 반사되어 입체감을 더했다. 나를 유혹하듯 봉오리 진 그녀의 자태는 젊은 남자의 마음을 요동치게 하고 있었다. 온몸에 젊음의 전기가 감전된 것처럼 흐르는 것 같다. 꿈틀대는 육체의 반응을 한쪽의 정신력으로 억눌렀다. 긴장된 생활을 하던 나에게 잠시나마 그것들을 잊게 해주는 시간이었다.

"이렇게 문제가 커질 줄 몰랐어요."

그녀에게 가슴에 쌓인 무엇이 있는 것 같았다. 그녀는 말을 하려다가 갑자기 조금 남은 술잔을 비웠다. 그녀는 모처 정치자금 모금 때에도 이번에는 회사가 소홀했다는 말도 했다. 다른 사람에게는 말하지 않기로 했다. 시간이 너무 많이 지났다. 나 혼자 술을 더 따라 마시자 그녀 스스로 약간 따라 마셨다. 내가 시계를 쳐다보자 그녀가 알아차리고 말했다.

"너무 시간이 늦어져 죄 죄송해요……"

발음이 약간 어눌해진 것 같다. 그녀의 얼굴은 이미 빨갛게 달아올랐다.

"방이 두, 둘이니 괜찮으시면 이 방에서 주무시고 가도 돼요."

"아름답게 보입니다."

내가 일어서려는데 약간 비틀거렸다. 화장실에 좀 다녀오겠다며 갔다 와서 보니 그녀는 머리를 숙이고 눈을 감고 있다. 술기운에 졸음이 온 것 같다. 그녀 옆으로 다가가 조심스럽게 안자 그녀의 체취가 감미롭게 다가온다. 안방으로 이동해서 눕혔다. 한쪽 농에서 이불과 요를 내려 폈다. 나도 비틀거리는 것 같다. 다시 요 위로 올려 눕히다가 취기에 흔들려 블라우스가 가슴에 닿아 밀리며 스쳤다. 그녀의 상의가 가슴까지 올라가 두 개의 빨간 앵두가 보일 듯하다. 방을 나오려다 다시 그녀를 쳐다본다. 너무 관능적이고 아름다워 보인다. 심장이 다시 뛴다. 자석처럼 나를 끌어당기는 것 같다. 심야에 아가씨 방에서 나가기도 남의 눈이 걱정된다. 문 옆 스위치를 내렸다. 아무것도 안 보이는 먹통 방이었다. 잠시 후 희미하게 방안이 보이기 시작한다. 조심스럽게 그녀 곁으로 다가갔다. 밤의 두려움은 사라지고 사랑의 여신이 날 기다리고 있는 것 같았다.

자신의 비명과 함께 그녀가 눈을 잠깐 떴다 감는다. 출렁이는 파도에 흠뻑 젖은 배는 곧 환희의 항구에 닿았다. 시계는 새벽 네 시가 가까워지고 있었다.

"잘 자요."

혼자서 가볍게 인사를 하고 방을 나왔다. 두 사람이 어려운 사건 뒤에 마음끼리 통하는 위로였을까? 내가 몇 발 가다가 뒤돌아봤다. 어느새 그녀가 옷을 챙겨 입고 문을 살짝 열고 뒤쪽에서 나에게 들릴 듯 말 듯 인사를 했다. 그녀도 더는 나에게 말을 걸지 않았다. 발걸음을 기숙사로 돌렸다. 뒤돌아보니 그녀는 문을 살짝 연채로 멀어질 때까지 계속 바라보고 있었다. 나는 오른손을 살짝 들어 흔들어 주었다.

그녀 말은 서류를 감춘 책임을 면하기는 어려울 것이라고 했다. 그러나 내 재판 건이 잘 처리만 되면 그녀와 모두가 좋아질 것이 분명해졌다. 나는 반드시 처벌을 받아야 했다. 내가 책임을 피하면 모두 크게 확대되어 회사에도 추가적인 다른 징계 조치가 따를 수 있다. 나는 그녀를 위해서도 반드시 속죄양이 되겠다는 생각을 했다. 나는 일이 잘 처리되면 그녀를 확실하게 내 사람으로 만들겠다고 다짐했다.

얼마 지나지 않아 검찰에서 소환 통지가 왔다. 가슴이 두근거렸다. 어떻게 대답하고 어떻게 대처할지 아무런 생각도 준비도 없었다. 그날 나는 서울의 검찰청 검사실로 들어갔다. 서울 중앙 세무 직원이라서 서울에서 사건을 다루는 듯했다. 회사 간부는 담당 검사가 사회적으로 큰 사건처리를 잘하는 전담검사라고 했다. 나는 수사관과 이야기하다 말고 검사 옆으로 다가갔다.

"사전에 검사님에게 부탁이 있습니다."

서류를 들여다보고 있다가 그는 고개를 들어 쳐다보며 무슨 이야기냐고 물었다.

"검사님 내가 사실대로 이야기하겠습니다. 엉뚱한 질문에 답변을 잘못해서 법적으로 불이익이 되지 않도록 도와주시면 협조를 잘하겠습니다."

그가 무슨 생뚱맞은 소리인가 하는 표정을 지었다. 검사가 한참 나를 쳐다보았다. 알았다고 말하더니 수사관을 불러 이 사건의 해당 적용 법규를 찾아보라고 했다. 수사관은 한참 찾는 척하다가 검사에게 다가갔다. 이 사건은 폭행 및 특수 공무집행 방해죄로 벌금형도 없습니다, 실형밖에 해당하지 않는다고 했다. 고개를 끄덕인 검사는 잘 처리해봐요, 하고 형식적으로 수사관에게 지시했다.

그 후 몇 번 더 검찰에 불려갔다. 나는 그런 날은 저녁때 그녀의 아파트로 갔다. 그녀도 내가 찾아갈 때마다 기다렸다며 반겨 주었다. 식사도 함께하며 사랑이 무르익어갔다. 그러던 어느 날 밤이었다. 내가 돌아가려고 할 때 갑자기 나를 끌어안았다. 그녀는 요즈음 옆집 할머니로부터 수상한 사람이 밤늦게 선글라스를 쓰고 기웃거리더라는 말을 들었다. 혼자 지내기 무섭다고 했다. 아버지가 출장 마치고 오시는 날까지 자주 와달라고 했다. 기분이 이상했다. 그가 명호가 틀림없다는 것을 그녀와 나는 짐작했다. 명호는 숙희에게 아직 미련이 남아있을지 모른다. 나는 그녀에게 내가 있으니 이제 더는 걱정하지 말라고 안심시켰다. 내가 그를 만나면 한 번에 확실히 포기시키겠다고 생각했다. 내가 그녀를 지킬 수 있는 것은 자신감뿐이었다.

그해 10월은 유신 체제가 개막되고 있었다. 남북회담도 양쪽에서 교대로 개최되고 열렸다. 시국은 변화무쌍하게 돌아갔다. 그 뒤 오래 가지 않아 법원에서 또 소환 통지가 왔다.

보도 내용에 따르면 세금 추징 대상액이 총 이십억 원이라고 했었다. 실제 낼 세액은 자세히 알 수 없었다. 나는 회사 상부의 무조건 부인하라는 지시를 따르지 않기로 했다. 내가 한 일에 책임지기로 마음을 다시 굳게 먹었다. 나는 처벌을 받아도 길게 보면 국가와 회사나 동료 직원들에게 더 도움이 될지 모른다는 생각을 하였다, 아

무도 믿을 수 없다, 나를 던져보자 그리고 법의 심판을 받자고 생각
했다. 그동안 나는 검찰청과 법원을 수차 왔다 갔다 했다.

2차 결심공판을 하는 날이다. 시간이 다 되었는데 변호사는 아직
나오지 않았다. 전에 한 번 출석할 때도 나 개인보다는 회사에 피해
가 덜 가는 방향에만 변론에 치중하는 것 같았다. 잠시 후 재판이
시작되었다. 제판 중에 젊은 판사가 나에게 물었다.

"그 보따리가 이중 장부서류라는 것을 알았는가."

"몰랐습니다."

"누구의 지시를 받았는가?"

"아무의 지시도 받지 않았습니다."

갑자기 판사가 화를 내듯 큰소리로 되묻는다.

"지시를 받은 것 맞지?"

"스스로 했습니다."

"피고는 거짓말하고 있어!"

또 큰 소리로 말했다.

"혼자 했습니다.

"……."

내 행동은 인정하면서도 다른 사람과의 관련 사항은 확실하게 모
른다고 일관되게 답변했다.

재판 절차가 끝날 무렵 검사가 구형했다.

"국가공권력 행사를 방해하고 집행 공무원에게 큰 폭행죄를 범한

피고에게 장기 5년 단기 3년의 징역형을 구형합니다."

재판 과정에도 불구속 상태에서 나는 근무를 계속했다. 마지막 선고 공판을 하는 날이다. 나는 재판 시작 전에 세무 직원 고발인 Y 씨를 그동안 대질 신문 때 알아볼 수 있었다. 그날 나는 재판정 뒤쪽에 서 있는 그를 발견했다. 나는 생각하다가 그를 직접 만나보기로 했다. 용기를 내서 고발인에게 다가갔다. 아무런 준비도 없이 갑자기 만나는 것이다. 상대가 어떻게 나올지 모르는 상태로 매우 긴장했다. 큰 체구에 얼굴이 크고 50대 초반의 직위도 있어 보였다. 양복 정장을 하고 다음 재판을 기다리고 있는 그를 발견했다. 재판 진행 상황을 지켜보며 대기하고 있었다. 그의 앞에 섰다. 인사부터 구십 도로 했다. 난데없이 나타나서 인사를 하자 그는 순간 놀라는 눈치였다.

그가 누구냐고 물었다.

"오늘 사건 피고입니다. 그때는 참 잘못했습니다. 죄송합니다."

"아……."

"군 제대한 지 얼마 안 돼 본의 아니게 큰 실수를 했습니다. 잘 부탁드립니다."

하고 가볍게 인사를 하고 그의 가슴을 쳐다보고 기다렸다. 그도 나를 한참 말없이 보고 있었다. 길게 느껴지는 긴장의 순간, 그가 말했다.

"그래 나도 자네 같은 동생이 있네. 참고하겠네."

나는 따귀라도 맞을 각오로 그 사람에게 다가갔으나 그의 대답은 의외였다.

"네 고맙습니다."

인사를 다시 하고 물러났다.

잠시 다른 쪽에서 서 있는데 어떻게 알았는지 그녀가 방청석에 함께 온 여자와 앉아 있었다. 마지막 재판을 받던 날 방청석까지 들어와 있었다. 그녀와 눈이 마주치자 서로 고개만 살짝 숙였으나 아무 말도 서로 하지 못했다. 그녀는 계속 나의 동태를 살피고 있는 것 같았다.

내 차례가 왔다, 이름을 불러 재판정 앞에 섰다. 재판정은 위엄 있고 엄숙하게 느껴졌다. 그리고 곧 재판이 진행되었다. 검사석 맞은편 증인 출석 좌석에 국세청 직원 Y씨가 앉았다. 그는 법원으로부터 한 번 확인 차 출석요구를 받은 것 같았다. 판사가 그에게 물었다.

"증인은 피고인을 알고 있습니까?"

나는 그때 그를 바라보았다. 그도 고개를 돌려 나를 바라보았다. 순간 시선이 마주쳤다. 그는 쉽게 대답을 하지 않았다. 나도 그에게서 시선을 멈추지 않았다.

"글쎄요, 그때 여러 사람이 혼잡할 때라 얼굴이 잘 기억이 나지 않습니다."

검찰이 버럭 화를 내며 Y 씨에게 큰소리로 그를 향해 말했다.

"저 사람이 직접 고발한 피고인 맞지요?"

질문인지 압력인지 두 사람을 번갈아 본다.

"……."

그는 무조건 '맞습니다' 해버리면 사실 여부에 상관없이 될 일이었다.

다른 질문으로 진행되었다. 검사는 나에게 장기 5년 단기 3년 징역형을 구형한 상태였다.

선고할 시간이 되었다. 판사가 나에게 물었다.

"피고는 마지막으로 할 말이 있는가?"

"만일 관대히 처리해 주신다면 선량한 국민의 한 사람으로 국가와 사회를 위해서 더욱 훌륭한 사람이 되겠습니다."

"당신은 본 재판관이 볼 때 평소 매우 성실한 사람이다. 앞으로 절대 그러한 행동을 하지 말기 바란다."

"네."

"피고에게 금고 십 개월에 집행유예 삼 년을 선고한다."

구속 생활에 대한 부담이 매우 컸으나 그나마 다행으로 생각했다. 한편으로 외롭고 쓸쓸한 기분이 나를 엄습했다. 판사가 했던 말이 여운을 남긴다.

내가 마지막 재판 순번으로 끝나자 법정을 나오는데 검사가 뒤따라오며 위압적 어조로 말한다.

"당신 오늘 법정 구속인데 어떻게 된 거야."

위협적 언사였다. 갑작스러운 말에 반쯤 돌아보려다 말았다.

"……."

나는 대답을 하지 않고 법정 밖으로 나왔다. 세무기관 측 증인 Y 씨가 '맞다'라는 말만 했으면 바로 법정 구속된다는 것을 나도 느낄 수 있었다. 그에게 아무런 손해도 없는데 왜 그랬을까, 검사 측은 믿을 수 없다는 반응이었다. 밖에는 짓궂은 밤비가 외등 불빛에 반짝거리면서 측은하게 내리고 있었다. 밖에 나와서 뒤쪽을 한참 보아도 그녀는 나타나지 않았다. 간부들과 있는 나에게 심적 부담을 주지 않으려고 그냥 가버린 것 같다. 나를 안내한 회사 간부는 아마 검찰에서 항소할 것 같다고 했다. 십일월 어느 추운 날 밤 8시경에 재판이 끝이 났다.

선고 재판이 끝난 몇 주 후 총무 이사가 나에게 찾아왔다. 그 뒤에 검찰에서 국세청 구 모 간부는 검찰 소환을 받고 재조사를 받았다고 했다. 증인석에서 결정적으로 법정 구속을 면하게 했던 대답 때문이다. 뇌물을 많이 먹고 봐주기를 했다는 것이 검찰 측 주장이다. Y 씨도 끝까지 말을 바꾸지 않았다고 했다. 자기의 순수한 생각으로 했다는 것을 나는 알고 있다. 나는 그분의 쉽지 않은 인간적 용단에 고마움을 느꼈다. 그 후 검찰의 항소도 기각되었다고 했다.

어느 날 일을 마치고 그녀의 집으로 가려고 주차장 곁을 지나갔다. 검은색 세단이 시동이 걸린 채로 조명등이 켜져 있었다. 이상한 예감이 들었다. 아파트 입구를 들어서려는데 여자의 저항하는 듯한 목소리가 들렸다. '이것 놔요', '안놓으면 소리 질러요' 나는 뛰듯이 계단을 올라갔다. 선글라스를 썼으나 그가 명호라는 것을 금방 알 수 있었다.

"무슨 일이야."

"넌 뭐야."

"그 손 놔."

"네가 뭔데 나타나서 간섭이야."

나는 명호 멱살을 잡으며

"내 사람을 왜 건드려!"

하고 벽 쪽에 밀어붙였다.

"흥 바로 너였구나, 이 자식!"

하고 주먹으로 나의 얼굴을 사정없이 후려쳤다. 나는 뒤로 떨어지며 나자빠졌다. 입안에 비린내가 났다. 그녀의 비명이 들렸다. 반사적으로 일어나 명호의 얼굴을 힘주어 갈겼다. 퍽 퍽 소리와 함께 그가 주저앉았다. 나는 그녀를 방으로 들여보내고 문을 닫고 돌아서려는 순간 명호 손이 번뜩하더니 어느새 나의 복부를 향했다. 급하게 옆으로 피하려 했으나 그의 칼은 나의 왼쪽 옆구리를 찔렀다.

오싹한 느낌과 함께 '흑' 소리와 함께 만지자 끈적한 느낌으로 옷 안과 밖으로 피가 다리를 타고 흘러내렸다. 그는 칼을 쓱 빼고 달아났다. 상처를 움켜쥐며 사람들이 떠드는 소리가 들리면서 주위가 희미해져 갔다.

내가 눈을 떴을 때는 의사와 그녀가 옆에 서 있었다. 부근 병원에서 옆구리 봉합 수술이 끝나고 링거를 맞는 중이었다. 의사는 수술 경과를 나에게 설명해주었다.

"천만다행입니다. 조금만 안쪽이었으면 위험할 뻔했는데 비켜 갔습니다. 수술결과도 좋아 이 삼 주 후면 퇴원할 수 있습니다."

의사가 나가고 그녀가 옆에 서 있었다.

나 스스로 다짐했던 것처럼, 내가 한 행동에 책임을 다했는지 생각해본다. 회사와 다른 직원 모두 잘 처리될 것이다. 법원 결정으로 회사는 사후 자체에서 다시 서류를 준비하여 세무기관에 다시 제출했다고 했다. 회사 간부들은 큰 사건인데 비해서 나의 헌신적 노력으로 다행히 잘 마무리됐다고 말해 주었다. 다른 고발되었던 책임자급 간부들과 십여 명의 다른 종업원들 모두 법적 문제가 풀리게 되었다. 그 뒤 세금도 회사 사정을 참작해 대상 금액의 십 분의 일 정도로 합의가 되었다고 들었다. 나와 같은 회사 동료들도 최악의 사태는 비껴갈 수 있게 되었다. 나는 더 휴식 기간을 갖기로 하고 퇴직 신청을 해 두었다.

일주 후 회사 측에서 잠깐 들려 달라는 연락을 받고 갔다. 그 임원은 차를 권하며 전 할 것이 있다고 했다. 그동안 내가 회사에 헌신한 작은 성의 표시라며 내가 퇴직하더라도 장기 복리 적금통장을 회사에서 십 년간 넣어주겠다고 했다. 그는 근무 간 특별 급여와 퇴직금을 주었다. 별도로 마지막 급여기준 내 이름으로 회사에서 입금해주는 통장과 도장을 만들어 주었다. 한 달분이 이미 들어가 있었다. 그때는 큰돈은 아니었지만 받아들였다.

나는 인생의 중요한 출발 시점에서 앞으로 살아나가는 길에 큰 제한을 받을 수 있는 장애물이 생겼다. 모든 취업에 불이익과 자격 제한이 많았다. 소속사회나 집단의 공익적 위기에 솔선수범을 더할 수 있는가? 나 스스로 큰 사건을 감수했던 그해도 저물어갔다.

나는 가끔 한강 상류 둑에 나가서 풀 위에 털썩 주저앉는다. 흘러가는 물살의 변화를 쳐다본다. 저 작은 물결의 모양을 누가 기억할 것인가. 나의 인생 또한 저 작은 물결의 한 동작에 불과하겠지, 이 세상에 왔다가 잠깐 살다 사라지고 태어나는 인생 또한 다른 것이 무엇인가? 그 짧은 시간, 수많은 변화 속에 합류되어 흘러가는 나를 느껴본다. 그것은 외형일 뿐이다. 내 상상 속에 그려지는 자유스러운 생각이 흰 구름을 지나서 창공 속에서 유람하는 것 같다. 잠시 상념에 젖어본다.

나는 직장을 바꾸기로 하고 준비를 하고 있었다. 그녀와 약속을 지키려면 어떤 난관도 스스로 극복해 나가야 했다. 떠나기 전날 밤 그녀의 집을 찾아갔다. 그녀가 원하면 계속 관계를 유지하고 싶었다. 그녀는 기다렸다는 듯 나를 반갑게 맞아주었다. 서로가 운명적인 만남처럼 사랑을 기약했다. 뜨거운 밤을 함께 보냈다.

"반드시 다시 올 거야."

"자리 잡으시면 연락 주세요."

나는 대답 대신 고개를 끄덕였다. 그녀는 한 번도 알려주지 않았던 전화번호가 적힌 쪽지를 나에게 주었다. 그날이 그녀와 긴 이별의 순간이 될 줄 몰랐다. 며칠 전부터 마음의 정리를 해왔다. 큰 가방 하나와 작은 가방 하나에 스물넷 해의 짐을 다 담을 수 있었다.

그해 마지막 달, 나는 서울역에서 부산행 야간 특급열차를 탔다. 가방을 짐칸에 올리고 혼자 열차 뒤쪽 창가 좌석에 앉았다. 옆 좌석이 아직 비어 있다. 어떤 사람이 어느 역에서 탈지 궁금해졌다. 몇 번째 역을 지나도 아직 그대로다. 기차는 긴 망아지처럼 덜거덕거리 며 밤의 어둠 속을 뚫고 달린다. 약간 졸리기 시작한다. 눈을 감자 지난 일들이 합성 영화처럼 겹쳐 떠오른다. 다시 눈을 뜨고 차창을 내다봐도 어둠 속에 내 얼굴만 이상하게 보인다. 너는 누구지? 다시 눈을 감자 반복되는 덜거덕 소리가 자장가처럼 멀어져 간다. 사람들 이 끝없는 지평선을 따라 뻗은 길 위에 놓인 장애물을 넘고 있다. 그 것들에 걸려 넘어졌다가도 일어나 다시 달린다. 겨우 하나는 넘었는 데 또 다른 장애물이 보인다. 저 멀리서 은은한 향기가 퍼져 온다. 나는 그곳을 향하여 마지막 장애물을 넘기 위해 계속 달려간다.

나는 일기장 마지막 페이지를 덮었다. 나는 남은 이야기와 그때의 생각을 끝내려고 한다.

"화백님 이제 날이 저물어가나 봐요. 밖에 나가 시원한 공기 좀 쐬 어요."

"벌써 시간이 그렇게 되었나?"

아직 혼자 몇 발 이상 걷기 힘들어 나는 힘을 내서 휠체어로 옮겨 앉았다. 그녀는 문지방 덮개를 깔고 조심스럽게 밀고 한강 강물이 흐르는 정원 앞 벤치로 자리를 옮겼다. 해는 벌써 서쪽 하늘에서 내 려갈 준비 중이다.

"오늘은 날씨가 너무 좋았어요."

그녀는 어려운 고비를 넘기면서 나를 끝까지 옆에서 지켜왔다. 그녀 얼굴에 불그스레 한 석양빛이 입체감을 더해 영화의 한 장면처럼 보인다. 바로 저 모습이다, 내가 그리려고 했던 성숙한 천사의 사랑스러운 그 얼굴을 찾았다. 숙희의 미소가 예쁜 장미꽃처럼 내 머리 안 캔버스에서 먼저 완성되어가고 있다. 조금만 더 회복되면 그녀의 초상화를 완성할 것이다. 사진으로만 본 금발의 예쁜 며느리와 귀여운 손자가 오면 보여줘야지.

"더 가까이 와요."

그때 젊은 날 아픈 추억의 흔적이 이제야 다 지워지는 것 같다. 자유를 찾은 새처럼 홀가분해진다. 물끄러미 나를 바라보던 그녀의 눈에서 소리 없이 눈물이 흘러 앞쪽 뺨에 아롱거린다. 내 손등 위에 따스한 눈물방울 기운이 느껴진다. 나는 그녀 손을 꼭 잡고 놓지 않으려 한다. 그 순간 지난 일이 주마등처럼 스치다 감전된 듯 짜릿함이 느껴졌다. 갑자기 수술한 심장이 터질 듯 요동치는 것 같다. 다시 그녀의 얼굴을 쳐다보는 순간 서서히 손에서 힘이 빠져가다 풀리고 있다. 그처럼 따사롭던 햇살도 서서히 서쪽 하늘에서 황금빛 노을 속에 휴식하듯 풀어져 내렸다. ◐

옥탑과 바다

백 도 윤

집 안팎을 살피느라 오래 글을 쓰지 않았다.
소설을 잊었고, 〈소설탄생〉을 가까이 못했다.
멀어서 아름다운 것들이 있다.
적당한 거리가 아름답다.
아름다움을 오래 가꾸기 위해 늘 조금씩이라도 써야겠다.

옥탑과 바다

나는
그렇게 금세 잠속으로 빠져드는 언니가 부럽기도 하고 안쓰럽기도
했다. 나는 언니의 옷을 개서 머리맡에 두고 언니의 옷이 기대고 있
던 벽에 기대고 앉았다. 이 계절에 입기에는 조금 얇은 듯한 낡은 트
렌치코트와, 보풀이 일어나 있는 니트 폴라티, 다 늘어진 브래지
어, 탄력 떨어지고 무릎 나온 레깅스. 내게 보여주고 싶지 않았을 그
동안의 삶은 내가 개 놓은 옷에서 어느 정도 볼 수 있었다. 맞은 편
벽시계의 분침은 '11'과 '12' 사이에서 다섯 시를 향해 조금씩 움직
였다. 창밖은 아직 어둠이 밀려날 기미가 없다. 불면의 나는 새근거
리며 깊은 잠에 빠져있는 언니를 그저 바라보며 아침을 맞이하고 있
었다. 언니는 여전히 팬티만 입고 잠을 자는 것 같았다.

어느 날 아버지는 내 남동생이라며 젖먹이 아이를 안고 들어왔다. 그 때 내가 3학년이었으니 열 살 쯤 됐을 것이다. 미영 언니는 그 때 중학교 일학년이었다. 작은 아기가 신기했다. 아버지 품에 안겨 있는 아기를 보려고 싸개를 들추고 있는 내 손을 언니는 낚아채듯이 잡아끌고 방으로 들어왔다. 언니는 나와 무릎을 대고 마주 앉아 절대 저 아이를 예뻐해서는 안 된다고 강조했다. 아버지의 저런 모습 때문에 미순 언니도 집을 나간 거라고 했다. 자신도 고등학교만 가면 이 집을 떠나 따로 생활을 할 거지만 미순 언니처럼 대책 없이 나가지는 않을 거라고도 했다. 그 때 미영언니의 말은 다 이해할 수 없었지만 표정에서는 비장한 무언가를 읽을 수 있었다. 미순 언니가 어디에서 생활하고 있을지 궁금했다.

아버지는 남동생을 위해 유모를 한 명 들였다. 아기는 분유로 키울 수 있었겠지만 돌봐주고 엄마노릇을 할 사람이 없었다. 어느 날 그 유모는 남동생과 함께 아버지의 공간인 안방으로 들어갔고 얼마 후 아기를 가진 듯 했다. 아버지는 유모에게 온갖 맛있는 것을 사 먹이며 아들 타령을 해대기 시작했다. 돌을 막 지낸 남동생은 초등학교 4학년인 내 차지가 되었다. 언니는 공부 때문에 늦노라며 학교에서 늦은 밤이 되어야 돌아오고는 했다. 그러나 아버지는 언니에게 전혀 신경 쓰지 않았다. 나에게도 역시 마찬가지였다. 유모는 내게 엄마라고 부르라고 했지만 언니는 눈을 크게 뜨며 저 아줌마한테 엄마라고 부르면 죽인다고 겁을 줬다.

언니는 공부를 꽤 잘했다. 지금 생각해보면 그 시기에 잘 못된 길로 갈 수도 있었을 텐데, 언니는 정말 공부만 열심히 했다. 내게도 늘 스스로의 삶을 책임지려면 공부를 열심히 해야 한다고 했다. 자신은 이 집을 벗어나되 성공적으로 벗어날 거라 했다. 그러나 나는 늘 공부할 시간이 부족했다. 학교에서 돌아온 나는 아버지의 공간에서 온갖 치장으로 시간을 보내는 유모 대신에 남동생과 시간을 보내야 했고, 저녁에 아버지가 퇴근을 한 후에는 아장아장 걷기 시작한 남동생을 데리고 골목을 배회하다 길모퉁이 구멍가게에 걸린 벽시계의 시간을 보고 여덟시에서 아홉시 사이에 집에 들어가야 했다. 너무 일찍 들어가면 유모가 눈치를 했고, 너무 늦게 들어가면 아버지가 혼을 냈다. 혼을 내는 이유도 나에 대한 걱정이 아니라 어린 남동생에 대한 걱정 때문이었다.

아침 식사는 거르고 출근해야 할 것 같다. 대충 먹더라도 식사는 거르지 않는 게 원칙인데, 원룸 옥탑 방 한 가운데서 깊이 잠든 언니의 피곤함 위에다 싱크대의 덜그럭거리는 소리를 쏟아 부을 수는 없는 노릇이다. 누워 있는 언니의 발치를 돌아 화장실로 들어갔다. 플라스틱 대야로 떨어지는 물소리가 유난히 크게 들렸다. 수압을 약하게 하고 머리를 감았다. 수건으로 머리를 감싸고 나오면서 근무시간 중간에 어딘가로 가서 또 눈을 붙여야 하지 않을까 생각했다. 오늘은 토막잠이 아닌 정말 긴 잠을 잘 수 있으면 좋겠다고 생각했다. 방

바닥에 놓인 간이 화장대 뚜껑을 열었다. 뚜껑 안쪽에 붙은 거울의 귀퉁이가 금이 가 있다. 거울에 비친 얼굴의 턱 부분이 어긋나 보였다. 그 부분을 피해 얼굴을 비친다. 금간 부분이 목 주위를 비친다. 목에서 가슴께까지 줄이 그어지고 그 부분이 어긋났다. 늘 겪을 때마다 기분이 나빴다. 거울 때문에라도 간이 화장대를 빨리 갈아치워야겠다고 생각하면서 스킨을 꺼냈다. 가운뎃손가락을 감싼 화장솜에 스킨을 털어내고 있는데 문 두드리는 소리가 났다. 나는 재빨리 일어나 문 쪽을 향하며 자고 있는 언니를 봤다. 언니는 아무런 뒤척임도 없이 여전히 깊은 잠에 빠져 있었다.

나는 조심스레 문을 열었고 문 앞에 서있던 그가 안으로 들어서려고 했다. 나는 얼른 나가 문을 막아서고 작은 소리로 말했다.

"오늘은 안 돼요."

"왜?"

그도 덩달아 소리를 죽여 물으면서도 나를 밀치고 다시 안으로 들어서려고 했다.

"안 된다니까요?"

나는 완강히 그를 막아섰다. 그가 멈칫한다. 내 몸짓에 당황한 듯 했다.

"왜?"

그는 다시 작은 소리로 물으며 조금 열려 있는 문 안쪽을 기웃거렸다.

"언니가 와 있어요."

팬티바람으로 잠들어있는 언니가 있는 방에 그를 들일 수는 없었다.

"언니가 있었나?"

"네."

"그럼 인사해야지."

"지금 자요, 다음에요."

그는 슬쩍 내 봉긋한 젖가슴을 더듬고 뒤돌아서며 알았다고 얼른 준비하고 나오라고 했다. 그가 옥상 난간으로 가 담배를 무는 모습을 본 후에 나는 다시 안으로 들어왔다.

그는 내가 다니는 건축설계 사무실의 사장이다. 사무실은 내 거처인 이 곳 옥탑 방에서 버스로 두 정거장만 가면 된다. 출근 시간 총 30분이면 충분한 거리에 있다. 그는 내가 살고 있는 주택 지역에서 사차선 도로 건너 아파트 단지에 살고 있다. 이제 대여섯 쯤 된 딸과 어여쁜 아내를 둔, 남들이 봤을 때 지극히 화목한 가정의 지극히 가정적인 남자이다.

그는 거의 일정한 시간에 내게 온다. 아내에게는 가까운 곳에 직원이 있으니 카풀은 당연한 거 아니냐고 하고, 그의 아내는 혼자 사는 내가 외로워 보인다며 간간이 집으로 저녁 초대를 해줬다. 나는 적당히 그의 딸을 예뻐하는 표정과 말을 건네며 그들과 즐거움을 가장한 식사를 하곤 했다. 그는 함께 있을 때 내게 사무적인 만큼만

옥탑과 바다 | 백도윤

친밀하다. 자신의 아내에게 지영 씨 덕에 회사분위기가 좋아졌다며 적당한 칭찬을 하기도 한다. 그의 어여쁜 아내는 내게 자신의 남편을 홍보하는 척 하며 자랑을 하곤 한다. 사랑받고 있음을 맘껏 드러냈다. 혹시라도 사무실에서 남편이 잘못하면 자신에게 말하라고 하면서 여유롭고 행복한 미소를 건네기도 했다. 그는 나의 옥탑방에 드나드는 걸 아내에게 숨기지 않았다. 지영 씨가 고맙다고 자신의 방에서 차 대접을 해주었다고 한다. 나는 그럴 때 가슴이 쿵쾅거렸다. 그러나 아내는 남편을 의심하지 않았다. 오히려 여자 혼자 있는 방에 그렇게 드나들다 누군가 보면 어떻게 하느냐며 웃었다. 남편에 대한 자신감이다.

간이 화장대 앞에서 화장하고 있는 나의 몸을 그는 끊임없이 더듬었다. 그는 나의 공간에서 내가 폭 넓은 원피스를 입고 있는 것을 좋아했다. 그는 내가 화장을 하고 있는 동안 원피스 속으로 머리를 들이밀고 자신의 입술과 손으로 온 몸에 미로를 그리는 것을 좋아했다. 내가 화장이 끝날 때쯤이면 혼자 화장실로 들어가 낮은 신음을 뱉어내고는 했다. 그의 철칙인지는 모르겠으나 출근 시간에는 절대 함께 하는 것은 피했다. 내가 잔뜩 달아올라 있어도.

실향민인 아버지는 아들에 대한 욕심이 많았다. 북쪽에 가족을 두고 온 아버지는 남쪽에서 어머니를 만났지만 어머니는 아버지의 아들에 대한 욕구를 채워주지 못했다. 결국 아버지는 아들 하나 낳아보겠다는 생각 하나로 첩실을 들였고 병약한 어머니는 모든 것을 감수해야만 했다. 엄밀하게 말하면 그녀는 내 큰어머니이다. 나는 첩실의 몸에서 아들이 아닌 딸로 태어난 운 없는 아이이다. 내 친어머니는 아들을 못 낳은 죄로 아버지 곁을 떠나야 했고, 어머니는 나를 딸로 키워주셨다. 아버지에 대해서 나는 조금도 따뜻한 기억이 없다. 오히려 어머니가 친모 없는 나를 측은하게 여겼던 것 같다. 어머니가 나를 받아들였으므로 언니들도 내게 잘해주었다. 어쩌면 아들을 바라는 집에서 자신과 다른 어머니의 몸을 빌어 아들 아닌 딸로 태어난 내가 자신들보다 더 불쌍하다는 생각이었는지도 모른다. 그러나 미순 언니는 아버지에 대해서는 달랐다. 늘 냉담했고, 마당에서도 마주치면 아버지를 피해 방으로 들어가 버리고는 했다. 미영언니보다 세 살 많은 미순 언니는 내가 일학년 때 갑자기 집에서 사라져 버렸다. 미영언니가 오학년, 미순 언니 자신은 중학교 이학년 때였다.

원래 몸이 약했던 어머니는 그에 대한 충격 때문인지 얼마 지나지 않아 돌아가셨다. 그 이후 미영 언니는 너 때문이라며 한동안 나를 원망했지만 달랑 둘만 남은 집에 서로 의지할 수밖에 없었다. 마당 넓은 집에 자매 둘만 남겨놓은 채 아버지는 점점 귀가가 늦어지고 있었다. 그러더니 어느 날 남동생을 안고 들어선 것이다. 남동생의 어머니를 집에 들이지 않은 것은 어쩌면 아버지에게 조금 남아있는 딸들과 전처에 대한 양심이었는지도 모른다. 그러나 그도 그 뿐 남동생의 유모가 들어오면서 결국 아버지는 탐욕스레 아들을 원하고 있었다. 그런 아버지에 미영 언니는 진저리를 치고 있었다.

유모는 내가 초등 육학년을 올라가는 시기에 아기를 낳았다. 그러나 그녀도 복이 그리 많은 이는 아니었나보다. 아기는 딸이었고, 아버지는 아들 아닌 딸을 키우는 것은 부담스러워했다. 결국 그녀는 몸을 추스르고 얼마 지나지 않아 아버지와 긴 대화 끝에 딸과 함께 집을 떠났다. 새 학기 시작 후 학교에서 돌아오니 남동생은 엄마가 가버렸다며 울고 있었다. 자기에게 별로 잘해주지도 않은 유모를 남동생은 엄마로 철썩 같이 믿고 살았던 것이다.

고등학생이 된 미영언니는 아버지와 짧지 않은 싸움을 시작했다. 별로 친근하지도 않았지만 유모마저 없는 집에서, 나는 그 둘의 싸움에서 아버지가 이기기를 은근히 기대했다. 나 혼자서 남동생을 봐야 할지도 모르는 상황이 두려웠다. 아버지는 집 나간 딸은 하나로 족하다고 했고, 미영언니는 가출이 아니고 독립이라고 주장했다. 미영언니가 고등학교를 갈 때도 작은 마찰은 있었다. 아버지는 언니에게 실업계를 가라고 했고, 언니는 대학에 가도 아버지에게 손 벌리지 않을 테니 인문계를 보내달라고 했다. 결국 아버지는 그래도 딸인지라 혹시 대학 떨어지더라도 재수는 할 수 없고 대학에 붙으면 입학금까지는 책임지마고, 그 이후 등록금은 알아서 하라는 말로 타협을 하고 인문계를 보내 주었다. 아버지는 아들 욕심만큼이나 금전에 대한 욕심도 커서 집안 형편이 어렵지도 않았는데 딸에게는 몹시도 가혹했다. 그렇게 열심히 모은 재산은 모두 아들에게 갈 것임을 틈만 나면 딸들에게 인지시키고는 했다. 그나마 언니에게 대학 입학금을 대주겠다고 한 것은 아마도 미순 언니의 가출에 따른 영향이 아닌가 생각된다.

인문계 고등학교 재학을 획득한 언니는 이렇게 또 다른 싸움을 시작한 것이다. 언니는 아버지와 싸울 때마다 나를 걸고넘어졌다. 아버지가 자신의 독립을 허락하지 않으면 지영이, 즉 나까지 데리고 나가버릴 거라고, 그러면 아버지 혼자서 남동생을 키워야 하는 불상사가 생길 거라고, 또 누군가가 아버지의 곁을 지킬 수도 있겠지만 그 이유는 결국 아버지가 그토록 자식에게 물려주고 싶어 하는 재산을 노린 사람의 술수일 뿐이라고, 아버지는 이미 너무 늙어버렸다고 대들었다.

결국 아버지는 집과 조금 떨어진 쪽방 촌에 방을 얻어 언니를 독립시켜주었다. 주말에는 집에 와서 식구들과 함께 해야 한다는 조건이었다. 이제 늙어서 힘이 빠진 아버지는 언니를 이기지 못했고, 나는 아버지를 이겨버린 언니를 원망했다. 그러나 언니는 나를 저버리지 않았다. 언니는 자신의 짐을 싸가지고 나가면서 아버지에게 내 이야기를 했다. 아버지 없는 사이 지영이가 얼마나 고생했는지, 공부는 또 얼마나 뒤떨어져 있는지 아느냐며 아버지를 한 번 더 옥죄었다. 그리고는 중학교 가기 전에 공부를 끌어올려야 한다며 밤마다 자신이 가르칠 수 있기를 바랐다. 딸의 성적에는 관심이 없는, 그래서 나나 언니의 성적표를 한 번도 보여 달라고 한 적 없는 아버지였지만 남동생을 재운 이후면 상관없다는 조건으로 언니와 함께 공부하는 것을 허락했다.

화장을 마친 나는, 오늘 아침 자신의 욕망을 풀지 못한 그를 위해 원피스를 입었다. 그는 근무시간 중간에 핑계를 대서 나를 불러낼 것이고, 나는 그의 욕망을 채워주고 밤새 한 숨도 못잔 잠을 그 상황에 보충할 수도 있을 것이다. 함께 차를 타고 가면서 그에게 내 불면의 밤을 설명해야 할지도 모른다.

지갑에서 지폐를 모두 꺼냈다. 천 원짜리까지 모두 삼만 이천 원이었다. 나는 포스트잇에 현관 번호키의 비밀번호를 적어 돈과 함께 언니의 머리맡에 두고 집을 나섰다. 언니의 수중에 얼마가 있는지 알 수 없기 때문이다.

현관문을 열자 봄을 시샘하는 바람이 치마 속으로 훅 들어왔다. 난간에 엉덩이를 걸치고 있던 그가 일어나 내게 다가왔다. 나는 원피스를 입었다는 것을 표시하기 위해 개버딘 소재의 짙은 남색 트랜치 코트의 단추를 열어두었다. 검은 바탕에 커다란 흰색의 꽃무늬가 프린트된 원피스는 목 부분도 깊이 패여 이 계절에 아직 이른 듯했다. 그는 바람에 하늘거리는 원피스를 보고 싱긋 웃었다. 그는 앞장서서 계단을 내려갔고 나는 코트의 단추를 채우고 스카프를 두르며 그의 뒤를 따랐다.

여러 사람이 세 들어 사는 다가구 주택에 주인은 거주하지 않았다. 그래서 대문은 늘 열려 있었다. 그 누구도 대문의 문단속은 하지 않았고, 방 하나, 또는 방 두 개에 조그마한 거실이 딸린 공간을 차지하고 있는 세입자들은 스스로 자신들의 공간만 단속하면 그만이었다. 내가 사는 옥탑방을 오르는 계단도 대문 안에 있기는 했지만 대문을 열면 바로 올라올 수 있는 구조라 드나들면서 사람들을 마주치는 일은 거의 드문 일이었다. 내가 살고 있는 아래층에 누가 살고 있는지 나는 자세히 알지 못했다. 아마 그들도 그러하리라.

계단을 내려서 바로 문을 나서자 그의 회색 승용차가 서 있었다. 그는 제법 잘나가는 건축설계사이다. 일은 끊이지 않았고 그가 설계한 건축물은 창의적이고 실용적이다. 잘나가는 그에 걸맞게 승용차도 제법 고급이다. 뒷좌석에는 건축부자재 샘플과 설계 도안들이 어지럽게 자리 잡고 있어서 나를 태워서 다닌다고 했던 처음부터 자연스레 나는 그의 옆자리에 앉았다. 남편을 철저하게 믿고 있는 그의 아내는 그런 우리를 아무렇지 않게 대했다. 물론 처음부터 우리의 관계가 이렇게 되리라고는 그도 나도 생각하지 않았다. 그는 동네에서 절대 차문을 열어주지 않았다. 혹시나 모를 남들의 눈을 의식한 까닭일 것이다.

그가 운전석으로 돌아가는 동안 나는 옆 좌석의 문을 열고 올라탔다. 차가 골목을 벗어나자 나는 지난 밤의 불면을 호소했다. 그는 내 손을 깍지 껴서 손등에 입을 맞춰 주었다. 그가 이런 행동을 할

옥탑과 바다 | 백도윤

때마다 정말 나를 사랑하고 있는 것은 아닐까 하는 생각을 하지만 한 번도 확인하려 들지는 않았다. 그가 나를 사랑하지 않을지도 모른다는 두려움보다는 그의 아내에 대한 미안함 때문이었다. 큰 길로 나서자 차는 얼마 못가 신호에 걸려 멈췄다. 그는 내 품속으로 손을 넣으려다가 스카프가 걸리적거렸는지 풀면 어때 하고 물었다. 나는 대답 없이 스카프를 풀고 코트의 제일 윗단추를 풀어주었다. 그의 손이 지체 없이 내 품을 파고 들었다. 갑자기 얼굴이 달아올랐다. 부끄러움 때문이 아니었다. 내가 의식하지 못하는 기억의 저 아래에서 무언가 알 수 없는 것이 들끓었다. 가방에서 선글라스를 꺼내 썼다.

이내 신호가 바뀌었다. 그는 손을 빼고 차를 출발시켰다. 출근시간 시내의 도로는 많이 막혔다. 서행하다 서다를 반복했다. 그러한 반복이 지루했는지 그의 손이 또 들어왔다. 나는 앞깃을 움켜쥐고 운전에 열중하라고 했다. 이런 데서 작은 접촉사고라도 나면 공연히 망신스러울 것 같았다. 그는 나를 한 번 쳐다보고는 이내 앞을 주시했다. 서행을 계속하다 신호가 걸리자 그는 기다렸다는 듯이 또 손을 들이밀었다. 또 알 수 없는 무언가가 치밀어 올랐다. 이런 일이 한두 번도 아닌데 왜 이럴까 하는 생각을 했다. 뭔가 모르는 가슴속의 끓어오름은 지금까지 가슴 한 쪽에 눌어붙어있는 양심의 가책 때문에 불편해 했던 그 무엇과는 확실히 다른 것이었다.

언니는 훌륭한 선생님이었다. 초등학교 마지막 학년이 되어서야 저

학년 기초부터 시작한 공부는 일 학기 말에 거의 따라잡았다. 매일 바닥을 기던 성적도 기말고사에서는 중상 정도의 성적표를 받아냈다. 고등학교에서도 여전히 언니는 꽤 좋은 성적을 유지하고 있었다.

초등학교 마지막 여름방학을 맞았다. 언니는 방학동안 선행학습을 시켜주었다. 여전히 자신의 억눌린 삶을 벗어날 수 있는 방법은 공부밖에 없다는 말을 간간이 해주는 것도 잊지 않았다. 그러나 나는 억눌림이 무엇인지 느끼지 못하고 있었다. 남동생을 돌보는 게 조금 힘들었지만 아버지는 그만큼의 보상을 내게 해주었다.

그 때 우리 집에는 보수를 받고 집안일을 돌봐주러 다니는 동네 아주머니가 있었다. 아버지는 그 아주머니에게 우리의 옷을 사주라며 나와 동생을 함께 옷가게에 보내기도 했고, 남동생만 맛있는 것을 먹일 수가 없었는지 좋은 반찬을 해도 항상 나와 함께였다. 새 옷을 산 날이면 나는 자랑하고 싶어 언니에게 달려갔고, 언니는 우리가 나오니 네가 좋구나 하며 미소 띤 시샘을 보내곤 했다.

여름 방학이 시작되고 얼마 후에 언니의 방으로 언니의 친구 수연 언니가 들어왔다. 한 반 친구인데 부모님이 이혼을 해서 지낼 곳이 없어졌다고 했다. 나는 수연언니 때문에 그 공간이 조금 불편해지기는 했지만 성적이 오르고 한참 공부에 흥미를 느끼던 때라 불편함을 감수하고 다녔다. 수연언니도 내게 잘 대해주었지만 그 언니와 나 사이에는 이상하게도 벽이 느껴졌다. 어린 나는 그 곳을 가면 자꾸만 그들의 눈치를 봐야했다. 얹혀 사는 수연언니는 너무도 당당해 보였다.

그 무렵 나는 사춘기가 시작되었던 것 같다. 동생을 보는 게 짜증스러워지기 시작했고, 밖에서 다른 친구들과 놀 수 없는 것에 대해 일을 봐주는 아주머니에게 자꾸만 투정을 부리고는 했다. 아주머니는 그런 나를 많이 이해해주었다. 자신은 그저 부엌살림만 돌봐주고 돌아가면 그만이었지만 나를 위해 자주 남동생을 자신의 집으로 데려가서 자신의 아이들과 놀게 해주었다. 그렇게 나는 아버지가 없는 집에서 아주머니의 도움으로 동생에게서 벗어나 친구들과 놀 수 있었다. 그런 시간은 그리 오래 가지 않았다.

어느 날 아버지는 이른 시간에 귀가를 했고, 밖에서 아이들과 몰려다니는 나를 불러 동생은 어떻게 하고 이리 놀고 있느냐고 물었다. 나는 사실대로 이야기해야만 했고, 아버지에게 크게 혼나고 말았다. 부리나케 아주머니 집으로 가 동생을 집에 데려다 놓은 후 더 혼날 것이 두려워 나는 그 길로 언니에게 달려갔다. 아버지에게 혼난 가슴은 진정이 되지 않아 쿵쾅거렸고, 달려가는 동안 공연히 서러운 마음에 눈물이 흐르기 시작했다.

찌는 듯한 날씨에 온 몸은 땀으로 젖었고, 정리되지 않은 머리카락은 눈물과 땀과 먼지가 뒤범벅된 얼굴에 찰싹 달라붙어 떨어지지 않았다. 그런 모습으로 나는 언니의 집 계단을 뛰어올라가서 문을 벌컥 열었다.

대로에서 우회전만 하면 사무실 입구가 나온다. 그는 내 허벅지

위에 올려놓았던 손을 거두었고, 나는 옷매무시를 정돈했다. 건물 입구에서 경비에게 미소로 인사를 하고 지하 주차장으로 내려갔다.

사무실은 크지 않아 직원은 그를 포함해 모두 다섯이다. 나를 뺀 나머지는 모두 설계사들이다. 그들에게 있어 나는 그들의 전문적인 일을 돕는 사람일 뿐이다. 정작 사무실의 살림은 내가 도맡아 하고 있는데도 그들에게 있어 나의 역할은 그만큼일 뿐이다. 대놓고 나를 그렇게 취급하는 것은 아니지만 아마도 내가 생각하는 게 맞을 것이다.

사무실에서도 그와 내가 카풀을 하는 것을 알고 있으므로 우리의 동반출근이 이상한 것은 아니다. 우리는 엘리베이터를 기다리며 잠깐 눈을 마주쳤다. 그는 내게 무언가를 원하고 있었겠지만 요즘의 건물은 보이지 않는 눈이 많아서 조심해야 한다. 눈이 마주치자 나는 그의 눈을 피해 그의 머리 위를 쳐다보았다. 그곳에는 무인카메라가 우리를 내려다보고 있었다.

엘리베이터 문이 열리고 우리가 올라탔다. 지하주차장에서 일층까지 둘만 타고 올라갔다. 엘리베이터 안에서도 역시 무인카메라가 우리를 내려다보고 있었다.

엘리베이터는 일층에서 멈췄고, 많은 사람들이 밀려들어왔다. 그와 나는 들어오는 사람들에 더욱 안으로 밀려, 그는 오른쪽 구석에서 나는 왼쪽 구석에서 앞에 서있는 사람들의 검은 머리만 바라보고 서있다. 삼층부터 사람들이 한두 명씩 빠져나갔다. 출근시간 올라가

옥탑과 바다 | 백도윤

는 엘리베이터라 더 타는 사람들은 없었다.

늘 겪는 일이건만 오늘따라 유난히 피곤하다. 한숨도 못자고 출근한 탓도 있겠지만 조금 전 차안에서 그가 한 행동에 대한 가슴속의 끓어오름에 대해 생각한 탓이 더 큰 것 같다.

어느새 엘리베이터 안은 널널해졌다. 슬쩍 옆눈으로 그를 쳐다보았다. 그는 층수를 표시하고 있는 문 위쪽의 숫자를 무심하게 바라보고 있었다. 나는 또 다시 차안에서의 그의 행동이 생각났고, 그로 인해 가슴속도 다시 끓어올랐다. 더웠다. 목에 두르고 있던 스카프를 풀었다. 나의 행동을 그가 잠깐 건너다보았다.

우리 사무실이 있는 칠층에서 내려 나란히 복도를 걸었다. 복도에는 아무도 없었고 그는 슬쩍 내 엉덩이를 치고는 바로 떨어져 걸었다. 물론 이런 행동도 늘 있었던 일이다. 하지만 오늘따라 나를 향한 그의 행동이 불편했고, 불편함을 느낄 때마다 가슴속은 확 끓어올랐다. 하지만 정작 그 이유를 알 수 없어 답답했다.

그가 사무실 문을 열고 먼저 들어서면서 뒤따라 들어가는 나를 돌아보고 한쪽 눈을 살짝 감았다 떴다. 그의 그런 모습을 나는 그저 무심히 바라보며 따라 들어갔다. 다른 직원들은 벌써 모두 자신의 자리를 지키고 앉아있었다. 그는 파티션 너머로 직원들에게 좋은 아침 하고 인사를 건넸다. 직원들도 잠시 고개를 들어 자신들의 인사로 답을 했다. 나도 평상시와 같이 안녕하세요 하고 인사를 건네며 파티션 사이를 걸어 내 자리로 찾아들었다.

목에 걸려있던 스카프와 트렌치코드를 벗자 옆자리의 직원이 벌써 봄이네? 하고 인사를 건넨다. 내 원피스 차림을 보고 한 인사일 것이다. 나는 봄 기분 내려다 얼어 죽겠다고 농담을 하며 자리에 앉았다. 직원은 자리에서 일어나며 커피 한 잔 하고 물었고, 나는 고맙습니다 하고 받았다. 제일 구석진 곳에 제일 넓게 자리한 자신의 공간으로 스며든 그가 조금 큰 목소리로 나도 하고 외친다.

그가 타 준 커피를 손으로 감싸고 잠시 냉한 몸을 녹였다. 손바닥으로 전해지는 종이컵의 한 조각 온기가 온 몸으로 퍼져 들었다.

아직 켜지 않은 컴퓨터의 모니터에 내가 비쳤다. 컵을 감싸고 있는 내 모습이 초라했다. 오늘따라 어깨는 움츠러들고 얼굴은 피로해보였다. 거울이 아니어서 선명한 모습이 아님에도 그래보였다. 아마도 기분 탓이리라.

그런 내 모습을 지우듯 얼른 컴퓨터를 켰다. 그러나 화면은 바로 뜨지 않았고 내 모습도 바로 사라지지 않았다. 아직 사라지지 않는 내 모습을 바라보는 시간조차도 길게 느껴졌다.

그가 나를 불렀다. 내 모습이 서서히 사라지기 시작하는 모니터를 뒤로 하고 일어나 대답하며 그의 자리로 갔다. 그는 관공서 몇 군데 가서 건축 허가 관련 서류를 떼야 한다며 서류철을 건네주었다.

외곽까지 가야 하니 시간이 좀 걸릴 거라고 말하며 살짝 내 손등을 쓰다듬었다. 나는 그 행동이 무엇을 의미하는지 잘 알고 있었

옥탑과 바다 | 백도윤

다. 나는 대답을 하고 자리로 돌아왔다. 옆자리의 직원을 의식하며 조심스레 서류철을 열어보았다. 내가 해야 할 지시서 위에 노란 포스트잇이 붙어있었다. 포스트잇만 떼어내 서둘러 가방 속 지갑에 붙여놓았다. 자리에서 메모를 자세히 들여다 볼 수는 없었다. 그리고는 모니터 앞에 죽 붙여놓은 포스트잇을 하나하나 살폈다. 먼저 처리해야할 일이 있으면 처리를 하고 자리를 떠야 했다.

몇 군데 고객에게 전화를 하고, 전 날 마감 후 발생해서 처리하지 못한 비용 몇 가지를 정리했다. 그가 준 지시서를 보면서 필요한 서류를 메모했다. 대부분이 용도 지역 지구에 따른 건축 허가 여부에 대한 서류다. 일반적으로 온라인으로도 뗄 수 있지만 그는 직접 가서 떼어 오는 것을 좋아했다. 서로 얼굴을 보지 않은 상태에서 전화상으로 상담하고 메일로 서류를 받고 설계 했다가 착공 단계에서 틀어지는 경우가 간혹 있었기 때문이다. 그는 서류를 뗄 때 상대한 담당 공무원의 이름까지 알아오도록 하였다.

나는 특정 대상이 아닌 허공에다 다녀오겠다는 인사를 하고 사무실을 나섰다. 엘리베이터를 내려 회전문을 열고 나와서야 포스트잇의 메모를 확인했다. 가장 가까운 관공서에서 기다리라는 메모였다. 바로 건물 앞에서 택시를 잡았다. 다른 때 같으면 버스를 타고 갔겠지만 오늘은 바람도 많이 부는데 옷조차 얇았고 잠을 못자 피곤하기도 했다. 택시비로 인해 초과된 교통비는 그가 해결 해 줄 것이다.

관공서에서 멸실 등기서와 건축가능 면적에 대한 서류를 떼고 그를 기다렸다. 금방 따라 나오겠다고 한 그가 서류를 떼고도 이십 분 정도 지나서야 나타났다. 그는 내 손에 들려있는 서류를 받아들고 앞장섰다. 그가 나를 데리고 가는 곳을 나는 알고 있다. 외곽으로 빠져 바다를 가로지른 다리를 건너 갈 것이다.

출근 시간이 지난 시내의 도로는 여전히 차로 넘쳤지만 막히지는 않았다. 시내를 벗어나자 차는 속도를 내기 시작했다. 공단과 바다를 사이에 두고 해안로가 이어졌다. 그 길을 차는 시원하게 달리기 시작했다. 다리로 접어들자 숨통이 트이는 듯 했다. 무언가 들끓던 것도 가라앉는 듯 했다. 그대로 진정이 되었으면 좋겠다는 생각을 했다.

내 눈으로 미영언니와 수연언니가 들어왔다. 그들은 하얗게 빛나는 알몸을 드러내놓고 서로 마주보고 있었다. 그들의 다리는 서로 교차되듯이 엉켜있었고, 그들의 얼굴은 마주 대고 있어 그들의 긴 머리카락이 서로 누구의 머리카락인지 알 수 없었다. 흘러내린 머리 사이로 드러난 동그란 어깨가 보였고, 그 아래에 아직 여물지 않은 그들의 젖가슴이 닿을 듯 마주하고 있었다. 그들은 화들짝 놀라 자신들의 자세를 풀고 주변에 흩어진 자신들의 옷으로 몸을 감추었지만 아주 짧은 순간 그들의 모습은 사진처럼 내 눈에 박혀버렸다.

어쩔 줄 모르는 나를 그대로 세워 둔 채 그들은 옷을 주워 입었다. 일그러진 얼굴로 허둥대는 그들의 모습이 우스웠다. 하지만 웃을 수 없었다.

옥탑과 바다 | 백도윤

겨우 옷을 다 입고서야 내게 들어오라고 했다. 그리고 무언가 수습이 필요하다고 여겼는지 그들은 변명을 하려 했다. 그러나 그들의 변명은 서로 어긋나고 있었다. 장난이었다고 말하는 미영언니와 거의 동시에 누구 몸매가 더 예쁜지 비교해 본 거라고 수연언니가 말했다. 다시 서로 말을 바꿔 수연언니가 장난이라고 하자 미영언니는 몸매 비교라고 했다. 그들의 말이 어긋나는 것처럼 서로에 대한 눈길도 어긋나고 있었다. 그렇다고 나를 바라보는 것 같지도 않았다.

나는 그들이 거짓말을 해도 상관없었다. 나는 그들의 말을 믿어야 했다. 숨 막히는 집에서 탈출할 수 있는 기회를, 나는 잃으면 안 되었다. 내가 집에서 탈출할 수 있는 기회를 가르쳐주는 사람은 유일하게 미영언니밖에 없었다. 그 미영언니를 놓아버릴 수는 없었다. 하지만 그들의 거짓된 변명을 호응하며 믿는 척 할 수도 없었다. 그러기에는 내 눈에 사진처럼 박혀버린 그들의 모습이 너무 놀라웠기 때문에.

그 날 언니들은 다음부터 오면 밖에서 자신들을 부르고 노크를 하라고 했다.

차는 망설임 없이 바닷가 모텔로 들어섰다. 방까지 들어가는데 우리는 거침이 없었다. 늘 그래왔으므로. 방으로 들어서자마자 그는 서둘렀다. 서두르는 그는 서툴렀다. 부드럽던 그였다. 내 몸이 반응하지 않았다. 유난히 서툰 그 때문인지, 오늘따라 자꾸만 가슴이 달아오른 게 이유인지 알 수 없었다. 반응하는 척 하고 싶지도 않았다.

그 날 이후로 나는 언니에게 가면 미영언니 하고 불렀고, 허름한 나무문을 노크했다. 그러나 나는 그 전에 나무문 옆 작은 창문에 내 눈과 귀를 가져다 대고는 했다. 내가 없는 곳에서 그들은 거침이 없었다. 서로의 몸을 보듬었다. 동그란 어깨를, 도독한 엉덩이를, 봉곳한 젖가슴을 서로 쓰다듬었다. 때로는 서로의 손가락으로 때로는 서로의 입술로.

그들은 탄식 같은 신음소리를 내며 자신들의 행위에 빠져있었다.

나는 저들이 자신들의 일에 열중할 때 내가 이름을 부르면 놀랄 것이기 때문에 지금 부르지 않는 것뿐이라고, 기다리고 있는 것일 뿐이라고, 그들을 위해서 내가 기다리는 것이라고 스스로 생각했다. 훔쳐보고자 하는 욕망은 내게 전혀 없다고 스스로 믿으려 했다.

그는 서서히 지쳐가고 있었다. 그가 그토록 애착을 보이던 가슴에 입을 맞추는데 나는 그를 밀쳐 내 버리고 말았다. 지쳐가던 그는 얼떨결에 내게서 떨어지더니 결국은 벌떡 일어났다.

"대체 왜 이래, 오늘?"

내 가슴이 들끓던 이유를 그때서야 깨달았다.

늦은 밤만 되면 하루가 멀다하고 언니에게로 달려가는 나를 아버지는 그냥 보지 않았다. 너무 자주 가는 것 아니냐고 야단을 맞았지만 언니네로 달려가는 것을 나는 그만 둘 수 없었다. 때로는 허탕을

치고 올 때도 있었고, 갈 때마다 언니의 방으로 들어가서 공부를 하는 것도 아니었지만 나는 늘 언니네로 달려갔다. 점점 방안으로 들어가서 함께 하는 것보다 방 밖에서 그들을 지켜보다 돌아오는 날이 많아졌다. 그들이 서로 보듬는 것을 보고 온 날이면 나도 괜스레 얼굴이 달뜨고는 했다.

"오늘은 그냥 잘 수 있게만 해주면 안 돼요?"

그는 한숨을 쉬었다.

"나 오늘은 정말 피곤해, 자고 싶어요."

나를 물끄러미 바라보던 그는 결국 자신의 옷을 주워 입었다.

"원피스 구겨지면 안 되니까 벗어놓고 편히 자, 다른 서류 다 떼온 후에 깨워줄게."

그리고 그는 방에서 나갔다. 그가 나가자 설움인지 졸음인지 알 수 없는 느낌이 눈으로 몰려왔다. 설움의 정체도 확실하지 않았다. 눈물이 쏟아졌다. 그렇게 나는 내 방이 아닌, 누구의 방도 아닌 곳에서 울음을 터뜨리고 있었다.

아버지는 내가 언니에게 가서 무엇을 하는지 궁금해 했다. 공부를 한다고 했다. 그 궁금증의 이유를 나는 알고 있다. 내가 동생과 함께 하는 시간이 줄어들고 있기 때문이었다. 잠이 오지 않는다는 동생을 윽박지르기까지 해서 억지로 재워 두고는 언니의 집으로 달려가고는 했다. 내가 언니의 집으로 달려 간 후 잠들지 않은 동생은 아버지에게로 갔고, 아버지는 화가 나 있었다. 그리고 결국 화를 삭이지 못한 아버지는 나를 따라오고 말았다.

커다란 너울이 허공에서 하늘거리다 내게 내려앉는다. 온 몸을 덮는다. 너울은, 얇고 부드러운 너울은, 사르락사르락 온 몸을 휩쓸어 댄다. 머리끝에서 시작된 너울 끝자락은 내 가는 목을 휘돌아, 양 겨드랑이 사이를 지나, 팔을 휘감고, 봉긋한 젖가슴을 쓸어 모으고, 손목을 지나 허리를 조인다. 그 곳에서 머물던 너울은 다시 사르락사르락 휩쓸기 시작한다. 둔덕을 이룬 엉덩이, 그 사이 골짜기, 탱글한 허벅지, 갸름한 종아리, 복사뼈 볼록한 발목을 휘돈다.

나른하고 부드럽다. 기분이 좋다. 온 몸의 세포가 모두 열린다. 열린 세포 사이로 싹이 돋는다. 꽃들이 핀다. 화려하다.

가만히 눈을 뜬다. 그가 있다. 나는 다시 눈을 감고 그를 받아들인다.

수연언니는 그 방에서 떠났고, 미영언니는 다시 집으로 돌아왔다. 고등학교를 졸업할 때까지 얌전하게 학교를 다녔고, 대학에 들어갔다. 수연언니와 함께 성당에 다니기 시작했던 언니는 얼마 있다가 수녀원에 들어가겠다고 했다. 그러나 아버지의 반대에 부딪혔고, 언니는 3학년 때 집에서 도망치듯 결혼을 했다.

미영언니가 결혼하는 날 수연언니는 웨딩드레스를 입은 미영언니 앞에서 펑펑 울었다.

제 나는 미영언니가 없어도 공부를 꽤 했고, 동생도 많이 자랐다. 내 자유가 많아 졌다. 언니가 했던 말이 나에게도 좌우명이 되었다. 열심히 공부했다. 그러나 내 운은 거기까지였다. 고 3때 아버지는 세상을 떠났고, 열 살 남동생은 그의 엄마가 찾아왔다. 이제 그는 영원히 내 손에서 벗어난 것이다. 결혼생활이 평탄치 않았던 언니는 아버지의 상을 치르자마자 이혼을 했고, 바로 호주로 떠나버렸다.

남동생은 새로 만난 자신의 엄마와 익숙해지지 못했으며 나는 대학에 갈 수 없었다.

간혹 호주에 가 있는 미영언니와 연락을 했고, 나는 겨우 생활이 될 만큼만 직업을 전전했다.

수연언니가 미영언니를 따라 호주에 갔음을 나중에 알았다. 그러나 그들의 그곳에서의 생활도 오래가지 못했다. 누가 먼저 떠났는지는 알 수 없지만 미영언니는 간간이 보내오는 소식에서 헤어졌다고 했다. 그리고 미영언니가 돌아올 때 까지 연락이 끊겼다.

나는 미영언니가 돌아올 지도 모른다는 생각에 연락을 주고받던 이 곳에서 떠날 수가 없었다.

그리고, 언니가 돌아왔다. 잠깐 동안의 여행을 마치고 돌아온 사람처럼.

처음으로 그에게 묻는다. 당신 나 사랑해요?

그는 잠깐 얼굴을 들어 나를 들여다보더니 이내 내 가슴에 자신의 얼굴을 묻는다.

나는 안다. 그가 나를 사랑하든 하지 않든, 나는 그를 받아들일 수 없고, 그 또한 자신의 아내를 버릴 수 없음을.

나도 그를 사랑하는지 확신 할 수 없으면서 그에게 대답을 요구할 수는 없다.

이제 이 사람과 나는 건조한 관계로 돌아가야 한다. 이제 이사람 앞에서 나는 원피스를 입지 않을 것이다.

오늘 저녁은 정말 오랜만에 만난 언니와 옥탑방 앞 평상에서 삼겹살에 소주를 구워 먹어야겠다. 바람이 좀 불면 어떨까 싶다. 언니에게 내가 아끼던 니트 카디건을 걸쳐 주어야겠다. 삼겹살 냄새가 배도 상관없다.

나는 눈을 감는다. 바다가 들어온다. 물이 들어온 내 몸이 가볍다. 옥탑방에서 자고 있던 언니가 하늘로 날아오르는 모습도 떠오른다. 하늘 위로 바다가 떠다닌다. ◑

탈출구가 없다

진호숙

진심에서 우러나오는 사과와 책임이 진정한 용기일 것이다.
좁게는 형제나 친구, 이웃이며, 넓게는 국가와 국가 간의 관계를 말할 수 있다.
일본의 상식 밖의 행동을 보면서 생각이 많아지는 이유는 무엇일까?
메르켈 독일 총리가 다하우(Dachau) 나치 수용소를 방문해
꽃을 받치며 묵념하는 한 장의 사진으로 가슴이 먹먹해지고,
멋있어 보인다.

탈출구가 없다

부드러운
바람이 뺨을 스치듯 지나가고. 반 쯤 열어 놓았던 창문 사이로 무거
운 커튼이 몸을 뒤척인다. 비에 섞인 비릿한 풀 내음. 알코올냄새와
소독약 냄새가 뒤섞여 미카의 코를 자극하고, 잠시 내비친 햇살이
미카의 눈을 가만두지 않는다. 여름이 곧 시작되려나 보다. 이곳이
어디인지 알 수는 없으나, 두런대는 사람들의 소리는 분명 그녀에 관
한 얘기인 듯하다. 미카는 이불을 뒤집어쓰고 눈을 감는다. 인간이
되고자 때를 기다리는 곰처럼 스스로를 동굴에 가둔다. 바깥세상과
완전히 차단된 곳. 시간이 정지해 버린 이곳. 이곳은 안전하고 포근
했으며, 누구의 간섭도 누구의 강요도 없는 오롯이 미카만의 세계였
다. 미카는 이렇게 사는 것도 나쁘지 않다.

출장 다녀온 준범은 집에 들어서자 짜증을 내며, 피곤한 기색을 노골적으로 드러낸다. 준범은 메고 있던 넥타이를 잡아 풀며 신경질을 내고 미카는 익숙한 듯 준범에게 다가가 넥타이 푸는 것을 돕는다. 준범이 미카를 말없이 내려다본다. 미카는 준범의 시선이 부담스럽고 불편하다. 풀려던 넥타이를 다시 조여 준범의 목을 조를까, 넥타이를 잡고 있던 미카의 손끝이 떨린다. 준범은 미카의 생각을 알아챈 듯 그녀를 침대 위로 떨어뜨린다. 탐욕에 굶주린 짐승은 미카의 몸에 자신을 풀어 놓는다. 수영이 욕실로 들어서자 씻기 시작하는 소리가 들려오고 벗어놓은 옷가지들 사이로 그의 핸드폰이 보인다.

준범과의 결혼 생활이 떠오르자, 미카는 더욱 더 몸을 웅크린다. 구석에 처박혀 핸드폰이 울리고 있다. 받을까 말까 고민하는 사이 전화가 끊어졌다. 기다렸다는 듯 문자의 알림이 이어지고 아직도 자고 있냐고 일어나면 전화해 달라는 지혜의 부탁과 함께 기다린다는 문자가 왔다.

'기다릴게'라는 말이 미카의 마음을 흔든다. 기다림이란 마치 어두운 터널을 한줄 빛을 따라 오랜 시간을 건너 터널의 끝을 향해 가야 하는 것임을 미카는 알고 있다. 수영이 좀 더 따뜻한 사람이 될 거라는 희망인지 고문인지 모를 오랜 기다림.

하지만, 사람은 금방 바뀌지 않는다는 것을 수영을 통해 미카는 익히 알고 있다.

몇 번의 신호음이 연결되자, 기다렸다는 듯 지혜가 전화를 받는다. 수화기 너머 수업 받는 아이들에게 양해를 구하는 소리가 전해지고, 밥은 먹었냐는 안부를 시작으로 잔소리를 늘어놓는다. 미카가 전화 한 용건을 귀찮은 듯 묻자, 그제야 생각난 듯이 호들갑 떨며 이야기를 시작 한다.

"지금 수업중이라 오래 통화 못하고 이번 주 토요일에 친구들 모이는데 가지 않을래? 애들도 너 궁금해 하더라. 변호사 남편 만나서 우리들은 안 만나는 거냐고, 기집애들 속도 모르고……. 나가서 애들이랑 수다도 떨고, 맛있는 것도 먹으면 기분도 좋아질 거야. 언제까지 방바닥만 파고 있을래. 생각해봐 알았지? 꼭 가는 거다."

"생각해 볼게, 고맙다."

미카는 지혜의 수다가 길어지기 전에 서둘러 전화를 끊는다.

토요일 오후 미카는 모임에 앉아 있다. 지혜의 생각해 보라는 말은 겉치레에 불과 했다. 미카의 의견 따위는 상관없이 이미 답은 정해져 있었다. 친구들은 만나서 반갑다며 지나치다 싶을 만큼 환대해준다. 일곱 명 정도 모이는 자리였으며 정기적인 만남으로 그들은 이미 친해져 있을 터였다.

반쪽짜리 일본인 미카는 예나 지금이나 이방인이다. 마치 물과 기름같은 존재.

부담스런 관심은 미카에게 향했고 남편은 어떻게 만났는지, 어떤 사람인지, 어느 로펌 소속변호사인지 궁금해 했다. 그들이 법의 도움이 필요할 때, 잘 부탁한다는 노골적인 부탁도 잊지 않는다. 미카는 그들에게 신데렐라 같은 존재였다. 미카도 그들에게 아직은 신데렐라이고 싶었고 굳이 그들의 환상을 깨줄 의무는 없을 터였다.

미카에게 집중되는 관심이 불편할 뿐더러 타인의 시선이 익숙하지 않은 미카는 빨리 자신의 동굴로 돌아가고 싶다. 미카가 자신들의 입맛에 맞지 않아서인지, 뜨뜻미지근한 미카의 행동이 기분이 상했는지 그들은 곧 자신들의 이야기로 화제를 바꾼다.

그녀에게 집중되던 관심이 주춤해지자 미카는 그제야 주위를 둘러 볼 여유가 생긴다. 세월이 밟고 지나간 흔적은 지울 수 없으나 추억 속의 몇몇 얼굴들이 고개를 내민다.

설명충 현희, 운수회사를 운영하던 부잣집 딸 인영. 그리고 ……인혜.

돌아오는 내내 미카의 머릿속에선 인혜의 모습이 지워지지 않는다.

마음속 깊은 바다에 돌을 매달아 떠오르지 못하게 눌러놨건만, 불편한 과거의 진실이 수면위로 떠오르려 하고 있다.

커피 한 잔 하자는 지혜의 마음을 거절하고 미카는 차에서 내린다. 화난 듯 내달리는 차를 물끄러미 바라본다. 지혜의 마음을 모르는 바는 아니지만 미카의 고민을 나누기에는 그녀도 그녀의 마음을 알지 못했다.

며칠 후 지혜에게서 연락이 왔다. 아르바이트 자리가 났으니 미카가 제격이라고 흥분하며 미카를 부추긴다. 미카도 잠시나마 마음이

동한다. 지혜가 선택은 너의 몫이라며 괜한 너스레를 떨고 전화번호를 남긴다.

몇 번의 신호음.

전화를 받지 않는다. 오히려 잘 되었다는 안도가 미카의 마음을 잡으려는 찰나. 그가 전화를 받는다. 짧막한 소개와 함께 만날 장소와 시간 등을 교환 한 후, 미카는 택시를 타고 적혀 있는 주소지로 향한다.

택시가 멈춘 곳은 붉은 벽돌로 지어진 이층 건물이었고, 이름 모를 나무들이 붉은 벽돌집을 호위하고 있었다. 초록색 담쟁이 덩굴이 붉은색 건물과 대조를 이루며 일층을 반쯤 정복하고 이층을 향해 슬슬 기어 올라가고 있다. 저수지 쪽으로 나 있는 커다란 직사각형 창문은 호수의 멋진 사계절을 액자처럼 담아낼 것이다. 하지만 창문은 제 기능을 잃어버리고 커튼으로 굳게 닫혀 있다. 담 너머 삐죽이 머리 내민 나무들은 인간이란 것을 처음 보듯 고개를 떨구며 그녀를 내려다보고 있다.

초인종을 누르고 이름을 밝히자 나이 지긋한 아주머니 한 분이 종종 걸음으로 뛰어나와 미카를 맞이했다. 아주머니의 안내에 따라 거실로 들어서자 밝은 원목으로 둘러싸인 내부가 훤히 드러났고, 삼나무 향이 미카의 코끝에 닿아 떨리는 마음을 눌렀다. 널찍한 거실 한 켠에 커다란 소파와 탁자만 덩그러니 놓여 있고 거실 구석엔 이층이 있음을 알리는 계단이 위로 뻗어 있다. 생각보다 따뜻한 거실

풍경에 미카는 놀란다.

방문이 열리고 하얀 지팡이를 짚은 청년이 나온다. 그는 시각 장애인이었다. 하얀 지팡이가 무색하게 익숙한 듯 소파에 앉는다. 미카가 무엇을 해야 하는지 몰라 당황해하는 모습이 보이기라도 하는 듯 장난 섞인 미소를 띠며 입을 연다.

"불편해 하시지 마시고 앉으세요."

맞은편 소파를 가리키며 미카에게 말했다.

미카는 쭈뼛쭈뼛 자리를 찾아가 앉는다. 그와 마주 앉자, 미카의 시선은 그를 향한다. 사람을 꿰뚫는 듯한 회색 눈동자. 그의 눈동자는 시선을 끌기에 충분하다. 미카가 허락도 없이 그를 탐색할 동안 그는 그만 보라는 듯 몇 번의 헛기침을 내뱉으며 자신을 소개한다.

"최연우라고 합니다. 오시기 힘들었죠?"

"나오미 미카예요. 택시 타고 와서 힘들지 않았어요. 인물화를 그려 달라고 하셨는데 장시간 모델을 하면 힘드실 텐데. 괜찮으시겠어요? 사진을 찍어서 완성되면 가져올 수도 있는데 편하신 방법을 선택하시는 게 나을 거 같아요."

"아닙니다. 오셔서 그려주세요. 실은 외부 사람과 만난 지도 오래됐고 세상 돌아가는 이야기도 듣고 좋지요. 그리고 편한 시간대로 일주일에 한 번 정도로 하고 기간은 정해놓지 않고 작품이 완성되는 날 마치는 것으로 하는 것이 어떨까요? 참 그리고 작품 값은 원하시는 만큼 드리겠습니다. 제가 그림은 잘 몰라서 얼마의 값을 매겨야 하는지 모릅니다.”

연우는 미카를 바라보며 준비된 듯한 답변을 조심스럽게 마쳤다.

“그럼 시간은 오전 11시. 매주 수요일에 두 시간씩 하는 걸로 하겠습니다. 그림에 손 놓은 지 오래 되어서 잘 그릴 수 있을지 모르겠네요. 열심히 최선을 다하겠습니다.”

미카가 서둘러 말을 마치자 둘 사이에 어색한 정적이 흘렀다. 미카를 맞이했던 아주머니가 어색한 정적을 걷어내고 이야기 중이어서 묻지도 않고 과일 쥬스를 내왔다며 살갑게 말한다. 미카는 고맙다고 고개 숙여 인사한 후 음료를 허겁지겁 마신다. 마른 식도를 타고 내려가는 음료는 내장을 시원하게 훑어 준다. 더 이상 해야 할 무엇인가가 떠오르지 않자 미카는 서둘러 자리에서 일어선다.

미카의 마음을 들여다보는 듯 연우는 사람 좋게 웃어 보인다. 기분 좋아지게 만드는 웃음이다. 진심을 다해서 누군가에게 웃어 본 적이 있는지 미카는 기억의 너머의 미카에게 묻는다. 웃어야 하니 웃었고 예의라 웃었고, 때로는 위기를 모면해야 해서 웃었다.

돌아오는 길에 미카는 많은 생각들을 했다. 자신이 이 일을 하는 것이 맞는 것인지, 잘 할 수 있을 것인지 연우라는 청년을 실망시키고 싶지 않은 마음과 그리고 품어서는 안 되는 금기 같은 설렘……. 돌아오는 내내 정리되지 않은 생각이란 것들이 머릿속을 맴돌고 맴돈다.

미카는 캔버스를 들고 붉은 저택으로 갔다. 역시 삼나무향이 먼저 미카를 반기듯 휘감는다.

소파에 자연스럽게 연우가 앉아 있다. 미카를 보는 것인지, 허공을 응시하는 것인지 연우의 회색빛 눈으로는 짐작이 안 된다. 이젤 위의 하얀 캔버스가 연우의 모습과 닮았다. 그리려던 손이 주춤거리며 나아갈 방향을 잃는다. 캔버스 위에 전체적인 윤곽을 잡고, 연우의 얼굴에 자리 잡을 눈과 코 입술을 대칭을 그어 적당한 자리에 넣어 준다. 정적의 시간, 마주한 두 사람의 사이에 묘한 기류가 흘러 어색함을 만든다. 목덜미가 뜨거워지며 입술이 말랐다. 음료만 연거푸 몇 잔째 마시고 있다. 미카는 그림이라도 그릴 수 있어 다행지만 연우라는 사람은 어둠 속에서 무슨 생각을 하고 있을까? 묘한 분위기를 흩트리며 연우가 입을 연다.

"궁금하시지 않았어요? 눈도 보이지 않으면서 왜 그림을 그려 달라고 했는지?"

사실 미카가 궁금했다기보다 연우가 말해주고 싶은 듯 보인다.

"그것까지는 생각을 못 했네요. 궁금했었어야 했나요?"

연우가 소리 없이 웃으며 말한다.

연우는 태어났을 때부터 눈이 안보였던 것이 아니라고 했다. 열네 살 겨울방학에 사고로 시력을 잃었으나 다행히도 희미하게나마 색깔의 구분이나 명암 정도는 구분이 된다고 했다. 희미한 어둠속에서 사람들의 소리만이 들리고 그는 제대로 숨을 쉴 수 없었다고. 꿈에서도 점점 줄어드는 방에 갇혀 울부짖어 깼는데 꿈인 줄 알고 안심

했지만 꿈이 아니라 현실이었다고. 그래서 더 절망스럽고 괴로웠다고 탈출하고 싶은데 출구가 없어 오랫동안 방황했고, 고통의 나날이었다고…… 그의 삶은 과거에 갇혀 있다고 덧붙였다. 연우는 어느 날부턴가 사람들의 익숙한 목소리가 사라진다고도 했다. 처음에는 누나, 다음은 친구들, 모두들 오랫동안 내 곁에 있던 사람들이었다고. 아마도 나이가 들어 이 세상 사람이 아닌 사람들도 있을 것이고 또는 무엇인가를 찾아 떠났을 거라고 했다.

연우는 어쩌면 그림을 원했다기보다 이야기 할 친구가 필요했던 것인지도 모르겠다고 미카는 생각한다. 어느새 미카는 그리던 연필을 내려놓고 연우의 이야기에 집중하고 있었다. 어린 소년이 겪었을 어둠에 대한 공포와 두려움, 탈출할 수도 없고 벗어날 수조차 없었던 어둠의 시간들을 생각하면 미카의 마음은 이미 연우와 함께 있다.

미카가 느끼는 연우라는 사람을 다시 그리려면 아무래도 새로운 캔버스가 필요하겠다는 생각이 든다.

다음 주 수요일 연우는 미카를 보자, 기다렸다는 듯 상기된 환한 얼굴로 미카를 반긴다.

미카는 연우에 대한 그림의 이미지가 떠오르지 않는다고 말하며 그와 좀 더 이야기를 나누다 보면 컨셉을 정할 수 있다고 있을 것 같다는 미카의 생각을 이야기하자 연우의 얼굴에 화색이 돈다.

연우에게는 다섯 살 차이나는 누나가 있으며 한 달에 세 번 정도 연우를 만나러 온다 했다. 누나는 올 때마다 목소리도, 향기도 바뀌고 달라진다고 그는 신기하게도 누나의 목소리와 향기로 그날의 기분을 알 수 있다고 한다. 그것은 그만이 알 수 있는 것이라고 너스레를 떨었다. 누나는 연우에게 엄마와 같은 존재이고 어렸을 적엔 철이 없어서 누나를 많이 힘들게 했다고도 자책했다. 연우는 그 때의 기억이 되살아나는지 아련한 추억이 얼굴에 잠시 머물렀다.

"혹시, 결혼하셨나요? 아! 실례되는 질문일지도 모르겠어요."

느닷없는 그의 질문에 미카는 잠시 잊고 있었던 준범이 떠올랐다.

"네, 했어요." 미카의 짧막한 대답이 이어지고 더 이어질 것 같던 미카의 이야기가 들리지 않자 연우는 잠시 당황했다. 연우는 다음 이을 말을 찾지 못하는 듯 했다.

"제가 실수를 했나 봅니다. 물어선 안 되는 질문을 했나요?"

연우의 미안함은 얼굴로도 충분히 나타나고 있다.

"연우 씨가 잘못한 것은 없어요. 단지 지금 남편과의 사이가 별로 좋지 않아서 얘기하고 싶지 않을 뿐이에요. 미안해요. 연우 씨 잘못이 아니에요."

미카는 자신이 왜 연우에게 변명처럼 둘러대는지 알 수 없다.

"연우 씨가 부러워요. 누나 같은 훌륭한 분이 계셔서 나중에 기회되면 한번 뵙고 싶어요."

미카는 연우가 더 이상 미안해하지 않도록 마음에도 없는 말을 늘어놓는다.

연우는 미카의 마음을 이해한다는 듯한 눈빛을 보낸다. 보이지 않

는 눈으로 많은 이야기를 할 수 있는 눈을 가진 연우를 그리고 싶어
진다. 캔버스 위에 연우의 눈이 서서히 그려지고 있다.

　연우는 마당에 나와 햇볕을 쬐고 있다. 좀처럼 밖을 나오지 않던
연우를 보자 미카는 반갑다. 연우는 미카를 불러 마당에 놓여 있는
벤치에 나란히 앉는다.

　"오늘은 날이 너무 좋아서 밖에 나왔어요. 미카 씨도 기다릴 겸."

　그녀는 부끄러워하며 말을 잇지 못한다. 연우는 햇볕을 느끼려는
듯, 하늘을 향해 고개를 든다. 바람이 연우의 머리를 살짝 건드린다.
미카도 잠시 동안 눈을 감아 바람의 방향을 느낀다.

　비릿한 초여름의 비 내음이 사방에 젖어 있다. 무엇을 하지 않아도
되는 편안함, 강요되지 않은 편안함이다. 연우는 고개를 돌려 미카를
바라본다. 미카의 실루엣만이 흐릿하게 번져 연우에게 전해진다.

　"미카, 잠깐 얼굴 좀 만져 봐도 될까요? 손끝으로 느껴지는 미카
가 어떤 분인지 좀 더 알고 싶어서요. 미카의 희미한 윤곽만 보여서
답답하기도 하고 맹인의 손은 눈과 같아서 손만 잡아도 사람의 생김
과 성격을 알 수 있어요. 하지만 미카 입장에서는 제 부탁이 당황스
러울 거에요. 저도 모르게 상상만 했던 일인데 불쑥 입 밖으로 나와
버렸네요."

　연우가 불손한 의도가 있어 이야기를 꺼낸 것은 아니겠으나 그러
기에는 둘의 사이가 너무도 어색하다.

　연우의 마음을 대변하듯 그의 얼굴은 붉게 불타올라 있었다. 곧

온몸이 불타 버릴 것만 같았다. 미카는 어디서 용기가 났는지 손을 뻗어 연우의 손을 가져와 자신 얼굴에 댄다. 연우는 갑작스런 미카의 행동에 놀라는 듯 했지만 그녀의 머리에서 이마, 눈, 코, 입을 하나라도 놓칠까 꼼꼼히 손으로 살펴나갔다. 연우의 따뜻한 손은 미카에게 그대로 전해져 마음이 아리다.

연우는 한 참 후 미카의 얼굴에서 손을 내려놓는다.

한 동안 생각에 잠겨 있는 표정을 짓던 연우는 시력을 잃게 된 이야기를 꺼낸다. 연우와 누나는 보육원에서 지냈고, 늘 배고팠던 연우는 동네 구멍가게에서 먹을 것을 훔치다 주인에게 걸렸다. 가게주인은 한 번만 봐달라는 연우의 부탁을 뿌리치고 고아원 원장에게 끌고 가 몇 배나 되는 음식 값을 변상하라고 으름장을 놓았다. 화가 난 원장은 화가 풀릴 때까지 연우를 때렸다고 한다. 그래도 분이 안 풀렸는지 들고 있던 몽둥이를 내던지고 주먹으로 때리기 시작했고 얼굴을 때리려다 그만 눈을 때리고 말았다. 급히 병원으로 옮겼지만 이미 때는 늦었다고 했다.

연우가 너털웃음으로 괴로운 기억을 가렸다. 분위기가 무거워지자 잠시 생각에 잠긴 연우가 남편과는 어떻게 만났는지, 화해는 했는지 미카 쪽을 향하여 조심스럽게 물어온다.

미카는 준범과 덴마크 배낭여행에서 만났다. 한국도 1998년 한창 대학생들 배낭여행이 시작되던 해였다. 그곳에서 한국 남학생 세 명을 코펜하겐에서 만났는데 그 중에 남편도 있었다. 한국음식을 너무 먹고 싶은데 너무 비싸서 사 먹지는 못하고 밥을 해 먹을 수 있는 코펜하겐까지 왔다고 불쌍한 얼굴로 남학생들은 울 듯 말했다. 한국에 돌아와서도 남편 생각이 떠나지 않았고 결국 수소문해 남편에게 연락했다. 조금 냉정하고 배려는 없지만 오히려 미카는 그 모습이 편하고 좋았다. 우습게도 미카는 남편의 성격을 바꿀 수 있을 거란 착각을 했었다. 우연히 남편과 남편의 여자가 함께 이불 속에서 찍은 핸드폰 사진을 봤을 때는 참을 수가 없었다.

미카는 연우에게 지금은 남편과의 관계를 생각해 보고 있다고 덧붙인다.

벤치에 앉아 둘은 호수를 바라봤다. 둘 사이에는 아무런 말이 없다. 적당한 햇빛, 적당한 바람, 멈춘 듯한 시간, 한낮에 깨어야 할 낮잠 같은 시간임에도 미카는 무엇을 하지 않아도 되는 지금 이대로가 좋다.

하지만 이 모든 것을 시기하듯 맑던 하늘이 갑자기 흐려지고 먹구름이 몰려 왔다. 곧 한 두 방울 빗방울을 뿌리더니 구름 보따리에 가두어놓은 소나기를 한꺼번에 풀어 놓는다. 미카는 연우를 부축해 집 안으로 들어갔다. 미카는 한기를 느꼈다. 아주머니는 따뜻한 차를 가져와 미카에게 내민다. 차에서 나오는 은은한 장미향이 미카를 유혹한다. 한 모금 입 안으로 차를 밀어넣자 차는 온 몸 구석구석 돌며 온기를 불어 넣는다. 미카의 눈꺼풀이 무거워져지고 나른해지며 서서히 졸음이 몰려온다. 정신이 혼미해진다. 아주머니가 흐느적대며 미카에게 다가온다. 혼신의 힘을 다해 눈에 초점을 찾아 정신을 다

잡아보지만 두 다리의 힘이 풀려 맥없이 풀려 쓰러진다.

얼마나 시간이 흘렀을까? 곰팡이 냄새가 미카의 세포를 깨워 현실로 돌아오게 한다.

몸을 뒤틀어 몸을 일으키려 했으나 손목이 쓰려 아파온다. 몸이 자유롭지 못함을 안 순간, 뭔가 잘못되고 있다는 생각이 든다. 미카는 사냥해 놓은 짐승처럼 밧줄로 묶여 있다.

몽롱한 의식을 깨워 무거운 눈꺼풀을 들어 올리자 희미한 실루엣이 눈에 들어온다. 처음에는 누구인지 알아볼수 없었다. 점차 미카의 시야가 또렷해지자 실루엣의 주인공이 드러난다. 분명 '최인혜'였다.

"이제 일어났네. 미련하게 오래도 잔다. 난 인내심이 많은 편이 아니어서 이대로 널 끝내버릴까 하는 생각중이었는데 운 좋네."

떨떠름한 표정으로 미카를 비웃고 있다. 미카는 인혜의 비웃음의 의미를 알고 있다.

미카는 인혜를 본 순간 기억의 수면 속에 눌러왔던 일들이 서서히 떠오르기 시작한다.

아버지는 한국인이고 어머니는 일본인 이였던 미카는 아버지의 직장을 따라 초등학교를 마치고 한국으로 왔다. 미카의 밝고 친절한 성격도 한몫했지만, 양국의 언어를 구사하는 미카를 아이들은 신기하게 바라보기도 했고 우러러 보기도 했다. 고등학교에 입학 후, 미카는 옆자리에 앉은 인혜와 친하게 되었다. 인혜는 보육원에서 자랐지만 가난과 사랑에 결핍되어 있는 아이들과는 달리 꾸며지지 않는

밝은 모습과 솔직함이 그녀의 모습이었다. 타인의 시선에 의식하며 살아남기 위해 보이는 미카의 밝음과는 다른 무엇이 있었다.

인혜는 미카가 묶여 있는 의자를 빙빙 돌며 허공에 대고 중얼거리듯 말한다.

"너와의 인연은 참 질기다. 어찌 보면 둘도 없는 친구가 되었을지도 모르는데……. 넌 꼭 그래야만 했는지 아직도 난 모르겠다. 언제부터인지는 몰라도 나는 너에게 많은 것을 의지하게 되었어. 너에게만은 비밀을 만들고 싶지 않았지. 미련하게 그게 우정이라 생각했어. 보육원에서 생활하는 난 돈이 필요했고 내게는 돈을 줄 부모가 없었지. 다행히 난 제법 노래를 잘했고 우연히 알게 된 성인 나이트에서 알바를 시작했어. 돈 때문에 시작했지만 노래하며 무대에 서는게 행복했어. 노래할 때만큼은 온전히 그대로의 나였거든. 술 취해 휘청대며 놀아대는 인간들을 무대에서 내려다보는 맛도 쏠쏠했어. 수입도 짭짤해서 보육원에서 함께 지내는 동생도 나도 어느 정도 여유 있는 생활을 할 수 있었어. 그리고 연우를 위해서 돈을 벌어야 했어. 돈 때문에 연우가 시력을 잃기도 했지만, 언젠가는 시력을 되찾아 줄 수도 있다고 생각했어."

인혜는 잠시 말을 쉬고, 미카에게 무언가 캐내려는 듯한 시선으로 미카의 눈을 응시한다.

"그런데 어느 날, 클럽에 네가 나타난 거야. 나는 분명히 보았어. 네가 날 무시하는 듯 경멸하는 눈으로 날 쳐다보는 모습을……."

이야기를 이어가던 인혜는 의자에서 벌떡 일어서더니, 방안을 잠시 서성이다 멈춰 선다. 그리곤, 생각에 잠긴 듯하다 한 손을 들어 미카를 향해 빰을 후려친다. 요란한 소리와 함께 미카의 얼굴이 돌아간다.

"나의 비밀을 함구하는 대가로 난 너에게 사지 묶인 꼭두각시가 되었지. 아이들의 의미심장한 눈초리…… 어느새 아이들이 날 보는 시선이 달라졌어. 훗! 그것까지는 참을 만 했어. 그런데 너의 요구는 끝이 없었지. 심부름은 물론이고 돈이 필요하다면 돈을 줘야 했고, 네가 원하는 것이라면 난 뭐든 들어줘야 했어. 너의 요구는 점점 강도가 세져 난 한계에 부딪쳤고 결국 난 너의 요구를 더 이상 들어줄 수 없으니 하고 싶은 데로 하라 했지."

인혜는 손가락으로 미카의 턱을 들어 올리다가 내려놓는다. 그리곤, 미카의 뒷머리를 잡아채자 미카의 목이 뒤로 꺾는다.

"며칠 후, 학교에서는 퇴학을 통보했고 업소는 미성년자 고용으로 영업정지 당했어. 당연히 난 업소에서도 잘렸고, 하루아침에 갈 곳을 한꺼번에 잃었어. 솔직히 잠깐의 자유를 얻은 기분이 들었어. 너로부터의 자유, 하지만 앞으로의 생활이 막막했지. 고아원도 떠날 수밖에 없는 상황이 되었고. 하지만 사람은 죽으란 법은 없는지 마음 좋은 후원자를 만나 하루하루 버틸 수 있었어. 난 모을 수 있을 만큼 악착같이 돈을 모았지. 지금 생각하면 어떻게 그렇게 살았는지……."

인혜는 몸에 벌레가 기어 다니는 듯한 표정을 지으며 온 몸을 부르르 떤다. 미카는 아수라장이 되어 뒤죽박죽된 머릿속을 헤집어 과

거의 인혜를 떠올린다.

인혜는 미카에게는 없는 순수한 배려와 사람을 대하는 진실한 태도가 있었다. 그러한 행동들이 비굴함이나 비루함이 아닌 인혜의 순수한 본성에서 나오는 것임을 느끼게 하는 것이 그녀의 보이지 않는 힘이었다. 심지어 사람의 마음을 흔들어 놓은 노력 실력까지 갖추고 있는 인혜는 아이들의 사랑 받기에 충분했다.

미카는 인혜의 모습에 우정이란 이름이 점차 질투라는 감정에 의해 잠식당하고 있었다. 미카가 받아야 할 사랑을 인혜가 받고 있음에 참을 수가 없었다.

그것이 비록 비난받고 질타 받을 행동일지라도 미카는 인혜가 받고 있는 관심과 사랑을 자신에게 돌리고 싶었다.

"인혜야. 그건 우리 어렸을 적, 철없던 시절 일이잖아. 이렇게 까지 해야 할 일이야?"

"철없을 적이라고, 사람 인생을 망쳐 놓고도 철없을 적이라고…… 나쁜 년, 하나도 안 변했네. 그럼 우리 요즘 얘기해 볼까? 남편은 좀 어때? 애들은 네가 시집 잘 간 줄 알고 부러워하던데……. 정말 그러니? 너 정말 가증스럽다. 어쩜, 애들 앞에서 아무렇지도 않은 척 태연하게 있을 수 있지. 남편이 좋은 거니? 남편의 배경이 좋은 거니? 남편이 만나고 있는 여자 궁금하지 않아?

인혜는 고개를 숙여 손가락 끝으로 미카의 턱을 들어 올려 미카에게 얼굴을 들이댔다.

"나 어디선가 본 것 같지 않니? 네 남편 핸드폰 사진속의 여자. 더 자세히 얘기해줄까? 남편이 만나고 있는 여자 바로 나야."

사진 속의 여자가 인혜인 줄 미카는 미처 알지 못했다. 알았던들, 미카 본인이 어찌하겠는가?

"네 남편 사무실 근처에 우리 술집이 있는데, 가끔 우리 술집에 술 마시러 왔지. 처음에는 네 남편인 줄 몰랐어. 준범 씨가 화장실 간 사이 '미카' 이름 세 글자가 뜨더라구. 혹시나 해서 사진 앨범을 봤는데, 너 맞더라. 그래서 가만있을 수 없었어. 나도 널 가지고 놀고 싶어졌거든. 예전에 감정들이 되살아나서 미치겠더라고 난 힘든 삶을 살았는데 너는 잘 살고 있는 거 같아서 뭐라도 하지 않으면 내가 돌아버릴 것 같았어. 네 남편에게 의도적으로 접근했지. 그런데 그 거 알아. 네 남편 '야스퍼스 증후군'인 거, 남의 감정이나 기분에 대해서 전혀 공감이 못해. 사회 생활하는데 많이 힘들어 했다더라. 아마 변호사 사무실도 여러 군데 옮겼을 거야. 어떤 날은 일하는 사무실로 네 남편한테 칼이 배달되었대, 패소할 경우 죽이겠다는 협박 편지도 함께 배달되었다고 아무렇지도 않게 말하더라구. 웃기지 그런 이야기를 네가 아닌 나한테 와서 줄줄이 얘기하더라."

인혜는 의기양양한 표정으로 미카를 응시한다. 미카는 인혜의 말에 반박하고 싶지만 그럴싸한 변명이 떠오르지 않는다.

"네가 여기까지 오게 하기 위해서 미끼를 곳곳에 뿌려 놓았더니, 너는 고맙게도 덥석 물었지. 사실, 더 오래 너를 지켜보고 싶었는데 우리 연우가 너한테 관심을 보이는 거 같아서 작업이 앞당겨졌다. 좀 더 가지고 놀다가 널 어떻게 해야 할지 생각해봐야겠어."

"인혜야, 유감스럽게도, 난 네가 생각하는 그런 행동을 한 적이 없어."

미카의 말에 인혜는 듣지 말아야 할 소리를 들은 얼굴을 하고선 중얼거리듯 말한다.

"유감이라고, 유감은 사과가 아니야. 너의 그 가식적인 태도는 여전하다. 친한 척 하다가 등 뒤에서 손도끼를 꺼내서 휘두르는 모양새란 여전하다. 그래도 난 너에게 마지막 기대 같은 것이 있었는데……."

천천히 몸을 움직여 미카의 입을 수건으로 묶은 뒤, 미카의 눈을 가린다. 미카의 얼굴 가까이 얼굴을 들이밀며 말한다.

"네 남편은 걱정하지마, 내가 잘 보살펴 줄게. 내가 정신병 환자 전문이거든. 잠자리에서도 너보다 내가 더 나을 거야."

미카는 버둥거리며 있는 힘을 다해 몸을 비틀어 풀어봤지만, 좀처럼 묶인 끈은 풀어질 줄 몰랐다. 인혜는 소리내어 큰 소리로 웃는다. 입은 웃고 있지만, 눈에서는 살기가 뿜어져 나오고 있다. 살기들은 살아 움직여 미카를 더욱 옴짝달싹 못하게 묶어 두었다. 인혜가 나가자 미카는 두려움이 몰려왔다. 앞으로 어떻게 될 것인지. 자신은 언제까지 여기에 있을 것인지 알 수 없었다. 어쩌면. 이곳이 자신의 무덤이 될 터였다.

갖가지 두려운 생각들이 미카를 괴롭히고 있을 때 밖에서 인기척이 들린다. 문은 한참 동안 열리지 못하고 있었다. 미카는 문을 열리면 나타날 모든 일들이 무서웠다. 문 너머 누군가의 힘겨운 사투 끝에 문이 열린다

익숙한 목소리가 들렸다.

"미카씨, 어디 있어요." 연우가 그녀를 애타게 찾는다.

미카의 입에서 나오는 소리는 신음 소리뿐이지만 낼 수 있는 한 목청을 높여 위치를 알렸다.

연우는 더듬더듬 하얀 지팡이를 짚으며, 미카의 목소리를 쫓아 그녀에게 다가온다.

연우는 미카의 묶여 있는 손과 발을 만져 보고 어떻게 풀어야 하는지 당황해 하는 빛이 얼굴에 비친다. 밧줄은 너무 단단히 묶여 있다. 연우가 들고 있던 하얀 지팡이의 손잡이 부분을 당겨 빼내자 날카로운 칼날이 모습을 드러냈다. 서툴게 칼자루를 든 연우는 조심스럽게 미카를 묶고 있는 손목의 밧줄을 찾아 잘라내려 애쓴다. 그 모습이 너무도 아슬아슬하여 금방이라도 미카의 손목을 자를 것만 같다. 하지만 연우는 아는지 모르는지 이마에 땀방울이 맺히는 줄도 모르고 사력을 다한다.

"참 아이러니하죠. 이 칼 누나가 예전에 원장한테 죽도록 맞고 난 후 시력 잃었을 때 다른 누군가가 또 때리면 칼을 쓰라고 사줬는데 결국 여기에 사용되네요."

연우는 말하면서도 손은 열심히 움직인다. 손, 발에 묶여 있던 밧

줄이 풀어지자 입에 수건도 제거하고 연우는 미카를 일으켰다.

"어서 빨리 도망가요. 요즘 누나가 아무래도 이상해요. 무슨 일인가 벌일 것 같아요. 미카씨 누나 대신 제가 사과할게요. 미안해요."

미카는 연우를 안는다. 미카는 연우에게 고맙다고 말하곤, 황급히 방을 빠져나온다. 미카 갇혀 있던 곳은 지하 창고였다. 위로 향하는 계단 하나하나 밟고는 있지만 마치 피아노 건반인양 발로 밟아 눌러질 뿐 도무지 오를 기미가 보이지 않는다. 오르면 어디선가 계단이 생기고, 또 오르면 계단이 만들어졌다. 뛰어 오르기도 하고, 네발로 기어올라 보기도 한다. 하지만 계단 지옥은 끝이 없다. 오르고 올라 밖으로 향하는 문에 도착했다. 굳게 닫힌 문이 열리자 하늘에 달은 아무 일 없다는 양 걸려 있다. 지긋지긋한 과거로부터 나오기라도 하는 듯 미카는 문을 박차고 마당으로 뛰쳐나간다. 인혜가 다시 나타나 미카의 목덜미를 낚아챌까 뒤를 돌아볼 용기도 없다. 미카는 마당을 가로질러 대문을 열고 밖으로 빠져 나왔다. 달리고 또 달렸다. 얼마쯤 달렸을까? 입에서는 비릿한 피 맛이 느껴지며 내장을 뽑아내듯 연거푸 헛구역질을 했다. 고여 있던 메마른 침을 뱉어 낸다. 미카는 헐떡이는 숨을 삼키며 뒤를 돌아보았다. 붉은 주택은 살아 움직이는 거인이 되어 미카를 향해 다가와 집어 삼킬 것만 같다. 붉은 주택 창문 저 멀리 어렴풋이 보이는 두 개의 그림자가 겹쳐지며 미카에게 길게 드리운다. 그림자는 미카의 발끝으로 기어올라 서서히 발목으로 스며들어 그녀를 낚아챈다. 미카는 앞으로 꼬꾸라지며 곧 풀밭 위로 쓰러진다.

풀내음에 섞인 비릿한 비 냄새. 곧 여름이 시작되려나 보다.

"선생님, 저 환자 저렇게 둬도 괜찮을까요? 며칠 째 밥도 먹지 않고, 누워서 잠만 자네요."

간호사가 걱정되는 듯 미카를 보며 의사에게 묻는다.

"링거도 맞고 약도 처방하고 있으니까 괜찮을 겁니다. 본인 스스로가 현실을 회피하는 방법이지요. 자신이 만들어 놓은 잘못된 과거 또 누군가가 만들어 놓은 잘못된 과거, 지금의 잘못된 현실 모두 도망가고 싶을 거예요. 그래서 망상이라는 덫을 만들어서 스스로 가뒀을 겁니다. 곧 망상에서 깨어나겠죠." ◑

물의 시간

김 기 우

1990년 계간 『문학과비평』 가을 호에 단편 『환(環)』으로 등단.
동국대에서 석사, 한림대에서 박사학위 취득.
장편소설 『바다를 노래하고 싶을 때』, 중단편소설집 『봄으로 가는 취주(吹奏)』,
『달의 무늬』, 장편동화 『봉황에 숨겨진 발해의 비밀』,
창작이론서 『아이덴티티 이론의 구조』 등.

안산 근로자 복지관을 가려면 지하철 안산역에 내려 원곡동에서 버스를 타야 한다.
외국인 노동자들이 버스를 기다리고 있다.
핸드폰에 대고 누군가와 통화하는 그들의 말을 알아들을 수 없지만,
무척 보고 싶어 한다는 느낌은 진하게 전해져온다.
그들은 어디로 가는 걸까.
나는 하늘을 올려다본다. 하늘은 넓고 파랗다.
우주에는 국경이 없다. 그들의 나라 하늘도 파랗고 넓을 것이다.
나는 버스를 타고 하늘로 날아오르는 상상을 하며 눈을 감는다.
푸르른 물이 눈에 닿아 모처럼 시원하다.

물의 시간

　　　　　　　　　　　　　　　　　　　　　그가
여느 날과 다름없이 지하철서 이고 온 멀미를 몇 번의 도리질로 떨궈
내며 형광등 스위치를 올렸을 때, 그에게 와락 달려든 것은 방 안의
습기였다. 그와 동시에 잔뜩 웅크린 채 바람벽에 붙어 앉아 졸고 있
는 노파의 흰 머리칼이, 화들짝 놀란 듯이 불을 밝힌 형광등 빛을
되쏘며 눈을 찌르고 들어왔다. 그는 한참동안 서 있었다. 불현듯 방
안의 모든 물건들이 생경하게 보였다. 전에 없던 방안의 습기와 그를
맞이하는 품새가 어쩐지 낯설어 보였다.

　어떤 일로 오셨을까.

　그는 노파의 이번 행차가 의미하고 있는 바가 무엇일까 궁금해 하
며 비에 젖은 점퍼를 벗어 옷걸이에 걸쳐놓았다. 노파가 머리를 빗질

하다가 잠깐 정신을 놓은 모양이었다. 이 빠진 참빗과 거무스름하게 때가 오른 은비녀가 하얗게 센 머리칼을 잔뜩 물고 방바닥에 나동그라져 있었다.

그는 졸고 있는 노파를 잠시 바라보다가 몸을 돌려 방을 빠져 나갔다. 방안에 들어섰을 때 그의 호흡을 훅 하고 막던 습기는 마루에서 서성일 때도 마찬가지로 덤벼들었다. 비 탓이었다. 그리고 식용유가 타면서 내는 기름내 때문이었다. 마루에는 부침개 냄새가 눅진한 공기와 뒤섞여 늦은 저녁의 집 안을 한층 무겁게 만들고 있었다. 그는 현관문 바로 옆에 걸려 있는 괘종시계를 바라보았다. 10시 35분이었다. 오늘 하루가 지나려면 아직도 한 시간 이십 오 분이나 남았다. 오늘따라 그는 아침부터 시간을 자주 확인했다. 회사로 출근한 뒤에도 아무 하는 일없이 사장인 숙부의 눈치를 살피며 사무실 문고리만 쥐고 있다시피 했던 그였다.

요즈음, 그가 출근하여 퇴근 시간까지 하는 일이란 고작 시계의 시침과 분침을 바라보며 사무실 건너편 전파사에서 흘러나오는 시보에 귀를 기울이는 것뿐이었다. 그에게 있어 요즘처럼 시간이 더디게 흘러간 적은 없었다. 하루가 마치 일 년 같았다. 직장에 묶여 생활하는 여느 사람들과 마찬가지로 그도 시간이란 것에 늘 끌려 다녔다. 그가 몸담고 있는 직장의 일은 하루 분의 일이 매 시간마다 정해져 있는, 단순한 것이어서 그에게 있어 시간이란 극히 무의미한 것이었다. 단지 시간이 경과하면서 불어나는 자신의 작업량을 눈으로 확인할 수 있을 뿐이었다. 시간은 자신의 작업량과 언제나 비례했기 때문에 그는 시계를 보지 않고도 시간을 짐작할 수 있었다. 그래서 시간에 대처하는 그의 태도는 늘 소극적이었고, 매우 안일했다. 그러나 요 며칠만큼은 달랐다. 온종일 아무 일도 하지 않고 의자에 앉아서 시간을 보내기란 웬만한 고통이 아니었다. 시보를 알리는 라디오 소리가 들릴 때마다 그는 온몸이 귀가 되어 활짝 열리곤 했다. 그러다보니 귀가 퉁퉁 붓고 몸은 작아지는 것 같았다. 일을 하지 않는 상태에서 시간의 흐름을 곁눈질하는 자신이 무척이나 초라해 보였고, 한없이 느린 속도로 움직이는 시계 바늘의 유유함에 자꾸 위축되는 느낌이었다. 며칠 동안 아무도 출근하지 않는 사무실에 앉아서, 시계를 바라보며 초침의 움직임에 따라 손가락을 까딱거리던 그에게, 시간은 여느 때와는 달리 여간 부담스러운 것이 아니었다.

5분이 지나도록 마루의 괘종시계를 쳐다보던 그는 그 밑, 일일달력에 '할아버님 제사'라고 붉은 볼펜으로 꾹꾹 눌러 쓴 아내의 글씨를 발견하곤 그제야 노파의 출현과 튀김음식 냄새가 뜻하는 바를 깨달았다. 오늘은 할아버지의 기일이었다. 일주일 전부터 아내에게서 귀띔을 받았음에도 깜박 잊고 있었다. 직장의 파업으로 하릴없이 시간만 때우고 돌아와 잠도 제대로 이룰 수 없을 정도로 심란해 하던 그에게, 아내는 제물을 걱정하는 눈치였다. 그도 이번 파업이 장기화될 것 같다는 낌새를 채고 있긴 했지만 곧 정상으로 돌아오리라고 예감했다. 워낙 규모가 작은 업체여서 파업이라고 이름붙일 수도 없는, 그저 일을 않겠다는 시위 혹은 아쉬움의 속내 표출 정도로 봐도 좋을 일이기 때문이었다. 그런 파업 비슷한 일을 벌인 사람들은 오랫동안 같이 근무해 와서 한 가족 같았다. 그래서 그에겐 파업에 대한 걱정보다 그가 요새 보내고 있는 시간의 무분별한 사용에 대한 근심이 먼저 다가왔다. 그것은 권태에 대한 두려움이었다. 권태를 느낄 때의 시간은 주위를 감싸고 있는 탁한 연기와도 같은 것이었다. 그는 매캐한 연기 속에서 살아남기 위한 최소한의 호흡만 할 뿐이었다. 시간을 때운다는 말이 있지만 그에게는 전혀 반대였다. 시간이란 아무리 메워도 흘러넘치지 않는 고인 물이었다. 그는 썩는 냄새를 풍기는 물의 방죽을 터놓고 싶었다. 그러나 다시금 일을 하지 않는 이상 고인 물을 흐르게 하긴 어려웠다.

아침부터 내리기 시작한 비는 잠시도 그치질 않고 계속되고 있었다. 그는 시침과 분침이 일치하여 10시 54분을 가리키고 있는 괘종시계를 언뜻 지나치는 눈길로 보고 부엌으로 향했다. 아내와 어머니가 제사 음식을 준비하는 모습이 부엌 유리창을 통해 보였다. 그는 제사에 쓰일 육탕 국물이라도 마실까 하여 부엌문을 밀치고 들어섰다. 어머니는 전을 부치고 있었고 아내는 과일을 깎고 있었다. 어머니와 아내가 손을 움직일 때마다 그들의 손에 들려 있는 스테인리스 주걱에서 반사된 빛이 어둑한 부엌의 구석구석을 뛰어다녔다. 모두가 분주한 모습이었다. 그 모습을 보자 종일토록 무거웠던 마음이 한결 가벼워 왔다. 그는 가스 불 위에서 김을 뿜어내고 있는 솥으로 가서 뚜껑을 열고 국자를 들어 탕국물을 떠 마셨다. 뜨거우면서 구수하고 달짝지근한 맛이 목줄을 시원하게 훑어 내렸다. 제사에 쓰일 탕국물 맛은 언제나 훌륭했다.

"남자가 웬 부엌 출입이누."

어머니가 전을 뒤집다 말고 그를 흘끔 쳐다보았다.

"제사는 몇 시에 지낼 거예요?"

"늘 자정이 돼야 시작하잖니. 노인네는 뭘 하고 있던?"

"졸고 있어요. 이번에도 부조금 내놓으셨어요? 왜 자꾸 그러시는지……."

어머니는 대답 대신, 이번엔 무슨 일로 사람을 놀라게 할지, 제사 비용 안 내도 좋으니 조용히 모셨다 가면 좋으련만……, 하며 식용유 병을 들어 프라이팬에 살짝 부었다. 프라이팬이 신경질을 부리듯 지직지직 소리를 냈다. 달궈진 프라이팬 가운데로 식용유가 몰려들었다가 엷게 퍼져나가는 모양을 바라보며 그는, 기름은 어느 정도의 시간이 흘러야 증발해 없어질까? 하는 생각을 했다.

"여적 비가 오쟈? 텔레비전에선 장마전선에 들었다던데……. 네 할아버지 제사 때는 이렇게 비가 오시니 참으로 알 수가 없는 일이구나. 아무리 장마 때 돌아가셨다고 해도……."

어머니는 프라이팬 위에서 노릇노릇하게 굳어가고 있는 밀가루 반죽 위에 얇게 썬 쪽파와 젖은 다시마를 가지런히 펴놓으며 말했다. 가스 불이 한 단계 낮춰지고 반죽이 조금의 흐트러짐 없이 뒤집어졌다. 빠르고 정확한 어머니의 손놀림을 바라보며 그는, 자신도 전을 부쳐보고 싶다고 생각했다. 어머니에게 퉁바리를 맞고라도 남자로서 부엌일을 거들 때의 거부감보다 무엇에든 손을 놀려야 한다는 심사가 물밀듯이 그에게 몰려왔다. 파업으로 인해 요 며칠간 시간의 홍수는 무방비한 상태의 그를 향해 걷잡을 수 없이 밀려왔고, 그는 곧 닥쳐올 침수의 위기에 어떤 방식으로든 대응해야 한다고 자신을 다그쳤다.

"여기서 얼쩡거리지 말고 노인네한테나 가 봐라."

그가 프라이팬 곁에 있는 밀가루 반죽을 휘휘 젓기 시작하자 어머니는 그의 손을 막으며 부엌에서 나가라는 눈짓을 보냈다. 아내도 과일을 깎다 말고 쿡 웃으며 어머니의 눈총에다 어서 나가라는 채근의 무게를 보탰다.

그는 부엌에서 나와 'ㄴ' 자로 하늘을 가린 차양 밑을 따라 걸었다. 좀 전보다 빗줄기는 거세어져 차양을 뚫듯이 쏟아지고 있었다. 그의 왼쪽 어깨는 차양에서 미처 막아내지 못한 빗방울이 튀어 금세 젖어들었다. 그는 방으로 향하던 걸음을 멈추고 내리는 빗속에 몸을 내놓았다. 얼굴이며 팔이며, 피부에 닿는 물기가 그지없이 상쾌했다. 그 동안 무위(無爲)에 눌려 있던 마음이 조금은 트이는 것 같았다. 마치 사막에서 오랜만에 물을 만난 사람처럼 그는 괴이쩍은 춤까지 추며 내리는 빗물을 고스란히 맞았다.

이번에도 그 할머니가 비를 그치게 한다고 할까요. 어머니?

호기심이 가득 담긴 아내의 목소리가 부엌에서 새어나와 빗소리에 이내 잦아들었다. 그는 아내가 어머니에게 묻는 말이 무슨 뜻인지 처음에는 알아차리지 못했으나, 빗줄기가 살갗에 닿는 감촉이 아릴 정도로 거세져서 더 이상 빗속에 서 있지 못하고 차양 밑으로 몸을 피하고 나서야 그 의미를 깨달았다. 그는 비에 젖은 담배를 입에 물고 가스라이터를 켜 담배에 대고 억지로 불을 붙여 물었다. 지금쯤 노파는 방 안에서 또 어떤 일을 꾸미고 있을지도 몰랐다. 할아버지의 제일을 빌미 삼아 또다시 한바탕 소란을 피울 것이 분명했다. 일 년 동안 부산 이곳저곳에서 용하다는 무당이나 철학가에게서 긁어모은 비방을 은밀하게 준비하고 있을 것이었다. 그는 담배꽁초를 하수구를 겨냥해 튕겨 버리고 성큼성큼 방을 향해 걸어갔다.

방으로 들어서니 노파는 바느질을 하고 있었다. 내가 언제 졸았더냐는 투로 말끔히 빗어 올린 머리에, 콧등에 은테 돋보기안경까지 걸치고 앉아 바느질감을 얼싸안고 있었다. 여기저기 기운 흔적이 있는, 낡을 대로 낡아서 도저히 입을 수가 없는 저고리에 동정을 달고 있는 중이었다. 그는 물이 뚝뚝 떨어지는 셔츠를 노파 앞에서 활활 벗어 던지고 새 셔츠로 갈아입었다. 노파에 대한 경계심을 짐짓 감춰 보려는 과장된 몸짓이었다. 오늘로써 네 번이나 마주하게 되는 노파의 얼굴이면서도 영 낯설게만 보였다.

"옷을 갈아입었으면 후딱후딱 앉지 뭐해. 천장 안 무너진다."

이런 식으로 꾸짖는 듯한 말은 그의 귀를 거칠게 파고들어왔다.

그는 노파를 처음 보았을 때부터 왠지 껄끄럽다고 생각했다. 노파는 누구에게나 안하무인이었다.

삼 년 전, 돌아가신 지 십오 년이나 지난 할아버지의 제사를 참관하겠다며 현관문을 들어섰을 당시에도 노파는 아버지와 숙부에게 막무가내로 대했다. 그날도 지금처럼 온종일 비가 퍼부어대는 장마의 초기였다. 노파는 어두운 현관문에 기대어, 들고 온 보퉁이를 탁탁 털며 아버지의 이름을 불렀다. 비에 젖은 보퉁이에서 음습한 어둠을 잔뜩 머금은 물방울이 뚝뚝 떨어졌다.

"나, 오늘 김석만 씨 제사 모시러 왔다."

아버지와 숙부는 노파의 투박하면서도 날렵한 목소리에 뿐만 아니라, 아무 거리낌 없이 마루로 올라서는 그녀의 거침없는 행동에 말없이 의아해 하기만 했다. 그도 노파의 입에서 자주 발음되는 할아버지의 이름이 새삼스럽다는 느낌을 받았을 뿐, 성큼성큼 부엌으로 들어가 먹을 것을 찾는 그녀를 별 요량 없이 바라보기만 했다. 부엌에서도 아내와 어머니에게 자기소개를 하는 득의연한 노파의 음성이 마루의 천장까지 울려댔다.

이렇게 해서 시작된 노파와의 첫 대면은 여전히 불쾌한 기억으로 남아 있었다. 처음에 노파가 나타났을 때, 어머니는 달가워하는 기색이 아니었으나, 아버지와 숙부는 노파가 할아버지의 은혜를 입었다는 소리에, 그리고 노파가 늘어놓는 할아버지의 별호와 외모의 특징, 습관 등을 듣고서 그 정성에 놀랍다며 제일의 참가를 허락해 주었다. 노파는 제사만 참가하고 부산으로 내려가겠다는 약조를 거듭 강조하고 또 그렇게 했기 때문에 식구들은 모두 노파를 유야무야한 존재쯤으로 여기고 있었다. 노파가 제사 때마다 내놓는 많은 액수의 조의금이 참관 허용에 가장 큰 역할을 했으리라.

그러나 그에겐 아니었다. 제일 동안 노파가 그의 방을 사용해서, 라기 보다 노파가 그에게 보내는 시선이 몹시 껄끄럽고 어딘지 모르게 그를 무시하는 태도가 노골적이었기 때문이었다. 더욱이 노파는 부산에서 올라올 때마다 무슨 비방이니 액땜이니 하며 집 안을 온통 들쑤셔놓아 그로 하여금 스멀스멀 혐오감을 피어오르게까지 했다. 작년에는 어떻게 그의 속옷을 구했는지 붉은 물감을 들여놓고 장독 위에서 비를 맞추고 있는 노파의 모습을 발견한 적이 있었다. 그뿐 아니라 아내는 지하실에서 목이 매달린 채 죽어 있는 고양이를 보았다고도 했다. 이러한 노파의 해괴망측한 행위를 어머니와 아내는 못 본 체하는 모양이었지만 그에게는 용납할 수 없는 일이었다. 할아버지가 홍수에 휩쓸려 돌아가셨으므로 그 원혼이 제삿밥을 탈 없이 먹고 가게 하려면……, 하는 식으로 자기 행동의 당위성을 늘어놓는 노파가 어쩐지 의뭉스러워 보였다.

"실 좀 꿰주련?"

노파는 돋보기를 벗으며 그를 쳐다보았다. 그는 책상 위에 놓여 있는 디지털시계의 숫자가 이제 막 11:03에서 11:04로 넘어가는 모양을 바라보며 노파의 말을 짐짓 못 알아들은 척했다.

"눈은 있어도 망울이 없다더니 내가 꼭 그 꼴이구나."

실과 바늘을 디밀며 노파는 엷은 미소를 띠었다. 그가 노파에 대해 갖고 있는 경계심만큼 노파 또한 그를 대하는 눈치가 마뜩찮아 그런 미소를 만들었을 것이다. 기름기 많은 음식을 잔뜩 먹고 난 뒤처럼 노파의 미소가 느끼하게만 여겨졌다.

그가 노파를 또 한 번 외면하며 시계를 바라보았다. 디지털시계는 여전히 11:04였다. 검정 판 위에 뚜렷이 박혀 있는 숫자는 지루하다고 느껴질 정도로 완고하게 현재의 시간을 표시하고 있었다.

……시간이란 무엇인가. 하루하루를 지탱해 나가는 스물네 개의 지팡이다. 지팡이에는 갖가지 방을 열 수 있는 열쇠 꾸러미가 달려 있다. 현재란 무엇인가. 고층빌딩의 엘리베이터 속이다. 엘리베이터의 진공과 같은 농밀한 정착액, 그것이다. 과거란 무엇인가. X-ray에 찍힌 환부(患部)의 군집이다. 썩어 문드러진 환부가 명료하게 흑백 처리되어 있다. 미래란 또 무엇인가. 티 없이 푸른 하늘이다. 두루미가 은빛 가루를 뿌리며 날고 있다……. 시계의 숫자가 11:05로 탁 넘어갔다.

그는 시간의 개념을 지금 자신이 몸을 담고 있는 직장의 일에 비유하면서 노파가 내민 실과 바늘을 잡았다. 순간, 그는 노파에게서 건네받은 바늘로 주름 잡힌 노파의 손등을 꿰고 싶다는 충동을 느꼈다. 늘어질 대로 늘어져 숨만 겨우 쉬고 있는 무료한 그에게 그것은 번쩍이는 빛과 같은 것이었다. 타의에 의해서건 자의에 의해서건 아무 일도 할 수 없는 지금의 상태에서 그는 그런 충동이라도 붙잡고 싶었다.

가끔씩 아무런 생각도 나지 않을 때, 아무 일도 하고 싶지 않을 때, 한껏 게으르고 싶을 때, 일요일 오후 낮잠에서 깨어났을 때, 그는 이와 비슷한 충동을 얻기 위해 방 안에서 베토벤의 '합창'을 크게 틀어놓고 되는 대로 지휘를 해보곤 했었다. 거울을 보고 머리를 쥐어뜯으며 볼펜을 지휘봉 삼아 한껏 휘둘러댔다. 거울 속, 자신의 모습이 우스꽝스럽다고 생각하여 피식피식 웃음을 흘릴 때까지 그는 계속해서 지휘를 했다. 해가 바뀔수록 지휘하는 시간이 길어지긴 했지만 그는 무료할 때마다 그 방법을 써서 효과를 보곤 했다.

"앗뜨!"

그가 펜 실을 노파에게 건네주려는 찰나, 바늘이 엄지손가락 손톱 밑에 박혔다. 금세 그의 엄지손가락에 작은 핏방울이 맺혔다. 그는 바늘을 얼른 빼서 방바닥에 버리고 손톱을 눌러 피를 멈추게 했다.

"저런, 바늘에 찔렸구나. 조심해야지. 젊은 애가……."

노파는 태연히 바늘을 집어 들고 다시 바느질을 시작했다.

"이건 네 할아버지께서 내게 사주신 저고리다. 기운 옷이나 더러운 옷을 입고 있으면 은혜를 입는다는 말이 있어 내, 오늘 그 양반 제사에 꼭 입을란다."

언제나 그런 식이군, 하고 그는 생각했다. 매사를 무속과 연관시켜 조금이라도 자신에게 해가 될 것 같으면 금(禁)한다는, 철저한 자기보호가 노파를 온통 감싸고 있다. 자기가 감당할 수 있고 자신의 능력에 따라 앞날을 계획하면 그만인 일까지도 노파는 무당이나 점복에 모두 맡기려 한다. 그리고 계획한 일의 결과가 좋지 않으면 계획 자체가 잘못 되어진 것이라 믿지 않고 거기에 대한 정성이 모자란 탓으로 여긴다. 지독히도 점복이나 비방을 믿고 그것에다가 현실을 꿰맞추려는 노파는 오늘, 또 어떤 비방을 갖고 사람을 놀라게 할 것인가?

"자, 이걸 끝냈으니 무얼 할까. 제사를 지내려면 아직도 더 기다려야 할 텐데……."

누더기나 다름없는 저고리를 쓰다듬으며 노파가 말했다. 거무튀튀한 저고리에서 새로이 단 동정이 하얗게 빛을 발했다. 노파의 입에서 한 시간이라는 말을 듣고 그는 또다시 책상 위, 시계를 올려다보았다. 자주 시간을 확인하려는 자신이, 시간의 흐름에 대해 지나친 과민반응을 보이는 것이 문득 우스웠다.

그는 벌떡 일어나 책상으로 다가갔다. 책상 위의 디지털시계를 벽 쪽으로 돌려놓고 서랍을 뒤져 반으로 접힌 장기판을 끄집어냈다.

"이번엔 저를 이겨 보시죠."

멀뚱히 시선을 놓고 있는 노파 앞으로 가서 그는 책상 서랍에서 꺼낸 장기판을 내려놓았다. 노파는 바느질감을 접어 한 쪽으로 밀쳐놓고 흔쾌히 그의 요구에 승낙한다는 고갯짓을 했다. 노파와 그는 작년에도 이렇게 제사를 기다리는 시간에 장기를 둔 적이 있었다. 할아버지한테서 말을 움직이는 방법을 배웠다며 노파는 장기판을 손수 꺼내 장기 두기를 재촉했었다.

"차하고 포를 하나씩 떼 주어야 상대가 되지 않겠니?"

노파는 장기판 위에 쏟아 부어진 말 중에 붉은 글씨로 쓰인 것을 고르며 히죽 웃었다. 그리고는 빠른 손놀림으로 말을 배치하기 시작했다. 그도 지지 않을 새라 초나라 말을 골라 진영을 정렬했다. 직사각형의 나무판 위에 곧 초나라와 한나라의 군사가 제자리를 차지했다.

"내기를 해야 장기 둘 맛이 나지. 네 할아버지하고 둘 땐 늘 동전 한 닢이었단다."

출전할 채비를 갖춘 한나라 군사의 왕녀가 말했다.

"삼 판 양 승으로 하고 오백 원 동전을 걸죠."

"그러자구나. 세 판 정도면 시간도 알맞고……."

노파는 장기판 앞으로 바싹 무릎을 당겨 16개의 말을 차례로 짚으며 자리를 확인했다. 그가 첫 수를 졸로 칠까 마로 때릴까 망설이던 사이에 노파가 먼저 재빠르게 병을 움직였다. 초나라가 먼저 선제 공격을 하는 것이 상례인데……, 하고 그는 노파에게 말하려다 그만 두었다. 대신, 노파가 수비 태세로 말을 움직이는 수에 맞춰 말을 놓다가 한 수 뛰어넘을 계산을 했다. 그러나 그의 계산은 곧 오산이 되고 말았다. 옹성을 쌓기 위해 서로 다투듯 말을 옮기는 과정 중에 노파는 이미 한 수를 더 보탰던 것이었다.

"자, 이제 궁이 안전한 것 같으니 시작해 볼까."

노파는 두어 번 헛기침을 하고 나서 공격하기 시작했다. 상이 졸을 덮치고 마가 상을 때렸다. 포가 병을 넘어 마를 훔치고 달아났다. 붉은 색의 차가 느릿느릿 초나라 진지를 파고들어가 어정쩡하게 박혔다.

그와 노파가 장기를 둘 때면 언제나 여기까지의 수는 같았다. 이미 그러자고 약속이나 한 것처럼 노파와 그는 아무 말 없이 상대의 수를 읽었고 자신의 말을 내주었다. 하지만 싸움은 이제부터였다. 지금까지 빠른 속도로 움직이던 손은 적의 동태를 살피며 함부로 움직이지 않을 것이다. 그러다가 자칫 실수라도 하게 되면 장기판의 여백에 쓰인 일수불퇴라는 글씨가 누군가의 입에서 서슴없이 튀어 올라 질책할 것이 분명했다.

노파는 답답하게 느껴질 정도로 잔뜩 웅크리고 앉아 신중하게 말을 움직였다. 한 수 한 수 상대의 수를 예측해 가며 잔뜩 움츠리고 있다가 나설 때가 되면 망설임 없이 수를 날렸다. 노파의 그 움직임 속에는 승부에 대한 강한 의욕이 팽팽하게 감돌고 있었다. 그에 반해 그는 장기를 시작하면서 가졌던 긴장을 차츰 잃어가고 있었다. 노파의 한없이 더딘 손놀림이 그렇게 했고, 장기를 두며 시간을 메운다는 일 자체에 은근히 짜증이 치밀어 올랐다. 바람을 동반한 비가 창문을 흔들어대는 소리 또한 그의 집중을 방해했다. 또다시 무력감이 그의 어깨를 짓눌러 왔다.

"졸을 하나 먹어 보고…… 자, 장군 받아라."

차에 눈길을 두고 있는 것 같더니 노파는 어느 틈에 상으로 그의 졸을 누이고는 장군을 불렀다. 장군을 막아낸다 하더라도 여태껏 붙박여 있던 그의 차가 떨어져 나갈 순간이었다. 그것마저 잃으면 이번 판은 승산이 희박했다. 그는 의욕이 나질 않았다. 그렇다고 노파에게 한 수를 물러달라고 하기에는 자존심이 허락칠 않았다.

"멍군입니다."

사로 상이 들어오는 길을 막으니 노파는 기다렸다는 듯이 그의 차를 낚아챘다. 그는 이제 기세가 한층 더 꺾였다. 그가 풀이 죽어 있는 틈을 타서 노파는 숨어 있던 차를 몰고 종횡무진 달리며 그의 군사들을 하나씩 찌르고 달아났다.

"이젠 마무리만 남았는데……."

초토화된 그의 진영을 훑어보며 노파는 숨을 돌렸다. 수세에 몰려 전의를 거의 상실한 그는 승부에 대한 의욕이 완전히 사라졌고 대신, 노파가 손을 움직일 때마다 슬깃슬깃 보이던 손목시계에 자주 눈길을 두게 되었다. 손톱만한 크기의 손목시계는 언뜻 보기에 11시 30분을 가리키고 있었다. 다시금 그는 시간에 대해 부담을 느끼기 시작했다.

이렇게 앉아 장기를 둔다는 것은 얼마나 게으른 일인가. 그는 자신을 나무랐다. 그러나 그럴수록 조바심만 더할 뿐이라는 것을 그는 알고 있었다. 해야 할 일이 무척 많은 것 같은데 곰곰 따져보면 할 일이 아무 것도 없었다. 내일도 직원이 나온다는 보장은 없었고 그들이 없으면 공장은 돌아가지 않을 것이다. 새로운 직원을 채용한다 하더라도 마찬가지로 보수가 문제될 것이고 또 그들과 손이 맞으려면 오랜 기간을 필요로 할 텐데……. 숙부는 이번 일에 어떻게 대처하려 할까. 김 주임만이라도 나와 준다면 급한 거래처엔 그런 대로 약속을 미룰 수 있을 것 같은데……. 그는 장기판에 남아 있는 자신의 초라한 말들을 보며 요사이 그가 겪고 있는 직장에서의 어정쩡한 파업을 떠올렸다.

그러나 그는 그것에조차 신경을 깊이 쓰기 어려웠다. 그의 주위를 끈적끈적 감싸고 있는 권태가 그를 옴짝달싹못하게 했고, 지금 그의 왕을 궁지에 몰아넣으려는 노파의 음흉한 고요가 그의 숨통을 조여 왔다. 그래서 그는 장기에만 집중하기 위해 한껏 양미간을 좁히고 장기판 위에 남아 있는 말들을 부서져라 쳐다보았다.

그는 먼저 자신의 왕을 살려내기 위해 차근차근 수를 읽어 나갔다. 그러는 도중 노파가 손을 들어 시계를 보았다. 그도 눈을 들어 노파의 시계를 얼핏 보았다. 노파가 시간을 확인하고 곧 손을 내렸기 때문에 그의 눈에는 시간이 보이지 않았다. 거기서, 그러니까 노파의 시계를 보았던 시선과 장기의 수를 읽었던 시선이 만나서 겹쳐진 시점에서 그는 기묘한 논리를 유추해냈다.

하루의 시간은 원이란 도형으로 흐른다. 원은 평면 위의 한 점으로부터 같은 거리에 있는 점의 궤적이다. 점이 지나간 흔적을 선이라

한다. 그러므로 선은 이미 과거이다. 장기판 위에 있는 모든 말들은 선으로 움직인다. 따라서 말들은 과거이다. 졸은 그러나 과거이면서 언제나 현재완료다. 졸은 전진할 뿐이므로. 그에 반해 상은 직선으로만 움직이지 않고 대각선으로도 갈 수 있기에 원과 가깝다. 원과 가깝다는 이유로 현재 진행이 될 수 있다. 마 또한 마찬가지다. 포는 어떠한가. 동족을 제외한 모든 말을 뛰어넘는다는 의미에서, 다시 말해서 과거를 뛰어넘기 때문에 대과거가 될 수 있다…….

이와 같이 얼토당토아니한 논리를 떠올린 그는, 노파가 침묵을 깨고 마침내 말을 움직이기 시작하자 조심스레 노파의 눈치를 살폈다. 이제는 노파의 실수만 바라는 수밖에 없는데도 그에게 가벼운 긴장이 일었다. 썰렁하게 비어있는 초나라 왕궁에 포가 넘어와 사를 넘어뜨렸다.

네 할아버지를 만난 곳은 북해도 탄광이었단다. 왜놈들이 징병에 한창 열을 올리고 있을 때 그 양반은 자원해서 왔다더구나. 부모와 처자식이 있어 학병으로 끌려가기 보담 탄광에서 부역으로 때운다는 심산이었지. 네 할아버지는 비록 광복군이나 연합군에 들어가 왜놈들과 직접 싸우진 않았지만 그에 못지않게 의연하고 꿋꿋하게 왜놈들을 대했단다.

한나라의 차가 포를 호위하고 있어 초나라의 궁은 넘어온 포를 덮칠 수도 없었다. 어찌할 도리 없이 그는 궁을 제자리에 놓고 마지막 군사인 마로 적의 차길을 막았다.

소작농 생활이 지긋지긋해서라기보다 그놈의 살이 끼어서…… 나는 도망을 쳤단다. 왜놈들에게 갖은 수모를 겪으며 삿포로까지 끌려 갔었지. 그 당시 여자들이 겪는 수치는 이루 헤아릴 수 없이 욕된 것 이었단다. 축사 있지 않니, 말을 기르는 우리말이다. 말을 한켠으로 몰아붙이고 칸막이를 여럿 만들어 놓았지. 겨우 사람 둘이 누울 수 있을 정도의 넓이로 다다미만 너부죽이 깔려 있을 뿐인 그곳에 내 또래의 여자들이 칸막일 하나씩 차지하고는 왜놈들을 기다리고 있 어야 했단다. 미처 다리를 오므리고 앉아 있을 시간도 없었단다. ……나는 죽을힘을 다해 또 도망을 쳤단다.

대책을 강구해야 했다. 노파의 차가 이쪽 마를 찌르고 장군을 부 르면 영락없이 궁지에 몰리게 된다. 어차피 마를 또 잃을 수밖에 없 다. 마가 희생양 구실을 하는 동안 사를 이용해 발등에 떨어진 불부 터 꺼야 한다. 그는 왕을 선비 뒤로 숨겼다.

그 양반이 나를 살렸지. 나를 당신의 아내라고, 결혼한 지 일 년도 채 못 되어 도망친 마누라를 잡았다고 그 양반이 글쎄 내 머리채를 휘어잡고는 다짜고짜 뺨을 때리지 않았겠니. 나는 왜놈 순사들 앞에서 창졸간에 화냥년이 돼버렸지만 그렇게 마음이 가라앉을 수가 없었단다. 그런 후 나는 홋카이도 탄광에서 광부들 밥을 해주며 지냈단다. 네 할아버지와 가끔씩 장기를 두며 말이다.

한나라 차가 마를 때리며 초나라 왕 밑으로 한 걸음 들어섰다.

"한 수면 끝나는 판이로구나."

노파는 차를 던지듯 놓으며 의기양양한 목소리로 말했다.

"어딜요. 아직 상이 남았는데요. 끝날 때 끝나더라도 버틸 때까지 버텨야죠."

저쪽의 차가 밀고 들어오면 영락없이 외통에 걸리는 수였다. 이미 끝난 판임을 알고 있으면서도 그는 선뜻 장기판에서 물러서질 않았다. 승부에 대한 미련보다도 노파가 가끔씩 확인하는 시간을 곁눈질하며 조금 더 시간을 보내야겠다는 심중이, 바로 그 게으름이 다시 발동을 하는 듯싶었다. 얼굴이 달아오르는 것을 느끼면서도 그는 움쭉달싹하지 않았다. 그럴수록 마치 가위에 눌린 꿈속처럼 그는 무척 초조해 했다. 그가 말에 손을 대질 않자 노파는 병이며 상이며 마며, 모든 말들을 동원하여 그에게로 밀고 들어왔다.

겨우 생활만 꾸려 나갈 수 있는 싼 노임과 별종 취급받는 우리 사람들은 네 할아버지를 믿고 따랐었지. 그분에게는 왜놈 덕대(德大)들도 함부로 못하는 힘이 있었단다. 그놈들보다 오히려 채광기술에 밝았고 광산을 운영하는 수치에도 훨씬 빨랐으니 말이다. 한번은 갱내 방수댐이 터지는 바람에 네 할아버지가 갱도에 갇힌 일이 있었는데, 보통 때 같으면 본 체도 않던 왜놈들이 네 할아버지라고 하니까 갖은 수를 써서 구한 일도 있었단다.

노파의 군사가 초나라 왕, 코앞에 들이닥칠 때까지 그는 궁과 사의 자리바꿈만 계속했다.

"어때? 이제 끝 아닌가? 손을 들어야지."

노파가 차를 몰고 들어오더니 장군을 불렀다.

그 양반은 은밀히 광산 노무자 단체를 만들기도 했었지. 북해도에는 일본 노무자들도 있었는데, 그놈들하고 우리 사람들하고는 천양지판으로 임금 차이가 났단다. 우리에겐 한 사람 생계유지만 겨우 할 수 있을 정도의 임금만 주었고, 노동조건도, 그놈들은 일하기에 편한 기계를 사용했는데 우리는 그저 맨손뿐이었단다. 아무리 저희들 부역 나왔다 하더라도 너무한다 싶어, 네 할아버지가 사람들을 모았던 것이었지. 하지만 바위에 달걀 치기였단다. 왜놈들은 되레 광복군 운운하며 네 할아버질 사무소로 끌고 가 모진 문초를 해대지 않았겠니. 다행히 그 동안 친해 왔던 덕대들이 힘을 써서 풀려나긴 했지만 사무소에서 나온 네 할아버지는 사람이 달라져서 나왔단다. 우리 사람들보다 왜놈들과 어울리길 좋아했고 덕대들보다 앞장서서 우리사람들 모임을 단속하기까지 했단다. ……마침 부역 기간이 끝나 네 할아버지는 부산으로 넘어갔지. 그때 나도 그 양반을 따라나섰단다. 부산서 한 달 가량 같이 있다가 나는 남고 그 양반은 서울로 올라가고……. 그 이듬해 해방을 맞았단다.

마침내 한나라의 차가 그의 궁을 쓰러뜨렸다. 그는 승복한다는 뜻으로 입맛을 쩝쩝 다시며 고개를 끄덕였다.

"이만하면 네가 차포를 떼 주지 않아도 이길 수 있겠는 걸."

노파는 널려 있던 장기짝을 새로이 진열하면서 그를 힐끔 쳐다보았다. 승부에 이긴 기쁨이 여실히 드러난 표정이었다.

"그만하죠. 시간이 거지반 됐을 텐데. 할머니가 두 판 모두 이긴 걸로 하시죠. …… 이거……."

주머니를 뒤져 오백 원 동전을 꺼내며 그는 약간 짜증 섞인 목소리로 말했다. 노파는 당연히 받아야 할 것을 받는다는 투로 그에게 손을 내밀며 가볍게 웃어 보였다.

몇 분 정도 남았을까?

여기저기 흩어져 멋대로 뒹굴고 있는 장기 알을 주워 모아놓고 그는 방을 나섰다. 비바람이 현관문을 덜컹이며 마루로 비집고 들어왔다. 습기가 배어 있어 눅눅하긴 했지만 바람은 그의 무거운 마음을 조금 가뿐하게 해주었다. 거실의 시계는 11시 40분을 가리키고 있었다. 이십분 후면 또 하루의 시작이었다. 내일은 무엇으로 하루를 보내야 하나. 그는 길게 숨을 내뱉었다. 어찌 보면 지금의 무료함은 오히려 조바심으로 다가왔다. 시간은 그에게 넓은 마당을 내주며 맘껏 활개를 칠 수 있게 해주었지만 그는 손가락 하나 움직일 수 없는 상태로 한없이 서 있어야만 했다. 여느 때처럼 시간의 틀에 짜 맞출 필요가 없었으므로 도처에 널린 것이 시간이었다. 그래서 그에게 있어 시간은 아무런 맛도 느낄 수 없는 물과 같은 것이었다. 주체할 수 없이 물은 밀려왔지만 그는 그 위에 떠서 가느다란 숨만 내쉴 뿐이었다. 그는 때때로 물속에서 빠져나가야 한다고 마음을 졸이며 허우적거리기도 해보았다. 그러나 그럴수록 물은 점점 더 불어올라왔고 그의 몸은 나른해지기만 했다.

스트라이크.

그는 물 주름으로 변한 현관 창문을 보며 스트라이크란 말을 입 안에 넣고 우물거렸다. 현관 창문 위에 숙부와 직원들이 차례로 그려졌다. 오늘도 숙부는 사무실 아래층, 작업실에서 하루를 보냈다. 혼자서라도 거래처에 보낼 물건을 만들 양으로 오전 내 애쓰더니만 오후에는 점심도 거른 채 잿빛 구름처럼 느리게 작업실 안을 걷기만 했다. 조업 소리가 중단된 작업실엔 그 공간을 채우던 직원들의 활기는 온데간데없고 대신, 숙부의 무거운 발걸음과 가끔씩 내뱉는 한숨만 음습하게 깔려 있을 뿐이었다. 마치 자신이 예고 없이 해고를 당한 사람처럼 풀기가 하나도 없는 모습으로 정착액 통을 만지작거리고 있었다. 작업실에서 만드는 물건이래야 은반지나 은수저 등, 은

세공 제품에 쓰일 염화은을 뽑아내는 일이었다. 그것은 일종의 연금술과도 같은 일이었다. 병원의 X-ray실에서 사용한 폐 필름이나 사진 인화점 등에서 현상처리하고 남은 액체를 적당량의 유화소다와 빙초산을 물에 섞어 침전시키면 은이 추출되었다. 필름에서 어둡게 처리된 부분에서 은이 석출되어 나왔다. 그래서 숙련된 사람이 필요했고 거래처인 병원과 필름 현상소, 사진제판집 등을 제집 드나들 듯 왕래하며 다른 경쟁 업체에게서 은을 뽑아낼 원료를 빼앗아 올 수 있는 수완 좋은 사람이 있어야 했다. 그들이 김 주임과 조 선생, 그리고 윤 씨와 손 군이었다. 김 주임은 영업을 맡은 사람이고 조 선생은 연금술사라는 그의 별명만큼 정확한 비율로 은을 빼내는 기술자였다. 그리고 윤 씨는 거래처를 구석구석 훤히 알고 있는 트럭기사이고 손 군은 그의 조수였다. 모두가 한 가족처럼 지내는 사람들이었다. 그런데 문제는 김 주임이었다. 재작년에 부산서 이 계통의 일을 해 왔다며 이력서를 내밀 때부터 어둡고 음침한, 그래서 여러 가지 생각이 많은 사람일 거라는 느낌을 전해 받았던 사람이었다. 일은 잘하긴 했어도 다른 사람들과는 달리 숙부가 다가서면 김 주임은 머슥머슥 거리를 두었고 그래도 좀 더 가까워지려 농이라도 붙일라치면 그때만 잠시뿐, 사적인 일은 내비치지 않으려고 노력하는 빛이 역력했다. 그런 김 주임이 영업을 맡고부터는 거래처가 많아져서 현상유지선을 넘어서기 시작했지만 그에 따른 직원들의 요구가 차츰 늘어났다. 계절이 바뀔 때마다 상여금이 지급되고 있었음에도 명절

때의 떡값, 김장철 배추값, 특근 수당 등을 일의 규모에 넘치게 요구하는 것이었다. 수당을 주지 않았던 것은 아니었다. 일을 벌여놓은 지 얼마 되지 않아 늘 빚에 몰리고 있던 숙부는 현 수준으로 유지하고 빚을 조금이라도 갚고 싶어 하는 눈치였다. 그러나 직원들은 전에 없이 불만을 내색하기 시작했다. 요즘 들어 숙부의 의지와 직원들의 불만이 더욱 팽팽했다.

아무래도 김 주임이 들어오고부터 그런 불만이 사무실 안을 떠돌기 시작한 것 같았다. 이번 일도 김 주임이 계획했던 것이 분명했다. 한 달여 전부터 김 주임은 퇴근 후에 직원들을 불러 모아 회식이니 단합대회니 하며 술자리를 마련하는 눈치였고, 그런 다음 날엔 김 주임 뿐 아니라 모든 직원들은 숙부의 눈길을 의식적으로 피해 왔다. 김 주임이 그들을 모아서 어떤 이야기들을 했는지 모르지만 직원들은 물가 인상 운운하며 수군거렸고 예전과 다르게 일하는 모습이 매우 굼떠 보였다. 그는 그들을 보며 아무래도 이번 추석 떡값 문제가 심상치 않을 것이라고 예감했다.

그 예감이 권태를 부른 것일까. 직원들이 무언가 결의의 빛을 보였을 때부터 그는 앞으로 벌어질 일의 심각성보다는 그들이 그에게 보내는 껄끄러운 눈길에 더욱 신경이 쓰였다. 그는 일의 중심에 들어서질 못하고, 정제통에 유화소다를 지나치게 붓는다거나 윤 씨에게 거래처를 잘못 알려 주어 헛걸음을 치게 한다거나 하는 실수를 자주 저질렀다. 소외감 때문일지 몰랐다. 그들은 그를 은근히 따돌렸고 숙부에게 하는 것처럼 그의 눈길을 의도적으로 피해 왔다. 정착시키는 일을 그와 함께 맡고 있어 그래도 그중 가장 친밀한 사이던 조 선생조차도 그에게 말을 붙이길 꺼려할 때에는 자신이 한 사람의 고용인이 아니라 사장의 조카라는, 전혀 의식치 않았던 사실을 떠올렸고, 그런 사실에 대해 슬며시 원망을 가져보기도 했다. 그렇다고 해서 김 주임이 마련하는 술자리에 끼어들지 말라는 이야기는 없었는데도 자꾸 그들의 주위를 겉돌게 되고, 그것이 그들이 주는 소외보다 더 고립의식을 준다고 느끼면서도 그러지 못하는 자신의 우유부단함에 더욱 역정이 치밀어 올랐다. 그럴수록 일은 손에 잡히지 않을 뿐이었다.

비바람이 더욱 거세졌는지 현관문이 제풀에 활짝 열렸다. 그는 거실에서 나와 슬리퍼를 찾아 신었다. 차가운 습기가 가득 배어 있는 슬리퍼를 끌고 그는 마당으로 내려섰다. 한층 굵어진 빗줄기는 좀체 그칠 기미를 보이지 않고 마당에 엎어져 있는 세숫대야를 세차게 두드려대고 있었다. 가끔씩, 어둠이 묵직하게 드리워진 하늘에선 놀란 듯이 번개가 일었고 그 뒤를 천둥이 우렁우렁 따랐다. 그새 물이 고이고 있었다. 하수구는 몇 년 동안 갈증에 시달렸다는 듯이 물을 열심히 빨아들였다. 그러나 이런 기세로 비가 퍼붓다간 하수구도 제구실을 못하고 오히려 온갖 오물과 함께 빗물을 토해내고 말 것이었다. 작년에도 물이 빠지지 않아 지대가 낮은 이 동네엔 피해가 이만저만 아니었다. 방구들이 내려앉은 집이 있는가 하면 축대가 무너지는 통에 사람까지 다친 일도 있었다. 연립주택의 지하실에 세 들어 살고 있는 사람들은 아예 일주일간 방을 고스란히 물에 빼앗기기까지 했다. 그야말로 노아의 홍수를 방불케 하던 작년의 장마였다.

그는 갑자기 조급해진 마음으로 지하실을 둘러보아야겠다고 생각했다. 그곳엔 작업실에서 미처 정착시키지 못한 필름이 남아 있었다. 그 필름이 젖으면 큰일이었다. 그뿐 아니라 제품 박스도 수백 장 쌓여 있을 것이었다. 자정에 제사를 지내니까 앞으로 십분 정도의 여유가 있었다. 그 동안에 빨리 필름을 옮겨놓아야 했다.

그는 일거리를 찾은 것이 무슨 구원처럼 생각되어 비를 맞으며 황급히 지하실로 내려갔다. 그러나 지하실엔 이미 누군가 내려가 있었다. 지하실을 밝히는 전등 스위치가 올려져 있었고, 내려가는 계단엔 물 묻은 발자국이 또렷이 찍혀 있었다. 누구일까. 그는 숨을 죽이고 계단을 내려갔다.

"무슨 일이누."

노파였다. 그가 계단을 모두 내려가 전등이 밝혀진 쪽으로 몸을 돌리자 노파도 몸을 돌려 그를 쳐다보았다. 언제 내려왔을까. 노파의 손에는 식칼이 들려 있었다. 식칼에서 반사되는 날카로운 빛만큼 노파가 그를 보는 눈이 매섭게 번뜩였다. 무언가 비밀스런 일을 방해당했다는 눈빛이었다. 그도 노파를 마주보았다. 노파는 자신이 자주 말하던 예방이라는 것을 하는 중이었다. 전등 아래, 그가 가지러 왔던 필름 상자를 쌓아놓고 그 위에 촛불을 밝히고 있었다. 촛불 밑엔 냄비가 놓여 있었고 부적을 태웠는지 검은 재가 냄비 곁에 점점이 뿌려져 있었다. 노파에게 다가가 냄비 안을 들여다보니 아직 살아 움직이는 닭 한 마리가 모가지를 꺾은 채 피를 흘리고 있었다.

이것이었군, 하고 그는 중얼거렸다. 언제던가, 노파의 그런 행위에 염증을 내던 아내의 추측일는지 모르지만 그는 아내에게서 귀띔을 받은 바 있었다. ……노파에겐 손자가 하나 있는데, 그가 장성하여 지금 서울에 올라와 있다. 노파가 무당에 온통 정신이 팔려 있는 이유는 할아버지가 익사해서 그 원혼을 달래 주려는 것이 아니라 손자 때문일 것이다. 제사 모실 사람이 없는 노파는 할아버지 제사를 빌어 자기 자손의 액땜을 하려는 것일지도 모른다……. 아내가 들려준 이와 같은 이야기는 그에게 호기심을 자아내게 하는 것이었지만 그것보다 그는, 이렇듯 노파가 할아버지의 제사를 앞두고 기이한 일을 벌이는 모습을 발견할 때마다 화부터 치밀어 올랐다. 도대체 길흉에 대한 괘나 점복을 절대적인 가치로 삼고 그것에다가 삶의 척도를 가늠하는 자체가 그는 싫었다. 삶에 대한 확신이 없는 상태의 불안을 해소하기 위한 방편, 이라는 사고방식은 얼마나 안일한가. 확신이 없을수록 그것에 더욱 적극적으로 부딪혀 보아야 하지 않겠는가.

"상자를 옮겨야겠으니 저것들을 치워 주시죠."

그는 노파를 외면한 채 지하실 바닥을 구석구석 살피고 나서 필름 상자 위에 놓여 있는 촛불과 냄비를 가리켰다. 아직까지는 물이 스미지 않았지만 언제 물이 차오를지 모르는 일이었다.

물의 시간 | 김기우

"제사 끝나면 치울란다."

노파는 손에 든 식칼을 냄비 위에 올려놓으며 단호하게 말했다.

"그래도 이런 식으로 비가 퍼부으면 금세 물이 찰 텐데요."

그는 못마땅해 하는 노파의 시선을 의식하며 필름 상자 쪽으로 성큼 다가섰다. 그러나 노파는 그를 아랑곳하지 않고 냄비를 향해 무어라 중얼거리며 연신 머리를 조아렸다. 그는 다시금 맥이 스르르 풀려 왔다.

지하실에서 올라와 마당을 나서니 빗줄기는 훨씬 가늘어져 있었다. 마치 스프레이로 물을 뿜는 듯한 비였다. 그는 철벅철벅 마당에 고인 물을 발로 차며 현관으로 들어섰다. 숙부가 방금 도착했는지 눈에 익은 숙부의 장화가 쓰러져 있었다. 안방에선 이제금 제사를 시작하려 했다. 반쯤 열린 방문 사이로 숙부와 아버지가 손을 모으고 진설한 제사상 앞에 서 있는 모습이 비쳤다. 그는 마루로 올라서서 시계를 올려다보았다. 자정이 막 지나려는 순간이었다. 시침과 분침이 일치한 12의 숫자를 향해, 초침이 힘겹다는 듯이 숫자들 사이의 점을 턱걸이하며 오르고 있었다. 그는 무언가에 쫓기듯이 방문을 밀치고 들어가 벽에 걸어놓았던 웃옷을 입었다. 그리고 나서 제사에 참가하려 안방으로 향하던 순간, 그러니까 마루의 괘종시계가 자정을 알리는 종을 두 번째 치고 있던 그때였다. 갑작스레 어둠이 주위를 덮쳤다. 어둠은 집안의 모든 가재도구를 삼키고 쉽사리 떠나려 하지 않았다. 정전이었다.

다른 집도 불 나갔나 살펴봐. 손전등 가져와. 촛불 조심해.

아버지와 어머니, 숙부의 목소리가 어둠 속을 여기저기로 날았다. 어둠 속에서는 모든 소리만이 농밀하게 들려왔다. 식구들의 분주한 발자국 소리, 빗물을 빨아들이는 하수구 소리, 갑작스런 어둠의 침입에 놀란 개들의 짖음…… 이런 소리들의 난무 사이로 누군가의 울음소리가 비집고 들어왔다. 그 소리는 처음엔 다른 소리들과 어울려 확실한 제소리를 나타내진 않았지만 차츰 또렷이, 아주 가깝게 그의 귀를 파고 들어왔다.

소리를 내는 사람은 노파였다. 노파는 대문에서부터 소리를 내기 시작하여 현관, 마루를 거쳐 안방에 이르기까지 괴이쩍은 울음을 계속했다. 꾸민 구석이 많은 울음소리 속에서 할아버지의 이름이 섞여 나오는 것으로 보아 노파는 예방을 계속하는 듯싶었다.

"문지방을 닦으면서 울면 망자의 저승길이 밝다더구나."

그가 노파의 울음소리를 그치게 하려 노파에게 다가서자 어머니가 그를 만류했다. 여기저기 밝혀놓은 촛불이 어둠을 한층 엷게 해주었다. 무거웠던 어둠은 차츰 가벼워져 집 안을 트미하게 맴돌고 있었다. 그의 귀를 곤두세우게 하던 온갖 소리도 어둠이 조금씩 밀려남과 동시에 점차 잦아들었다. 어둠에 웬만큼 익숙해지자 식구들도 다시금 움직임을 되찾았다. 숙부와 아버지는 제사를 시작하려는 눈치였고 어머니와 아내는 촛불을 들고 부엌으로 향했다. 그는, 대패질을 하듯이 문지방을 닦으며 울음소리를 내고 있는 노파를 비껴서 안방으로 들어갔다.

제사가 시작되어 아버지가 분향을 하자 노파는 울음을 그쳤다. 그제야 제사 시간의 엄숙한 고요가 찾아왔다. 그러나 아버지가 무릎을 꿇고 술잔을 올리는 순간, 전화벨이 요란하게 울리며 먹먹한 적요를 깨뜨렸다. 그가 전화를 받아 제사의 진행이 잠시 멈칫하자 소리 없이 문지방을 문지르던 노파는 버릇인 양 또다시 흐느끼기 시작했다. 전화를 걸어온 사람은 뜻밖에도 김 주임이었다.

"여기 작업실 앞인데요. 빨리 와 봐야겠습니다. 지나는 길에 궁금해서 들렀는데……, 물이 하수구로 빠지지 못하고 작업실로 들어가고 있습니다. 빨리 와서 필름하고 기계를 옮겨야 합니다."

김 주임은 다급한 목소리로 사정을 이야기하고 전화를 끊었다. 그는 수화기를 내려놓고 숙부에게 통화 내용을 전했다. 숙부는 아버지에게 제사의 진행을 빨리 했으면 좋겠다고 말하고 안절부절못하는 모습이었다. 숙부가 올리는 잔엔 술이 흐칠흐칠 넘쳤다.

제사의 절차가 틀리지나 않았는지, 제사를 얼추 마쳤다고 생각한 그는 음복도 하지 않고 황급히 마루로 나가 구두를 신었다. 몇 년간 하릴없이 집안에서 뒹굴다가 새로이 직장을 구해 첫 출근을 하는 사람처럼, 그는 구두끈을 힘껏 조이고 괘종시계를 올려다보았다. 시간은 자정을 지나 새벽 한 시를 달리고 있었다. 그러나 그는 여느 때처럼 시간의 경과에 대해 조급해 한다거나 하는 민감한 반응을 보이지 않았다. 시간을 확인한다기보다 으레 집을 나설 때면 올려다보는 눈길로 시계를 설핏 보고, 그는 현관문을 세차게 열었다.

비는 그쳐 있었다. 다시금 노파의 울음소리가 들려왔다. 그는 뒷덜미를 꾹꾹 찌르는 노파의 울음소리를 떨궈내려 어깨를 움찔움찔 흔들며 대문을 나섰다. 문이 잠긴 작업실 앞에서 물이 쏠려 들어가는 모양을 안타깝게 바라보고 있는 김 주임을 떠올린 탓인가. 노파의 흐느낌 속에서 할아버지의 이름과 김 주임의 이름이 번갈아 튀어나왔다. ◑ (「물너울」 改題, 改作)